Elke Pistor, Jahrgang 67. In Gemünd in der Eifel aufgewachsen, geprägt und der Region bis heute eng verbunden. Abitur in Schleiden. Studium in Köln. Nach kurzem Zwischenstopp am Niederrhein lebt sie heute in Köln, arbeitet als freie Seminartrainerin in der Erwachsenenbildung und leitet Schreibworkshops.
Ihrem Hang zu den Abgründen der menschlichen Seele lässt sie seit 2007 in Kurzkrimis und mörderisch bösen Geschichten freien Lauf.
»Gemünder Blut« ist ihr erster Kriminalroman.

ELKE PISTOR

Gemünder Blut

EIFEL KRIMI

emons:

Bibliografische Information der Deutschen Bibliothek
Die Deutsche Bibliothek verzeichnet diese Publikation
in der Deutschen Nationalbibliografie; detaillierte bibliografische
Daten sind im Internet über http://dnb.d-nb.de abrufbar.

© Emons Verlag GmbH
Cäcilienstraße 48, 50667 Köln
info@emons-verlag.de
Alle Rechte vorbehalten
Umschlagzeichnung: Heribert Stragholz
Druck und Bindung: Books on Demand GmbH, Norderstedt
Printed in Germany
Erstausgabe 2010
ISBN 978-3-89705-739-5
Eifel Krimi
Originalausgabe

Unser Newsletter informiert Sie
regelmäßig über Neues von emons:
Kostenlos bestellen unter
www.emons-verlag.de

Die automatisierte Analyse des Werkes, um daraus Informationen
insbesondere über Muster, Trends und Korrelationen gemäß
§ 44b UrhG (»Text und Data Mining«) zu gewinnen, ist untersagt.

Für Heike

»Alles kommt zu dem, der warten kann!«
Afrikanisches Sprichwort

Der König schritt voran. An seinem Arm die Königin. Es folgten die Minister mit Damen, der Ortsvorsteher und der Pfarrer. Die Fahnen der Kompanien wehten im Wind, zur Hälfte aufgerichtet. Es war heiß. Der Gemünder Schützenzug bewegte sich wie die Fata Morgana einer Karawane am Rande der Festwiese entlang. Stumm. Nur unterbrochen durch das Klirren der Säbel an den Uniformen und vereinzeltes Frauenlachen.

An der Bordsteinkante zur Hauptstraße verfing sich die Königin im Stoff ihres Abendkleides, strauchelte und ging in die Knie. Die Menschen am Straßenrand raunten. Niemand kam ihr zur Hilfe. Ohne eine Miene zu verziehen, stand sie auf und glättete ihr Kleid. Den Riss im Taft ihrer Robe, durch den Stücke des Reifrocks zu sehen waren, ignorierte sie.

Der König schritt voran. Seine Orden klimperten. Das Königspaar und sein Gefolge stellten sich in der Mitte der Straße auf – Soldaten auf dem Exerzierplatz –, die Reihe wie an einer Schnur ausgerichtet, reckten die Hälse, strafften den Rücken. Bereit für die ehrenwerte Parade.

Die Königin öffnete ihre Handtasche und zog eine Sicherheitsnadel aus einer Mappe mit Nähzeug.

Als die Musik einsetzte und die Fahnen, Uniformen und Musikkapellen endlos an ihr vorbeidefilierten, war der Riss verschwunden, nicht mehr zu sehen. Aber er war da. Das wusste sie.

Mein Bruder aß immer. Jetzt gerade eine Ananas.

»Wo hast du denn die her?« Ich lehnte mich über den Biertisch und schrie Olaf die Frage über die Musik und das Stimmengewirr im Festzelt hinweg ins Gesicht.

Er kaute, hob eine Augenbraue und legte eine Hand an sein

Ohr. »Es gibt hier Pommes, Currywurst und Reibekuchen. Wo hast du die Ananas her?«

»Mitgebracht«, quetschte er mit vollem Mund hervor. »Ich mache Diät!« Dann schob er ein Stück in meine Richtung. »Bier?« Olaf stand auf und strebte der Theke zu, ohne auf Antwort zu warten.

Am Nebentisch schunkelte sich eine Gruppe Frauen in Ekstase. Vermutlich ein Kegelclub.

»Ein Stern, der deinen Namen trägt …«, sangen sie und übertrafen die Festcombo zwar nicht an Tonsicherheit, aber doch erheblich an Lautstärke.

Ich schätzte sie auf mein Alter, erkannte aber keine von ihnen. Entweder waren sie nicht aus Gemünd, oder die Freundinnen meiner Kindheit hatten sich so verändert, dass ich keine Chance hatte, sie zu erkennen.

Der unterschiedliche Musikgeschmack war nicht das Einzige, was uns trennte. Während sie adrett, mit zweifarbig gesträhnten Kurzhaarfrisuren an ihrem jugendlichen Aussehen feilten, strahlte jeder Zug an mir die Gleichgültigkeit der Städterin aus, die sich in der Anonymität verstecken wollte. Ich hatte mich von Olaf überreden lassen, überhaupt hierhin zu gehen, und dann, kurz bevor wir losgingen, wahllos Jeans und T-Shirt aus meinem Kleiderstapel übergestreift.

Wo blieb Olaf nur? Von meinem Platz aus suchte ich ihn in der Menge, blieb an dem einen oder anderen Gesicht hängen, nickte, grüßte und lächelte. Den Mann neben mir bemerkte ich erst, als er mich ansprach: »Hallo, Ina.«

Vor mir stand Steffen Ettelscheid. Olafs bester Freund seit Kindertagen und Namensvetter meines Exmannes. Er war hochgewachsen, und die vielen kleinen Fältchen um seine Augen zeigten mir, dass er sich vor Sonne und Wind nicht fürchtete. Er schien sich über unsere Begegnung zu freuen. Ich hatte ihn seit Ewigkeiten nicht mehr gesehen. Dem Kind mit zerschlagenen Knien und dem Jugendlichen mit langen Haaren und jeder Menge Buttons, die seine Ansicht zur jeweils aktuellen Weltlage kundtaten, hatte ich oft genug die Tür geöffnet.

Hier stand ein erwachsener Mann vor mir. In seiner Schützen-
uniform sollte er Tradition und Ordnung ausstrahlen, aber ich
kam nicht umhin zu denken, dass er irgendwie wie ein Rock-
star aussah, der sich als Schütze kostümiert hatte. Wirre braune
Locken fielen ihm bis auf die Schultern, und in seinen dunklen Augen blitzten Neugier und etwas Jungenhaftes auf. Er faszinierte mich, und ich konnte nichts dagegen tun. Unwillkürlich hielt ich nach Buttons Ausschau, entdeckte aber nur Orden
der Schützenbruderschaft.

»Urlaub von der Domstadt?« Er lächelte mich auf eine Art
an, die mich hoffen ließ, er sähe mir die neun Jahre, die ich ihm
voraushatte, nicht an. Jetzt wünschte ich mir, ich hätte mehr
Sorgfalt auf mein Äußeres gelegt. Dunkle Strickjacken waren
bequem und so oder so faltenfreundlich. Sie waren nicht attraktiv.

»So ähnlich«, murmelte ich und war froh über die drei Gläser und die Schale mit Erdnüssen, die Olaf zwischen uns auf
den Biertisch stellte.

»Kommst du auch schon, Herr Oberförster?« Olaf hatte
sich allem Anschein nach erfolgreich durch das Gedränge an
der Theke gekämpft und schob ihm ein Bier zu. Es schwappte über den Rand, lief am Glas entlang und bildete eine Lache
auf dem dunklen Holz.

Einen kurzen Moment lang hielt ich es für Blut. Mir schwin-
delte. Ich schloss die Augen. Ich war hier, um das zu vergessen.

»Lass mal, ich will nicht …!« Steffen sah zu seinem Freund
und schüttelte den Kopf.

Von meiner Reaktion hatte er nichts gemerkt. Er fischte einen Bierdeckel aus der Lache und drehte ihn um. Nepomuk,
der Gemünder Brückenheilige, lächelte uns an. Steffen grinste zurück, setzte seinen Schützenhut ab und legte ihn auf den
Tisch.

»Dir würde so ein Hut auch gut stehen, alter Knabe.« Dann
nickte er mir zu, packte sein Glas, trank aber nicht. »Wie lange hast du Urlaub, Ina?«

»*Be*urlaubung, das ist ein Unterschied!«, mischte sich Olaf ein. »Sie ist beurlaubt, unsere Frau Kommissarin.«

Steffen zog eine Augenbraue hoch. »Hast du Mist gebaut?«

»Sie hat einen Fall ver…« Olaf murrte, als ich ihm meinen Ellbogen durch seine Speckschicht in die Rippen jagte.

»Ich kann sehr gut für mich selbst sprechen, Brüderchen.« Steffen schwieg und sah mich an.

Ich schob die Bierdeckel über den Tisch und kratzte an Nepomuks Nase herum.

»Also gut.« Ich seufzte. Steffen war ein Freund meines Bruders. »Ich habe mich von privaten Gefühlen in einem Fall beeinflussen lassen und mich und meinen Kollegen damit in eine sehr gefährliche Situation gebracht.« Ich hob das Bierglas an meine Lippen, setzte es aber sofort wieder ab. »Ich habe um die Beurlaubung gebeten. Ich muss mir darüber klar werden, ob dieser Beruf wirklich das Richtige ist für mich.«

Es hörte sich wie auswendig gelernt an, selbst in meinen Ohren.

»Und da hat sie sich gedacht, das kann sie am besten in der schönen Eifel, im Schoße der Familie.« Olaf langte in die Erdnüsse, stopfte eine Handvoll in den Mund und kaute. Seine Wangen wogten auf und ab. »In meiner Wohnung.«

»Ja, manchmal muss man wissen, wo man hinwill.« Steffen nickte. »Und wo man hinkann.«

Die Musikkapelle auf der Bühne spie ein paar Töne in das Festzelt. Ich zuckte zusammen.

»Wir wollen aber jetzt keine Trübsal blasen!« Olaf prostete uns zu. »Auf deine Beförderung, Herr Oberförster!«

Steffen lachte und wiegelte ab. »Noch ist es nicht spruchreif, Olaf. Noch bin ich ein Förster – kein Forstamtmann. Müllersohn hat mich zwar vorgeschlagen, aber es ist nichts unterschrieben.« Steffen schob sein Bierglas von sich. »Ich will nicht mehr. Ich hab schon eben während des Zuges zwei, drei getrunken. Das reicht mir.«

Olaf spitzte die Finger, fischte eine Erdnuss aus der Schale und warf sie ihm ins Gesicht.

»Dir schmeckt wohl unser Gemünder Bier nicht mehr, was? Oder trauerst du dem bayrischen Bier deiner Studentenzeit hinterher?«

»Keine Angst, mein Freund. Das Kölsch hier schmeckt immer noch am besten.«

Olaf legte seine Stirn in Falten und kräuselte die Lippen. Er sah aus wie ein chinesischer Faltenhund. »Du weißt, wir legen hier Wert darauf, dass unser Obergäriges kein Kölsch ist, sondern Gemünder!« Olaf hatte den gleichen Ton wie in seiner Rolle als Stadtführer angeschlagen, in die er alle vier Wochen für einen Haufen Nationalparktouristen schlüpfte.

»Lassen Sie es stehen. Es wäre vergeudet, Herr Ettelscheid. Ihre Beförderung ist alles andere als sicher. Zumindest, solange ich derjenige bin, der Ihre Dienstakte prüft.« Die Stimme schnitt aus dem Hintergrund durch die Töne der Blaskapelle.

Steffen fuhr herum.

Die zu große Jacke im englischen Landhausstil und das rote Seidentuch ließen den Mann lächerlich aussehen. Der Hass in seinen Augen aber war beängstigend. Steffen erstarrte.

»Prutschik!«

»Ganz richtig, Ettelscheid, ganz richtig«, keckerte der. »Erinnern Sie sich?« Er rieb sich die Hände und fingerte nach seiner Aktentasche, die vor ihm auf dem Tisch gelegen hatte. »Bestimmt erinnern Sie sich!«

Steffen öffnete den Mund, so als ob er etwas erwidern wollte. Dann schluckte er und wandte sich von Prutschik ab. Sein Blick flog zwischen mir und Olaf hin und her. Schließlich packte er sein Glas, trank einen Schluck. Dann noch einen.

»Du hast recht, Olaf, Gemünder Bier ist doch das beste.«

»Wenn du meinst«, murmelte der und hob ebenfalls sein Glas.

Ich beobachtete an Steffen vorbei die Reaktion des Mannes. Er drängelte sich aus der Bank und stellte sich an die Stirnseite unseres Tisches.

»Was ist, Ettelscheid?« Er stützte sich mit den Handknöcheln ab. »Soll ich Ihnen auf die Sprünge helfen?«

»Ich würde gerne sagen, dass ich mich freue, meinen alten Lehrer nach so langer Zeit in unserer gemeinsamen Heimat wiederzutreffen. Aber ich lüge nur ungern, Herr Prutschik. Es ist schon schlimm genug, wie sich unsere Wege immer wieder kreuzen müssen. Leider gibt es nicht so viele Forsthochschulen in Deutschland, als dass ich Ihnen hätte ausweichen könnte, auch wenn mir das sehr lieb gewesen wäre.«

»Dreist, arrogant und unverschämt – so kenne ich Sie, Ettelscheid. So waren Sie als Student, und so sind Sie heute immer noch. Ich habe mich erkundigt über Sie! Erkundigt!« Kleine Tropfen sprühten aus seinem Mund, während er sprach. »Sie haben sich nicht verändert, und ich habe es auch nicht von Ihnen erwartet.«

»Bitte gehen Sie, Herr Prutschik. Oder sind Sie extra hergekommen, um sich mit mir über meinen Charakter zu unterhalten?«

»Ihr Charakter, Ettelscheid, ist nicht der Rede wert. Ihre Taten schon. Vor allem Ihre Missetaten.«

Der Frauenkegelclub war verstummt und verfolgte reglos den Streit der beiden Männer. Die Blicke der Frauen flogen zwischen den beiden Kontrahenten hin und her und ließen keinen Zweifel an der Sympathielage.

»Es war nicht meine Missetat, sondern Ihr Unfall, Herr Prutschik. Ich hatte damit nichts zu tun.«

»Oh, sind Sie da so sicher, Ettelscheid? So sicher?« Prutschik zog eine Mappe aus seiner Aktentasche, öffnete den Knopfverschluss und legte einzelne Blätter vor uns auf den Tisch. Ich erkannte den Briefkopf einer Polizeibehörde aus dem Süddeutschen.

»Ich habe hier den Polizeibericht vom 28.03.2002 der Stadt Weihenstephan. Ich zitiere.« Er hob sich auf die Zehenspitzen, wippte und räusperte sich. »… vor dem Hochschulgebäude verletzt aufgefunden. Das Opfer, Professor Prutschik, erlitt schwere Verletzungen am Schädel, am Rücken und an beiden Händen.« Prutschik setzte die Brille ab und geiferte Steffen an. Sein Glasauge schimmerte im Licht der Festbeleuchtung.

Steffen stand auf und holte tief Luft. Ich sah, wie schwer es ihm fiel, ruhig zu bleiben.

»Sie haben den Vorgang bei der Polizei so zu Protokoll gegeben. Es gab keinen Zeugen. Es gab keinen Überfall. Von mir nicht und von niemand sonst.« Steffen blickte auf den Professor hinunter. Dann drehte er sich zu uns herum. »Ich gehe jetzt, Olaf. Morgen wird ein harter Tag werden.« Er deutete eine Verbeugung an und lächelte mir zu. »Ina.« Dann wandte er sich an Olaf. »Bleibt ihr noch?«

»Sie waren doch der Anführer dieses Studentenrudels, Ettelscheid. Sie haben mich gehasst, Ettelscheid, mich gehasst!« Prutschiks Stimme überschlug sich. Er stellte sich Steffen in den Weg. Steffen blieb dicht vor dem Tobenden stehen, der neben ihm wie ein Erstklässler aussah.

»Herr Prutschik, bitte gehen Sie mir aus dem Weg. Und vielleicht erinnern Sie sich. Sie haben mich schon damals beschuldigt. Die Polizei hat mich überprüft. Ich war zu diesem Zeitpunkt noch nicht einmal in der Stadt. Was sollte ich auch da? Sie hatten mich ja durch die Prüfung fallen lassen. Ich hatte mit Sicherheit keinen Grund zu feiern und danach einen Dozenten …«

»Professor, für Sie immer noch Professor Prutschik, Ettelscheid.« Prutschik rührte sich keinen Millimeter.

»Ich denke, Herr Ettelscheid hat sich klar ausgedrückt.« Ich packte meine Kommissarinnenstimme aus und strich mir die Haare hinter die Ohren, um einen strengeren Eindruck zu machen. »Seine Unschuld wurde bewiesen. Was Sie machen, ist Verleumdung.« Prutschik reagierte nicht. Olaf berührte den Professor am Ärmel. Der zuckte zusammen und schüttelte die Hand ab, als wäre sie ein Insekt. Dabei schlugen seine grauen Haarsträhnen wie Schlangen um seinen Kopf, aber er hielt den Blick auf Steffen gerichtet.

»Man sieht sich immer zwei Mal, Ettelscheid. Zwei Mal.« Sein Finger schoss vor und bohrte sich vor Steffen in die Luft. »Sie werden nicht Forstamtmann werden, Ettelscheid. Sie nicht. Solange ich etwas zu sagen habe, Sie nicht.« Prutschik zischte. »Ich lasse mich nicht folgenlos von einem dahergelaufenen Studenten zusammenschlagen.«

Steffen ballte die Fäuste.

»Und jetzt haben Sie noch die Dreistigkeit, hier so zu tun, als ob Sie unschuldig wären«, keifte Prutschik, die Stimme unnatürlich hoch.

»Ich habe nichts mit dem Vorfall zu tun, aber das scheint nicht zu Ihnen durchzudringen.« Steffen hob die Hand und schob den Kleineren ohne Schwierigkeiten zur Seite. »Ich denke, wir werden sehen, was aus meiner Beförderung wird. Zum Glück sind Sie ja nicht der Einzige, der in der Kommission sitzt.«

Prutschik fasste mit seiner Rechten nach der Hand des Försters, und mit der Linken umklammerte er dessen Jackett.

»Sie packen mich nicht noch mal an, Sie nicht!«, kreischte er laut. Köpfe wandten sich in unsere Richtung und wurden zusammengesteckt. Die Umstehenden beäugten den Streit. Auf ihren Gesichtern spiegelte sich Bestürzung, gepaart mit Neugier und Sensationslust. Die Kapelle spielte einen Tusch. Am Kopfende der Halle kam Bewegung in den Königstisch. Der König und sein Gefolge betraten mit ihren Damen die Tanzfläche. Walzer. Eins, zwei, drei. Eins, zwei, drei. Die Musik schwallte durch den Saal.

Prutschik ließ sich nach hinten fallen. Für einen Moment zog er mit seinem gesamten Gewicht an Steffens Jackett, dann riss der Stoff, und der Professor fiel zu Boden. Sofort rappelte er sich auf und tobte: »Sie haben mich niedergeschlagen, ich werde Sie verklagen. Verklagen werde ich Sie. Sie werden schon sehen, dass ich am längeren Hebel sitze!«

Steffen hob die Arme. »Ich habe Sie nicht …«

»Hah!« Prutschik gackerte wie ein Huhn. »Hah! Ich wusste, dass ich Sie bekomme, Ettelscheid. Sie werden niemals …«

Der Faustschlag schien Prutschik zu überraschen. Er taumelte und riss die Augen auf.

Ich stand wie versteinert.

Wieder lag Prutschik auf dem Boden. Die Musik war zu

einem Foxtrott übergegangen. Die Leute klatschten. Eins und zwei und drei und vier und eins …

Steffen rieb sich die Hand.

Mit Triumphgeheul sprang Prutschik auf die Füße.

»Das war's für Sie, Ettelscheid. Das war's. Kein Forstamtmann Ettelscheid!« Er griff nach seiner Aktentasche, quetschte sich durch die Bankreihen und rief: »Alle haben es gesehen, Ettelscheid. Alle!«, bis er schließlich ins Freie verschwand.

Steffen schloss die Augen und legte den Kopf in den Nacken.

»Ein widerlicher Kerl.« Olaf schüttelte seine Hände, als ob er in etwas Unangenehmes gefasst hätte.

»Er hat recht, Olaf. Das war's«, sagte Steffen, setzte sich auf die Bank und vergrub seinen Kopf in den Armen.

Olaf nickte stumm.

»Steffen, wir können bezeugen, dass er dich provoziert hat.« Ich setzte mich neben ihn.

Steffen wandte mir sein Gesicht zu. In seinen braunen Augen sah ich mein Spiegelbild. Eingehüllt in den Mantel des schummrigen Lichts, das jetzt wie ein Nebel über dem Saal lag. Niemand schaute mehr zu uns her. Das Schauspiel war vorbei. Discofox. Alle machten mit. Eins, zwei, drei, vier. Die Röcke der Königin flogen mit den letzten Takten. Die Musik war zu Ende. Sie machte einen Knicks vor dem König, verneigte sich und verschwand von der Tanzfläche.

»Bier?«, fragte Olaf. Ich schüttelte den Kopf. Olaf nickte Steffen zu und stürzte sich ins Thekengewühl. Ihn erschütterte nichts. So schien es zumindest. Ich kannte ihn besser.

Steffen pflückte meine Hand von seiner Schulter und hielt sie fest. Die Wärme seiner Haut überraschte mich. Sein Blick wanderte über mein Gesicht, die Igelfrisur und die schwarze Strickjacke.

»Wenn die Frau Kommissarin hier meine Zeugin ist, dann kann es ja nicht so schlimm werden, oder?« Er nickte und rang sich ein Lächeln ab.

Ich entzog ihm meine Finger und räusperte mich. Er war

der Freund meines Bruders, er war viel jünger als ich und hatte eben jemanden niedergeschlagen. Drei Dinge, die ihn definitiv aus meiner engeren Auswahl katapultierten. Aber er war auch verdammt attraktiv, sehr charmant und schien mich zu mögen. Das musste ich zugeben. Außerdem: War ich nicht auf der Suche nach einer Gelegenheit, Vergangenes zu vergessen? Sie saß hier vor mir, und ich musste sie nur ergreifen. Für einen kurzen Moment zögerte ich. Dann trafen sich unsere Blicke, und ich erkannte hinter dem Funkeln in seinen dunklen Augen noch etwas anderes, Tieferes, was mich neugierig machte auf mehr. Viel mehr.

Vermutlich wäre ich ansonsten auch nie an einem Schützenfestsonntag um fünf Uhr nachmittags mit ihm im Bett gelandet.

ZWEI

Seine Lippen gleiten über meine Wange, flüstern Worte, die ich nicht verstehe. Seine Hände wandern über meinen Körper, jagen Schauer über meine Seele. Wir sind eins. Der Himmel über uns ist weit und offen und blau. Wie seine Augen. Ich versinke in dem Blau seiner Augen.

Ich falle.

Verliere den Halt, greife ins Leere.

Ich falle.

Rückwärts, blind. Unter mir die Tiefe, ich weiß es. Und während ich falle, springt mein Herz. Jede Faser meines Körpers bereitet sich auf den Aufprall vor, den ich nicht überleben werde.

Ich weiß es. Ich schwitze. Ich schreie.

»Ina!«

Ich fühlte den Fall und wartete auf den Aufprall.

»Ina, wach auf!«

Ich schlug die Augen auf. Olaf stand über mein Bett gebeugt, Panik in den Augen und nass geschwitzt.

Nur mühsam kämpfte ich mich in die Wirklichkeit. Der Alptraum hatte mich im letzten Monat in Ruhe gelassen. Warum kam er jetzt wieder? Ich kniff die Augen zusammen und richtete mich auf.

Olaf setzte sich auf die Bettkante. »Steffen wurde verhaftet!« Er schüttelte den Kopf. Atemlos. »Du musst ihm ein Alibi geben. Du warst doch gestern Nacht mit ihm zusammen.« Jetzt klang er wie der kleine Junge, der so oft im Dunkeln zu seiner großen Schwester geflüchtet war.

Für einen Moment wusste ich nicht, wovon er redete.

»Was ist passiert?« Ich musste zuerst meine Gedanken in eine vernünftige Reihenfolge bringen.

»Sie haben Prutschik gefunden. Er ist tot. Erschlagen. Neben dem Schwimmbad. Sie sagen, Steffen hätte es getan. Sie haben sich gestritten, und Steffen hat ihn getötet. Sagen sie.«

»Warum ausgerechnet Steffen?« Ich war wach. »Warum nicht irgendein anderer Besucher des Schützenfestes? Und wer sagt das?«

»Kommissar Sauerbier. Wegen des Streits!« Olaf starrte auf seine Hände.

»Was ist damit?«

»Ein Kollege Sauerbiers war auf dem Fest und hat den Streit beobachtet. Klar, dass sie da Rückschlüsse ziehen. Der Verdächtige auf dem Silbertablett. Danke schön und auf Wiedersehen!« Olaf richtete sich auf, holte tief Luft und lächelte mich an. »Aber das ist ja alles kein Problem mehr, wenn du gleich zur Polizei gehst und ihnen sagst, dass ihr die Nacht miteinander verbracht habt.«

»Das kann ich nicht, Olaf.«

»Du kannst nicht?« Er wich von mir zurück, als ob ich ihn geschlagen hätte. »Ach Scheiße, Ina! Hast du Angst, dein Ruf wäre ruiniert?« Er lachte bitter. »Kölner Kommissarin hüpft durch Eifelbetten! Und alle zerreißen sich das Maul. Denk mal nicht an dich, Schwester! Nur ausnahmsweise nicht!«

»Olaf!«, zischte ich. »Sei still!«

»Ach, es geht doch immer nur um dich, seit du diesen, diesen …« Olaf schnaubte die Worte heraus. »Nistest dich bei mir ein, kümmerst dich um nichts! Hauptsache, du hast deinen Frieden, richtig?«

»Steffen und ich haben nicht die Nacht miteinander verbracht. Ich kann ihm kein Alibi geben, weil es gelogen wäre.«

»Aber ihr seid doch zusammen weggegangen.« Er runzelte die Stirn.

»Ja.« Ich seufzte. »Aber zur Tagesschau war ich wieder hier.« Aus genau den Gründen, die mein Bruder eben genannt hatte. Und ein paar anderen mehr. Aber darüber konnte ich später nachdenken.

»Dann hilf ihm wenigstens, Ina. Du bist Kommissarin. Du bist meine Schwester. Er ist mein bester Freund. Du hast mit ihm geschlafen. Du weißt, was zu tun ist. Du kannst doch nicht zulassen, dass ein Unschuldiger ...«

»Ist er das?«, unterbrach ich ihn. Ich fror.

Olaf starrte mich mit offenem Mund an.

»Du glaubst, er hätte Prutschik umgebracht?«

»Ich glaube nichts, Bruder. Weder das eine noch das andere. Ich kenne ihn ja kaum.« Stimmte das? Gestern hatte mein Gefühl mir definitiv etwas anderes gesagt. Aber auf mein Gefühl, so hatte ich vor Kurzem beschlossen, wollte ich ja nicht mehr hören.

Ich zerrte meine Jeans aus dem Wäschehaufen auf dem Boden und zog sie an. »Außerdem«, der Jeans folgte ein T-Shirt, »bin ich beurlaubt. Vergiss das nicht. Keine Kommissarin.«

***

Die Nacht hatte ihre Schatten verloren und befand sich auf dem Rückzug. Noch im Schlaf klärten sich ihre Gedanken, und sie erkannte ihre innerste Wahrheit. Sie erwachte, fing die Erinnerung an den Traum auf und fühlte sich zum ersten Mal wieder wie an dem Tag, als sie ihr Abschlusszeugnis in der Hand hielt mit dem Bewusstsein, nun gehöre ihr die Welt. Frei und ohne Enge. Fortgehen können. Kein Umdrehen. Jetzt war sie hier. Ihr Blick fiel auf den schimmernden Stoff. Er war schön. Schön wie sie selbst. Sie lächelte. Ein schönes Kleid. Sie schlug die Bettdecke zurück, schob die Beine aus dem Bett und stand auf. Im Nebenzimmer schnarchte ihr Bruder. Sie konnte ihn hören. Vater hörte sie nicht mehr. Prinzessin.

Sie ging zur Terrassentür, öffnete sie und betrat den Garten. Es regnete. Es war ein warmer Regen. Er nahm sie auf und barg sie.

Sie ließ ihr Nachthemd ins Gras gleiten. Nackt stand sie da, spürte die Frische der Luft, die Feuchte der Morgenwiese unter den Füßen. Ihre Fingerspitzen fuhren über die Konturen ihrer Hüfte und fühlten die weiche Haut ihres Bauches. Sie ließ die Lider sinken, konzentrierte sich auf das Prickeln unter ihrer Haut. Spürte den Bahnen auf ihrem Körper nach, die längst vergessene Hände auf ihr hinterlassen hatten. Ihre Brust hob und senkte sich unter tiefen Atemzügen. Ihr Herzschlag dröhnte gegen das Prasseln des Regens an, als ob er sich aus der Enge ihres Körpers befreien wollte. Wie von selbst hoben sich ihre Arme und zogen im Rhythmus einer inneren Melodie Kreise. Sie tanzte. Sie tanzte ihr eigenes Lied. Für den Augenblick hatte es sie gefunden, und sie kostete es aus. Der Regen streichelte ihre Haut wie die Hände eines erfahrenen Liebhabers. Sie schloss die Augen, wirbelte und sprang, flog durch den Garten. Ihr Atem peitschte, als sie auf die Erde sank. Sie lächelte. Sie war glücklich.

***

Schon auf der Treppe hörte ich meinen Vater singen. Mit seiner klaren Tenorstimme bat er den Monat Mai, doch nun bitte alles wieder neu und vor allem grün zu machen. Für einen Moment blieb ich stehen und lauschte. Dann betrat ich seine Wohnung und schob leise die Küchentür auf.

»Immer noch genauso viel Milch wie Kaffee und ohne Zucker?«

Er hielt mir einen Becher hin und wies auf den Platz auf der Küchenbank unter seinem Fenster. Er hatte auf mich gewartet. Ich nickte ihm zu, hob die Tasse an und umfasste sie mit beiden Händen.

»Danke, Hermann.«

In seiner Küche roch es nach frischem Brot, den Kräutern, die auf der Fensterbank standen, und einem Hauch Waschmittel. Es roch nach zu Hause. Ich zog die Knie hoch und versteckte die Beine unter meiner Strickjacke. So hatten wir früher gesessen und die Probleme meines Teenagerlebens gewälzt. Bis Anneliese kam und seinen Witwerstand beendete. Meine Mutter war bei einem Autounfall gestorben, als Olaf zwei und ich zwölf Jahre alt waren. Trotz seiner Trauer schaffte unser

Vater es, eine Familie aus uns zu machen. Wir schworen uns aufeinander ein. Aber ihm fehlte etwas. Olaf fehlte etwas. Mir genügten die beiden, und ich wollte keinen Eindringling in unserer Gemeinschaft. Ich mochte Anneliese nicht und zeigte es ziemlich deutlich.

Die Lage entschärfte sich erst, als ich meine Ausbildung begann und aus Gemünd fortzog. Olaf blieb da. An dem Tag, als mir ein Freund dabei half, meine Matratze in einen alten klapprigen Fiat zu laden, kam mein neunjähriger Bruder nicht nach unten, um sich von mir zu verabschieden. Ich stand vor seiner verschlossenen Tür und wollte es ihm erklären, wie ich es ihm schon viele Male erklärt hatte, seit meinem Entschluss.

Danach war ich oft nach Gemünd gekommen. Immer zu Besuch, nie nach Hause.

Olaf war geblieben. Er hatte die untere Wohnung des Hauses in Beschlag genommen, blieb auch bei unserem Vater, als Anneliese nach zehn Jahren wieder aus dessen Leben verschwand und die Dinge mitnahm, die sie mitgebracht hatte.

Jetzt stand Olaf in der Küchentür und sah mich an. Trotz seiner Speckschicht war er ein gut aussehender Mann. Als Schwester hatte ich nicht immer den Blick dafür, aber seine klaren, kantigen Gesichtszüge, ließen mich erahnen, wie ihn ein bisschen mehr Sport und ein bisschen weniger Essen verändern würden.

Er lehnte am Türrahmen, die Hände in den Hosentaschen versenkt, und bemühte sich um einen zerknirschten Gesichtsausdruck. Seine grünen Augen, das gemeinsame Erbe unserer Mutter, funkelten wie zu unseren Kinderzeiten, wenn er etwas ausgefressen hatte. Sein Tonfall ließ Reue durchscheinen und noch etwas anderes, was ich nicht zuordnen konnte.

»Ich wollte dich nicht bedrängen, Ina. Ich dachte nur, du bist doch die Fachfrau und weißt, was zu tun ist.« Er kam zu mir und ließ sich neben mich auf die Küchenbank plumpsen. Das rote Kunstleder pfiff leise. »Steffen ist mein Freund, und ich dachte, du magst ihn ein bisschen.« Olaf fasste die Kante der Tischdecke und rollte sie zu einem Wulst. »Du ...«

»Ich mag ihn ja auch, aber ich darf mich nun mal nicht in einen fremden Fall einmischen.«

Olaf ließ die Tischdecke los und legte die Hände auf seine Oberschenkel. Er nickte.

»Ich verstehe dich, Ina«, murmelte er und starrte auf seine Finger. Er wirkte angespannt.

»Nein, das tust du nicht, Olaf. Du sagst es nur. In Wirklichkeit soll ich bloß wieder die Kohlen für dich aus dem Feuer holen, richtig?« Ich stellte meine Füße auf den Boden und knallte die Tasse auf den Tisch. Die braune Flüssigkeit schwappte über meine Finger und mein T-Shirt. »Mist!« Im selben Moment tat mir meine heftige Reaktion schon wieder leid. Ich packte seine Hand, hob sie hoch und umfasste sie. »Entschuldigung!« Obwohl die Hand meines Bruders viel größer war als meine, fühlte sie sich für einen Moment klein und zerbrechlich an. »Du kannst ihm genauso gut helfen wie ich, Olaf.«

Er rührte sich nicht. Nur seine Augen fixierten mich, als er leise flüsterte: »Bitte, lass mich nicht im Stich, Ina.«

»Das hab ich nie getan. Und du weißt das.«

Mit einem Ruck entzog er mir seine Hand, befreite sich aus der Küchenbank und ging zur Tür.

»Wenn du dir da mal nicht zu sicher bist, Schwesterlein!«

Ich blickte ihm nach, als er aus der Tür ging, und hatte wieder das Bild seines Fensters an meinem Auszugstag vor Augen. Die Gardine hatte sich bewegt. Damals hatte ich es gesehen. Jetzt erkannte ich es.

»Wie schlimm ist es?« Hermann seufzte und sah mich an.

»Was meinst du?« Ich pustete Wellen in die Oberfläche meines Kaffees. »Den Streit mit Olaf? Dass heute Morgen der Mann unter Mordverdacht verhaftet wurde, mit dem ich gestern geschlafen habe?«

Eine steile Falte erschien auf der Stirn meines Vaters. Er sah wie eine Kopie von Olaf aus, älter zwar und zwanzig Kilo leichter, aber unverkennbar die gleiche große Statur, das gleiche dichte Haar, die gleiche Mimik. Zwei von einem Stamm. Er schwieg weiterhin und hörte mir zu.

»Dass ich vom Polizeidienst beurlaubt bin? Dass ich nicht weiß, warum ich eigentlich wieder nach Gemünd gekommen bin? Dass ich nicht einmal weiß, ob ich bei der Mordkommission bleiben will, wenn ich hier fertig bin?«

»Womit fertig?«

»Sag es mir, Pap.« Keine Kommissarin. Nur das kleine Mädchen.

Er schüttelte den Kopf, lächelte und setzte sich neben mich.

»Große Ina!« Trostformel aus Kindertagen.

Ich fühlte den Kloß hinten in meinem Hals. Trotzdem musste ich grinsen.

»Ein bisschen mehr als ein aufgeschlagenes Knie vom Fahrradfahren ist es diesmal schon.«

Hermann ging zum Spülbecken und ließ Wasser hineinlaufen.

»Du hast ein paar Narben auf den Beinen. Vom Hinfallen, das stimmt. Aber geheilt ist es immer. Wichtig ist, dass du aufgestanden und wieder aufs Rad gestiegen bist.« Er warf mir ein Geschirrtuch zu und sang die nächste Strophe des Liedes über freudige Wintertage, lustige Abendspiele und zusammenbrechende Kartenhäuschen.

»Stimmt«, unterbrach ich ihn. »Aber ich spüre die Narben bei jedem Wetter.«

»Hindern sie dich beim Gehen?« Er ließ klares Wasser über ein gespültes Glas laufen.

»Nein.« Ich legte das Geschirrtuch auf den Tisch. Mein Vater zeigte stumm mit dem Kinn auf das Glas. Ich seufzte.

»Weitermachen, Kind. Nicht eine Sache mittendrin aufhören.«

Meinte er das Glas? Ich hob es hoch und polierte es auf Hochglanz. Ich war hierher zurückgekommen, um herauszufinden, wer ich war und was ich für mein Leben wollte. Im Beruf. Und für die Seele. Langsam wurde es Zeit, dass ich damit anfing.

Ich räusperte mich. »Wie hieß noch mal der Kommissar, der Steffen verhaftet hat?«

DREI

Auf der Fahrt nach Schleiden überlegte ich, was ich zu ihm sagen wollte. Mein alter apfelgrüner Käfer knatterte munter vor sich hin. An der Kreuzung neben der Sankt-Nikolaus-Kirche wartend, entschied ich mich für die Wahrheit. Zweihundert Meter weiter auf der Schleidener Straße ließen mich meine Unsicherheit und meine Zweifel eine Ehrenrunde durch den Verkehrskreisel drehen.

Als ich ein Kind war und diese Strecke täglich zuerst mit dem Zug und dann mit dem Bus zur Schule fuhr, gab es den Kreisel noch nicht. Wann hatten sie ihn gebaut? Ich wusste es nicht. Hatte auf die Veränderungen nicht geachtet. Aber jetzt fielen sie mir auf. Die kleinen und die großen Veränderungen. Wohin war ich zurückgekommen? In ein Bild, das ich all die Jahre mit mir herumgeschleppt hatte? Ein Bild von der heilen Welt meiner Kindheit? Ich blinzelte und musste grinsen, als zur linken Seite der Reitstall auftauchte. Dieser Teil des Bildes zumindest stimmte. So wie der Fußballplatz, das Autohaus und die kleine Pestkirche in Olef sich genau wie in meiner Erinnerung entlang der Straße präsentierten.

Die Schule grüßte vom Hügel herunter wie vor neunundzwanzig Jahren.

Meine Schule. Das erste Klassentreffen hatte ich geschlabbert, das zweite mit einer Dienstreise verhindert, und vom dritten war ich mit der Erkenntnis nach Hause gefahren, dass auch fünfundzwanzig Jahre nichts Grundlegendes an den Charakteren ändern.

Die Polizeistation selbst lag am Ortseingang von Schleiden. Mit ihrem Siebziger-Jahre-Schick alles andere als einladend, hockte sie hinter einer Tannenallee und bewachte die Sicherheit des Schleidener Tals.

Ich stieg aus, schloss meinen Wagen ab und ging zielstrebig auf den Eingang zu.

»Sauerbier. Kommissar Horst Sauerbier.« Er trug wahrhaftig einen beigefarbenen Trenchcoat, und das Leder seiner Schuhe glänzte wie lackiert. Er kam gerade von einem Außentermin.

»Hallo.« Ich stand von dem Stuhl auf, der mir die Zeit in dem kahlen Amtsflur erleichtert hatte, und streckte ihm meine Hand entgegen. Über eine Stunde wartete ich bereits auf ihn.

»Ina Weinz, Kriminalkommissariat Köln.«

»Ah, eine Kollegin aus der großen Stadt.« Er strich sich eine dünne Haarsträhne über den Kopf. Ich schätzte ihn auf Ende fünfzig. Aber vielleicht machten ihn sein stattlicher Bauch und sein Schnauzbart, der von grauen Strähnen durchzogen wurde, älter, als er in Wirklichkeit war. »Was treibt Sie zu uns aufs Land?« Er öffnete mir die Tür zu seinem Büro und ließ mir den Vortritt. »Die gute Luft? Ist ja für Städter etwas Besonderes!«

Er zwirbelte seinen Schnauzer, zog dann den Mantel aus und hängte ihn sorgfältig auf den Garderobenständer, der neben der Tür stand.

»Nein. Ich kenne die Eifelluft. Ich bin von hier.« *Weg*, ergänzte ich in meinen Gedanken. Dabei lächelte ich freundlich.

»Ach?« Er spitzte die Lippen und sah mich an.

»Aus Gemünd. Mein Vater ist Hermann Stein.«

Er schaute kurz zur Decke und runzelte die Stirn.

»Steins Hermann aus dem Gesangverein?«

Ich nickte, und ein Strahlen ging über sein Gesicht.

»Schöne Stimme, der Vater. Singt Tenor. Ich singe auch dort. Bariton. Kann aber wegen der Arbeit nicht so regelmäßig daran teilnehmen. Schade. Schleiden wird ja bei Mordfällen vom Bonner Kriminalkommissariat bedient. Ich bin quasi ein Gastarbeiter in meinem Heimatdorf.« Er lachte über seinen eigenen Witz. »Aber wem erzähle ich das?« Er räusperte sich. »Ja.«

Für einen kurzen Moment schwieg er und schob ein paar Akten auf seinem Schreibtisch zusammen. Dabei summte er. Sorgfältig stapelte er sie an der rechten Seite zu einem Turm. Fasziniert beobachtete ich, wie er die Kanten der Hängeregistraturen exakt ausrichtete. Die Reiter zeigten in meine Richtung. Die offiziellen Fallnummern sprangen mir in Fettdruck entgegen. Darüber, mit Hand geschrieben, eine dünne Bleistiftschrift. Automatisch las ich die Beschriftungen. »Meyermann« stand auf der obersten, direkt darunter »Prutschik«. Mir wurde warm, und ich spürte, wie meine Wangen sich röteten. Sauerbier widmete mir wieder seine Aufmerksamkeit.

»Möchten Sie etwas zu trinken? Ein Wasser oder einen Kaffee?«

Ich sah mich um. Eine halb volle Flasche schalte auf der Fensterbank in der Sonne vor sich hin.

Er folgte meinem Blick und sprang auf.

»Ich hole rasch eine frische. Warten Sie bitte einen Moment.« Er ging um seinen Schreibtisch herum zur Tür, blieb stehen und drehte sich um. »Dann können Sie mir in aller Ruhe erzählen, womit ich Ihnen helfen kann.«

Ich nickte und starrte auf die Akte. Atmete langsam ein und aus, ein und aus. Meine Hand zitterte, als ich die harte rote Pappe an meinen Fingern spürte. Ich wandte mich um und horchte auf Sauerbiers Schritte. Nichts. Nur schnell die ersten Seiten überfliegen.

»Möchten Sie mit oder ohne Kohlensäure, Frau Weinz?«

Sauerbiers Stimme klang sehr nah. Ich warf die Akte auf den Stapel zurück. Was machte ich hier eigentlich? Ein kleiner orangefarbener Zettel fiel aus den Seiten und segelte zu Boden. Ein Name und eine Adresse. Ich setzte meine Handtasche darauf und lehnte mich wieder in meinem Stuhl zurück. Einatmen und ausatmen. Ganz langsam. Es ist nichts geschehen.

»Mit oder ohne, Frau Kollegin?« Er stellte ein Glas und zwei Flaschen vor mir ab.

»Mit. Danke.« Jetzt konnte ich das Wasser wirklich gebrauchen. Mein Hals war wie ausgetrocknet.

»Ich möchte gerne mit Steffen Ettelscheid sprechen, wenn Sie es mir erlauben, Herr Sauerbier.«

Seine Augenbrauen schoben sich zu einem einzigen Strich zusammen.

»Warum? Hat die Kripo in Köln etwa mit dem Fall zu tun?«

»Nein.« Ich räusperte mich. »Es ist …« Ich drückte den Rücken durch und sah ihm direkt in die Augen. »Ich kenne Herrn Ettelscheid. Er ist ein guter Freund meines Bruders, und ich dachte …«

»Sie dachten, hier auf dem Land nehmen wir es nicht so genau mit den Vorschriften, was?« Die Spitzen von Sauerbiers Schnauzer zuckten wie Stacheln nach oben. »Da muss ich Sie leider enttäuschen, Frau Weinz. Auch wir haben hier Regeln. Herr Ettelscheid kann Ihren Besuch anfordern, aber nicht umgekehrt. Und schon mal gar nicht, bevor wir die Vernehmungen abgeschlossen haben.« Er wuchtete sich aus dem Bürosessel und legte seine Hand auf den Aktenstapel. Er hob die Lider, starrte auf die Akten und schüttelte leicht den Kopf. »Und da wir uns im selben Bundesland wie Köln befinden, vermute ich, dass Ihnen diese Vorschriften nicht fremd sind.«

Ich biss mir auf die Lippen und nickte. So viel zur Ehrlichkeit.

»Ich muss Sie also bitten zu gehen, Frau Weinz.« Er hatte sich aufgerichtet und seinen Bauch an mir vorbeigeschoben und hielt mir die Tür auf. Ich bückte mich nach meiner Tasche und hob sie an. Orange blitzte auf. Meine Finger umschlossen das Papier, und ich schob es in meine Jackentasche. Bei jedem Schritt über den Flur, die Treppe hinunter und über den Parkplatz schien es unter dem Stoff zu knistern. Laut und eindringlich. Im Schutz meines Wagens zerrte ich es ans Licht und las den Namen noch mal. Nun ja. Zumindest war das ein Anfang.

»Warum machst du schon wieder Blödsinn?« Ich hörte den Vorwurf in der Stimme meines Kölner Kollegen, so als ob er neben mir stehen und nicht siebzig Kilometer entfernt in sein Telefon blöken würde. »Sauerbier hat hier angerufen und sich nach dir erkundigt, Ina. Was wolltest du von ihm? Was ist da passiert, und warum hängst du da schon wieder mit drin?«

»Matthias Driesch, jetzt hol mal Luft und schweig stille!« Ich sah auf meine Uhr. »Es ist drei Uhr nachmittags, und du bist schon auf hundertachtzig. Wo warst du überhaupt? Ich habe den ganzen Vormittag versucht, dich zu erreichen.«

»Ich musste die Laborbefunde auswerten und da …« Er unterbrach sich. »Das kann dir doch egal sein. Du bist beurlaubt, Ina. Schon vergessen?« Es klirrte im Hintergrund. Ich schmunzelte und konnte ihn vor mir sehen, wie er aufstand, zu dem Regal über der Kaffeemaschine ging und mit dem Finger langsam über die Reihe der bunten Keramiktassen strich, bei der letzten kurz zögerte und dann zu der auserwählten zurückkehrte.

»Die mit den Hasenohren?«, fragte ich ihn.

»Nein, Vera hat mir eine neue gebracht. Du kennst sie noch nicht. Mit Tulpen und Narzissen. Sehr hübsch.«

Ich hörte, wie der Kaffee in die Tasse lief. Matthias räusperte sich.

»Du hast mich aber nicht angerufen, um mit mir über meine Schwester und ihre neuesten Tassenkreationen zu sprechen, oder?«

»Nein, ich will dich um Hilfe bitten.«

»Wenn es nichts mit Mord und Totschlag, Verbrechen und sonstigen Nettigkeiten zu tun hat, bin ich dir gerne und jederzeit zu Diensten. Sollte es aber ansatzweise etwas mit den zuvorderst genannten Themenbereichen zu tun haben, such dir bitte einen anderen Ansprechpartner.« Er atmete in den Hörer.

»Mattes, kannst du bitte jemanden für mich überprüfen?«

»Deine neue Friseurin? Hat sie dir deinen Blondschopf mit rosa Farbe ruiniert?«

»Nein, Peter Prutschik, Professor für Forstwirtschaft an der Gemünder Forsthochschule Nationalpark Eifel.«

»Er ist tot. Opfer eines Mordes geworden. Stand heute Morgen im Ticker.«

»Das weiß ich.«

»Das genügt auch.« Ich hörte wieder sein lautes Atmen. »Es sei denn, du hättest ein berufliches Interesse an ihm, was aber nicht sein kann, da du ja beurlaubt …«

»Ein Freund meines Bruders ist unter Mordverdacht verhaftet worden.« Von der speziellen Art meiner persönlichen Bekanntschaft zu Steffen schwieg ich lieber.

»Das ist nicht schön für ihn.«

»Mattes, bitte!«

Er schwieg.

»Ich will ihm helfen. Keine Ermittlungen. Nur mal sehen, ob sich was ergibt.«

Im Hörer rauschte es.

»Mattes?«

»Ja.«

Ich seufzte.

»Ich bin in die Eifel gegangen, um zu überlegen, wie es weitergeht mit mir. Auch beruflich.«

»Hast du eine Entscheidung gefällt?«

»Ich habe mich auf den Weg gemacht.«

»Gut.«

»Vielleicht kann ich es ja auf diese Weise herausfinden.«

»Oder dich endgültig aus dem Spiel kicken, Ina. Eine Dienstaufsichtsbeschwerde ist kein Pappenstiel!«

»Ich weiß, Mattes.« Noch einmal würde ich nicht betteln. »Wenn du mir die Informationen beschaffen könntest, wäre das super. Ich will dich nicht bedrängen.«

»Machst du aber.«

»Ich melde mich, Mattes, tschüs.«

Der Hörer lag warm in meiner Handfläche. Ich streckte ihm die Zunge raus. Dann legte ich ihn auf den Tisch und starrte ihn an. Vermutlich hatte Matthias recht. Mit Sauerbier war nicht zu spaßen. Ich kramte in meiner Jackentasche und suchte den orangefarbenen Zettel zwischen Büroklammern,

Bonbonpapieren und Münzen für den Einkaufswagen. Monika Berkel, eine Adresse mit Gemünder Postleitzahl, die mir nichts sagte. Der freundliche junge Mann in der Auskunft kannte zumindest ihre Telefonnummer, und ich rief dort an. Niemand hob ab.

Ich schwang mich samt Navigationssystem auf das Fahrrad meines Vaters und folgte brav den Anweisungen. Es war nicht weit. Keine Entfernung in Gemünd war weit. Die Urftseestraße in Richtung Ortskern und dort durch die Dreiborner Straße. Auch hier hatte sich in den letzten Jahren viel geändert. Das meiste zum Guten. Da, wo früher ein Nachkriegsneubau im Erdgeschoss ständig wechselnde Billigläden und im Obergeschoss eine Diskothek beherbergt hatte, öffnete sich jetzt ein hübscher Platz mit Geschäften. Es sah aus, als träten die Schaufensterfronten in einen Wettstreit mit den Blumeninseln um die größte Farbenpracht. In der alten Volksschule, die an der Längsseite des Platzes ihre weiß getünchten Mauern strahlen ließ, bekam man keine Lebensweisheiten, sondern Eifler Spezialitäten aufgetischt und einen Sitzplatz an der Sonne. Freunde der süßen Verführung wurden in dem gegenüberliegenden Café fündig, und reichlich geistige Nahrung war in der Buchhandlung direkt nebenan zu finden.

Ich mochte dieses neue Gesicht meiner alten Heimat.

Seit vor fünf Jahren der Nationalpark Eifel offiziell Gemünd als eines seiner Tore geöffnet hatte, belebten Touristen und Wandergruppen das Bild des Ortes. Zum Schützenfest hatte sich die Stadt noch zusätzlich herausgeputzt. Von vielen Häusern hingen Fahnen mit dem Gemünder Wappen und grün-weiße Luftballons.

Ich hielt mitten in der Fußgängerzone an, schloss für einen Moment die Augen und sog die Luft ein. Über dem Duft der Bäckerei, der Eisdiele und dem rauchigen Hauch aus der Metzgerei lag unverkennbar Waldluft.

Das war es, was in Köln fehlte.

Die Kirchturmuhr schlug sechs Mal. Monika Berkel könnte jetzt zu Hause sein. Nach fünf Minuten hatte ich die ehemalige Belgische Siedlung in Mauel erreicht. Wie kleine Festungen verschanzten sich die Einfamilienschlösschen und Reihenhäuser hinter ihren Rhododendren und Buchsbaumhecken. Monika Berkels Haus hob sich von seinen Nachbarn durch die freie Rasenfläche und die Skulptur davor ab. Sie erinnerte mich an die Keramiktassen meines Kollegen Matthias. Ungewöhnlich, aber nett. Vor allem aber – sehr bunt.

Auf mein Klingeln hin öffnete mir niemand. Durch den langen Glaseinsatz der Haustür konnte ich in den Flur sehen. Nichts rührte sich darin.

»Wen suchen Sie denn?«

Ich schreckte hoch und wandte mich um. Eine Frau in Gummistiefeln, weitem Sweatshirt und schmutzigen Jeans sprach mich vom Nachbargrundstück aus an. Sie schob ihre Ballonmütze ein Stück nach hinten und blinzelte in die tief stehende Sonne.

»Ich möchte zu Frau Berkel. Wissen Sie, wo sie ist?«

»Was wollen Sie denn von ihr?«

»Ich möchte ihr gerne ein paar Fragen stellen.«

»Sind Sie von der Polizei?«

»Ja, ich …« Ich räusperte mich. »Nein, ich bin nicht von der Polizei. Ich bin privat hier. Ich wollte Frau Berkel etwas fragen, aber wenn sie nicht da ist, dann …« Ich schob mein Fahrrad aus der Einfahrt und hockte mich auf den Sattel. »Ich komme später noch einmal wieder. Was meinen Sie, wann ich sie antreffen kann?«

Die Frau hob eine Gartenharke und stützte sich auf den Holzstiel.

»Ich dachte nur, wo doch ihr Exmann ermordet wurde, Sie wären von der Polizei.« Sie machte eine Pause. »Oder sind Sie von der Zeitung?«

»Ach, Peter Prutschik war der Exmann von Frau Berkel?«

Sie musterte mich von oben bis unten. Ihr Blick blieb an meinem T-Shirt hängen, auf dessen Vorderseite eine dicke Prilblume prangte. Die Art, wie sie den Unterkiefer vorschob und ihre Zunge unter die Oberlippe steckte, machte mir klar, dass sie mir misstraute.

»Ich dachte, Sie kennen sie.«

»Nein. Bisher noch nicht. Aber das möchte ich sehr gerne ändern.« Mit Schwung trat ich in die Pedale. »Bis bald mal«, winkte ich ihr zu, ohne nach hinten zu sehen. Ich war mir sicher, dass sie mir nachstarrte.

**

Mama war weg. So lange schon. Sie hatte das Knallen der Schranktüren gehört. Im Elternzimmer neben ihrem. Sie hatte die Schritte gehört. Über die Treppe. Durch die Diele. Das Schloss der Haustür klackte. Von oben hatte sie zugesehen, von der Empore, wo sie gesessen und den Worten der Erwachsenen gelauscht hatte, obwohl sie sie nicht hören wollte. Mama war weg. So lange schon.

Bald würde Papa ins Kinderzimmer kommen und sie in den Arm nehmen. Trösten. Übers Haar streichen. »Du bist wichtig. Niemand sonst.« Sie wusste, dass Papa sie lieb hatte. Er hatte es ihr immer wieder versichert. Wenn sie weinte und wenn sie sich allein fühlte. Papa war da. Immer.

Sie verkroch sich in ihrer Decke. Sie fror. Trotz der Wärme. Aus der Sicherheit ihrer Höhle heraus begann sie, die Dinge zu betrachten, die im Halbdunkel wie bedrohliche Schatten auf sie einzustürmen schienen. Spielzeuge, Möbel, Kleidung. Ein großer Teddybär war umgefallen und lag auf dem Rücken, die Beine starr in die Höhe gestreckt.

Sie zog sich die Decke über den Kopf, schloss die Augen und horchte auf ihren eigenen Atem. Sie spürte, wie die Hitze aus ihren Lungen die Luft unter der Decke erwärmte und die Kälte vertrieb. Das Zittern hörte auf. Als kaum noch Sauerstoff vorhanden, ihr Atem keuchend und der Drang nach Luft übermächtig geworden waren, schlug sie die Decke zurück, setzte sich auf und stellte sich den Bedrohlichkeiten.

Wenn ich es *ändere*, dachte sie, wenn *ich* es ändere, dann wird es besser werden.

Im Halbdunkel stand sie auf, tastete nach dem Teddy und setzte ihn aufrecht hin. Für einen kleinen Moment vergrub sie ihr Gesicht im dichten Fell des Bären und sog den Geruch ein. Dann küsste sie den Bären auf die Nase und schob ihn in eine Ecke. »So«, sagte sie laut, »da wird es dir gefallen. Da kippst du nicht mehr um.«

Als Nächstes hob sie alle Kleider auf, pflückte sie vom Stuhl und von dem kleinen Garderobenständer. Sie faltete eines der Gespenster nach dem anderen und legte sie in die Schublade der Kleiderkommode. Ihr Blick wanderte durch den Raum. Der Schreibtisch.

Papa hatte ihn neben die Tür geschoben, aber da stand er nicht gut. Sie wollte aus dem Fenster sehen können, während sie dort saß und arbeitete. Sie staunte, wie einfach es war, den Tisch zu verschieben. Auf dem glatten Parkett rutschten die Beine wie über eine Eisfläche. Besser. Jetzt der Sessel. Es war schwerer, den Sessel zu bewegen, aber es ging.

Das Bett? Wenn das Bett an der Wand gegenüber dem Fenster stehen würde, könnte sie die Sterne sehen. Das wäre gut. Sehr gut.

Das Bettgestell ruckelte und quietschte, als sie mit all ihrer Macht dagegendrückte. Aber es bewegte sich. Zentimeter um Zentimeter. Bis es schließlich da stand, wo das Licht der Sterne auf es fiel.

Sie betrachtete ihr Werk.

Besser. Viel besser.

So hatte sie keine Angst mehr.

So war alles, wie sie es haben wollte.

Sie kroch wieder in ihr Bett und zog die Decke hoch. Sie war noch warm. Sie konnte die Sterne sehen.

»Was zum Teufel …?« Die Tür zum Zimmer flog auf, und ihr Vater stand da. Im Gegenlicht des Flures erkannte sie nur einen großen, schwarzen Umriss. Und sie erkannte die Stimme. Sie erkannte die Tonlage, und sie erkannte die unterschwellige Wut.

Der Vater machte einen Schritt in den Raum hinein und erstarrte. Sie verkroch sich unter ihrer Decke und blies warmen Atem an ihrem Körper entlang. Hier ist es warm. Hier ist es sicher. Hier ist es warm. Hier ist es sicher. Ein Mantra.

Warm. Sicher. Warm. Sicher.

Die Kälte, als die Decke fortgerissen und in eine Ecke geworfen wurde, traf sie härter als die Worte, die ihr der Vater entgegenschleuderte. Sie rollte sich zusammen, duckte sich.

»So ein Chaos zu veranstalten, du dummes Gör!«

Das Kopfkissen wurde unter ihr weggezogen. Die Stimme des Vaters kippte. »Wenn du meinst, du könntest hier machen, was du willst, hast du dich gewaltig getäuscht! Sofort!« Er riss sie an ihrem Arm aus dem Bett. »Los, räum auf!«

Sie wagte nicht zu widersprechen. Diesmal stockte der Schreibtisch an jeder Fuge des Bodens. Bis sie den Sessel und das Bett wieder zurückgeschoben hatte, war sie außer Atem, und die Muskeln in ihren Armen zitterten.

Sie weinte. Der Vater stand mit verschränkten Armen im Türrahmen. Als alle Möbelstücke wieder an ihrem alten Platz standen und sie sich in ihre Decke geflüchtet hatte, setzte sich der Vater auf die Kante des Bettes.

»Verzeih, wenn ich so hart mit dir sein muss. Du bist wichtig! Niemand sonst.« Er drückte die Decke um ihren kleinen Körper fest, stand auf und ging zur Tür. »Und nur ich weiß, was gut für dich ist!«

Sie nickte. Sie konnte die Sterne nicht mehr sehen.

VIER

»Bitte beim Bademeister bezahlen.« Das Schild hing im Fenster des Eingangsbereiches. Jemand hatte den Satz mit dem Computer geschrieben, ausgedruckt und über der kleinen Luke aufgehängt, durch die sonst Kleingeld und Eintrittskarten gereicht wurden. Unter dem Hinweis bedankte sich das Team des Rosenbades in kleiner Schrift für das Entgegenkommen der Besucher. Der Glaskasten war verwaist, die Schublade der Kasse war leer und stand offen. Vermutlich, um Begehrlichkeiten erst gar nicht aufkommen zu lassen.

Links neben dem Eingang verwehrte rot-weißes Absperrband den Zutritt zu einem schmalen Seitenpfad, der zwischen Schwimmbad und Bachlauf lag. Hier, am Ende der Flucht, hatte man Prutschiks Leiche gefunden. Der junge Polizist, der zur Bewachung abgestellt worden war, wirkte müde und erschöpft. So wie er aussah, hatte er die ganze Nacht hier gestanden. Ich lächelte ihn mitleidig an und rüttelte an der Eingangstür des Schwimmbades. Geschlossen. Ein kleines Schild an der Mauer verkündete die Öffnungszeiten. Neun bis neunzehn Uhr. Ich war anderthalb Stunden zu früh hier.

Gerade als ich mich umdrehen und nach Hause zurückkehren wollte, kamen zwei ältere Damen auf den Eingang zu und traten an den Metallzaun. Ohne in ihrem Gespräch innezuhalten, zogen sie einen leeren Getränkekasten von der anderen Seite des Zaunes hinüber. Sie platzierten ihn vor ihren Füßen, nutzten ihn als Treppe und stiegen auf der anderen Seite genauso mühelos wieder hinunter.

Ich beschloss, es ihnen gleichzutun. Unter den Blicken des jungen Beamten, der keinerlei Einwände dagegen zu haben schien, warf ich meine Tasche auf die andere Seite und turnte hinterher. Bei der Vorstellung, das in einem der Kölner Schwimmbäder zu versuchen, musste ich grinsen. Dort würde man vermutlich mit Handschellen abgeführt und des Hausfriedensbruchs angeklagt. Hier nicht.

Die raue Oberfläche des Startblocks kitzelte mich unter den Füßen, als ich meine Arme nach oben reckte und tief Luft holte. Mit einem Kopfsprung tauchte ich ein. Für einen kurzen Moment verkrampfte sich mein Körper. Die Temperatur im Gemünder Rosenfreibad war zu niedrig für meine gerade aus dem Bett gekrochenen Glieder. Ich öffnete die Augen und starrte durch das Wasser an die Oberfläche. Luftbläschen wirbelten um mich herum und stiegen in kleinen Wolken hoch. Prustend kam ich nach oben. Ich zwang meine Arme in einen Rhythmus, der mich mit gleichmäßigen Kraulschlägen vorwärtstrieb. Mein Herzschlag bemühte sich, den plötzlichen Anforderungen gerecht zu werden, und pumpte Blut in die äußersten Spitzen meiner Muskeln. Die Kälte wich, und mich überkam ein Gefühl von Schwerelosigkeit. Ich glitt vorwärts, als ob ich fliegen würde. Drei Schläge, mit dem vierten drehte ich mein Gesicht aus dem Wasser und sog Sauerstoff in meine Lungen. Ich dachte an nichts, nur das regelmäßige Auf und Ab steuerte meinen Körper Meter für Meter, unterbrochen durch die Drehung und das anschließende Gleiten, nachdem ich mich vom Rand abgestoßen hatte. Bahn für Bahn für Bahn. Nach der letzten Wende drehte ich mich auf den Rücken, ließ Arme und Beine locker hängen und starrte in den Himmel.

Blau. Wie Jans Augen. Blau. Es zog mich in sich hinein. In die Weite des Himmels und die Tiefe unter mir.

Nein. Ich wollte es nicht. Nicht die Erinnerung und nicht den Schmerz. Wollte es vergessen. Deswegen war ich zurückgekommen.

Mit einem Ruck drehte ich mich wieder in Bauchlage, streckte meine Arme nach vorne und schaute mich um.

Neben mir zogen zwei ältere Damen mit bunten Blütenbadekappen ihre Bahnen. Hoch aufgerichtet schoben sie eine kleine Bugwelle vor sich her, die sich an den Seiten ausbreitete und an den Rändern in die Überlaufrillen schwappte. Immer wieder schauten sie verstohlen zu mir hinüber, um dann die Köpfe zusammenzustecken und miteinander zu tuscheln. Ich sah sie durch die Chlorschwaden hindurch an und grüßte lächelnd. Ich erkannte sie, es waren Nachbarinnen meines Vaters, Frau Rostler und Frau Keil. Die Gummiblumen der beiden wippten hoheitsvoll einen Gruß zurück und schoben weiter.

Am Ende der Bahn tauchte ich unter dem rot-weißen Seil hindurch, das den Schwimmer- vom Nichtschwimmerbereich trennte. Die Rutsche lockte mit glänzendem Stahl. Wie lange war das her? Ich grinste, als ich oben meinen Po zwischen den Aluplanken platzierte und sah, wie die Damen Rostler und Keil kopfschüttelnd mein Manöver begutachteten.

»Un dat in demm Alter!« Über die leere Wasserfläche hinweg drangen ihre Worte bis zu mir hinauf.

Mit einem lauten »Jippiiie!« ließ ich mich die Rutsche hinuntergleiten und hoffte auf eine möglichst große Fontäne beim Aufprall. Ihre entsetzten Gesichter, in die ich beim Auftauchen sehen durfte, ließen erkennen, dass sie mir gelungen war.

Ich wandte mich ab und ging auf die Treppe zu, die am unteren Ende des Beckens einen sicheren Ausstieg versprach. Aus den Augenwinkeln sah ich ein Glitzern. In der Überlaufrinne hatte sich ein Ohrring verfangen. Ich nestelte ihn heraus und betrachtete ihn. Der kleine Stein in der silbernen Fassung funkelte wie ein Diamant. Allerdings war ich die Letzte, die in einem solchen Fall echt und unecht unterscheiden konnte. Der Bademeister war nicht zu sehen. Ich hielt den Ohrring fest in meiner Handfläche, stieg aus dem Wasser und ging den beiden Schwimmerinnen am Beckenrand entgegen.

»Hallo?«

Sie reagierten nicht. Vermutlich verschlossen ihnen ihre Badekappen die Ohren.

»Frau Rostler!« Diesmal strengte ich mich mehr an.

Es nutzte nichts. Erst am anderen Ende der Bahn konnte ich die beiden abfangen. Böse funkelten sie mich an.

Ich kniete nieder und hielt ihnen den Ohrring hin.

»Haben Sie den verloren?«

Frau Keil schwamm näher und starrte mir ins Gesicht.

»Sie sinn doch dem Hermann seine Tochter, oder nitt?«

»Ja, die bin ich.«

Jetzt kam auch Frau Rostler näher.

»Och, dat Ina! Isch hann disch janitt jekannt.« Sie legte den Kopf in den Nacken und blickte zu mir hoch. »Wat haste denn, Kind?«

»Gehört der Ohrring Ihnen?«

»Nee, leider nich.« Frau Rostler schüttelte bedauernd den Kopf, blinzelte und schoss mir dann ihre Frage ins Gesicht: »Wohnst du jetzt wieder beim Papa? Du bist schon so lang widder da. Klabbet nämmi in Köln?« Und, nach einer kurzen Pause, in der sie ihre Badekappe mit spitzen Fingern zurechtrückte: »Wat weißte denn übber den Mord an dem Mann?«

Ich stand auf und legte ein schmales Lächeln auf meine Lippen.

»Doch, danke. Es klappt gut in Köln. Ich bin nur auf Urlaub hier.« Ich hatte es vergessen. So etwas wie Anonymität gab es in Gemünd nicht. Alles wurde registriert und begutachtet. Ich wusste nicht, ob es mir gefiel. Die Frage nach dem Mord ignorierte ich.

Frau Rostler probierte es erneut: »Du bist doch Kommissarin, so wie im ›Tatort‹. Da musst du doch was wissen!« Ihre Neugierde hatte sie ins Hochdeutsche getrieben.

Ich packte wortlos meine Sporttasche, steckte das Schmuckstück in ein Seitenfach und verabschiedete mich mit einem Nicken. Als ich mich nach fünf Metern noch einmal umdrehte, hatten sie ihre Bahnen schon wieder aufgenommen, trieben wie zwei Leuchtbojen durch das Wasser und diskutierten lautstark.

»Sie kann doch nicht aus einem laufenden Ermittlungsverfahren erzählen, Marta!«

»Abber, se kennt mich doch …«

Ich grinste in mich hinein. Doch zu viele Fernsehkrimis.

Die Zeiger der Schwimmbaduhr rückten auf neun Uhr an. Dienstantritt für den Bademeister. Irgendwo würde ich ihn schon finden. Ich ging über die Steinfliesen, entlang der Pinnwand, an der Zeitungsausschnitte vom Kampf der Bürger um ihr Schwimmbad erzählten, und musste lächeln. Als in den achtziger Jahren der Stadt das Geld ausging und das Schwimmbad geschlossen werden sollte, hatten sich die Gemünder auf sehr eigenwillige Art für den Erhalt engagiert. Mit Waschbütte um den Bauch, Duschstange und Zwanziger-Jahre-Badeanzug ausstaffiert, hatte eine Frau ihr persönliches kleines Schwimmbad sogar durch den gesamten Karnevalszug getragen. »Mee Schwemmbad mäht keener zo!«, hatte auf dem Schild gestanden, und an ihrer Kampfeslust bestand kein Zweifel.

Zur großen Überraschung aller Beteiligten wurde das Rosenbad gerettet und öffnete seitdem in jedem Jahr wieder seine Türen.

Meine Schritte hallten auf den Steinfliesen, während ich die Eingangshalle durchquerte. Die Umkleidekabinen lagen am hinteren Ende und hatten sich seit meiner Kindheit nicht verändert. Auch Bürgerbäder leiden unter knappen Budgets.

Der Bademeister kassierte die Münzen mit einem berufsmäßigen Lächeln, hob seine Baseballkappe an und kratzte sich am Kopf.

»War noch ein bisschen frisch heute Morgen, was?«

Ich nickte freundlich. Das musste an Erwiderung reichen.

»Hab Sie noch nie gesehen hier.« Er ließ nicht locker.

»Als Kind bin ich im Sommer jeden Tag geschwommen.« Meine Stimme knarrte ein wenig. Smalltalk am frühen Morgen bekam ihr nicht.

Er musterte mich. »So lange bin ich noch nicht hier.«

Na wunderbar.

War es unhöflich, darauf nicht mehr zu antworten? Oder vernünftig? Ich beschloss, dass es mir egal war.

Das Kassenhäuschen war mittlerweile besetzt. Eine Frau

mit dunkler Kurzhaarfrisur und Brille löste konzentriert ein Kreuzworträtsel. Ich räusperte mich, und sie blickte auf.

»Frau Weinz. Schon fertig mit dem Frühsport?« Sie lächelte und blickte mich freundlich an. Dann lachte sie. Mein Gesichtsausdruck hatte ihr wohl meine Verwirrung gezeigt.

»Mein Mann, Hans Angler, singt mit Ihrem Vater Hermann im Gesangverein. Daher kenne ich Sie.«

»Oh.« Mehr konnte ich dazu nicht sagen. Ich kramte den Ohrring heraus und schob ihn durch die Luke im Glasfenster zu Frau Angler hinüber.

»Den hat wohl jemand verloren.«

»Ich leg ihn zu den anderen Fundstücken.« Sie drehte den Stein auf dem Geldteller. »Sieht so aus, als ob er was wert wäre.« Sie packte ihn in die Geldkassette. »Ich werde mal aufpassen, wem er gehören könnte.«

»Danke.« Ich drehte mich um und ging hinaus.

»Ach, Frau Weinz!«

»Ja?«

»Wenn Sie länger bleiben, könnten Sie eine Jahreskarte kaufen! Das ist auf Dauer günstiger.«

Ich nickte. Vielleicht war das ja wirklich eine Option.

Der junge Polizist lehnte gegen den Metallzaun des Schwimmbades und sprach in sein Handy, als ich, meine Tasche über die Schulter schwingend, in Richtung der kleinen Brücke ging, die mich durch den Kurpark wieder zu meinem Auto bringen würde. Sollte ich versuchen, Informationen aus ihm herauszubekommen? Ich stoppte, drehte mich um und ging auf ihn zu. Sein Handy piepste in regelmäßigen Abständen und forderte neue Energie. Es war genauso erschöpft wie sein Besitzer.

»Wird Zeit, dass die Ablöse kommt!« Ich zeigte mit der Hand auf sein Telefon.

Er nickte, schwieg aber weiterhin.

Ich ging auf ihn zu und streckte ihm die Hand entgegen.

»Ina Weinz, Kripo Köln. Ich habe im Ticker von dem Mord gelesen.«

Er nickte knapp, beachtete meine Hand aber nicht.

»Wachtmeister Henning Jakobs.« Er betrachtete meine nassen Haare und meine Schwimmtasche. »Sind Sie dienstlich hier?«

»Nein, ausnahmsweise habe ich mal einen Tag Urlaub und besuche meine Familie hier in Gemünd.«

Seine Mundwinkel schnellten so kurz nach oben, dass ich es fast nicht wahrgenommen hätte.

»Dann wünsche ich Ihnen noch eine gute Erholung, Frau Weinz.«

Ich war entlassen.

»Ebenfalls, Herr Jakobs, ebenfalls.« Ich ging los, drehte mich noch einmal um und winkte ihm fröhlich zu.

Mit großen Schritten hastete ich über die Brücke, bog rechts ab, lief unter der Palisade entlang und die wenigen Stufen zu dem Weg hinunter, der den Bachlauf auf der anderen Seite flankierte. Im Kneippbecken dümpelten Blätter auf der glatten Oberfläche. Ein Käfer saß auf dem glänzenden Metall des Laufgriffs und sonnte sich. Ob der Polizist mich gesehen hatte?

Auf der anderen Seite der Urft versperrten blaue Planen die Sicht auf den Fundort der Leiche. Ich kramte meine Armbanduhr aus der Schwimmtasche. Neun Uhr fünfzehn. Keine Uhrzeit für Spaziergänger. Meine Tasche verstaute ich im Gebüsch hinter dem Becken. Um sicherzugehen, lief ich unter der Brücke hindurch einige Schritte auf dem Weg Richtung der Fußgängerzone, konnte aber niemanden entdecken. Auch auf dem angrenzenden Minigolfplatz herrschte gähnende Leere. Nur ein Eichhörnchen huschte über die Betonbahnen und steckte seinen Kopf in eines der Ziellöcher, vermutlich auf der Suche nach Nüssen. Ich kehrte zu Kneippbecken und Tasche zurück. Im Sommer führte das Flüsschen an dieser Stelle nur wenig Wasser.

Bevor ich es mir anders überlegen konnte, zog ich meine Schuhe aus und warf sie neben die Tasche. Die Brennnesseln am Uferrand machten ihrem Namen alle Ehre und mir das

Leben zur Hölle, als ich mühsam den kurzen steilen Hang hinunterbalancierte. Das Wasser der Urft schoss eisig um meine Waden. Ich schauderte. Zumindest ließ das Brennen nach. Meine Shorts reichten knapp bis zum Oberschenkel. Ich musste also nicht befürchten, nass zu werden, außer natürlich, ich rutschte aus.

Die glatten Steine unter meinen Füßen waren mit Algen überzogen, die wie lange Fäden im Wasser tanzten. Plötzlich fielen mir die Blutegel wieder ein, die ich mir beim Spielen in diesem Bach als Kind immer eingefangen hatte. Ich ekelte mich bei dem Gedanken und stakste eilig weiter, bis ich die blaue Plane erreicht hatte. Ihre untere Kante hing gerade bis auf den Boden hinunter. Behutsam hob ich sie an und quetschte mich zwischen Plastik und Mauer. Selbst ein aufmerksamer Beobachter auf der anderen Seite des Baches würde mich so nur schwer entdecken. Einen halben Meter über meinem Kopf befand sich der Pfad, auf dem Peter Prutschik seinem Mörder begegnet war. Ich suchte nach einer Möglichkeit, hinaufzugelangen. Die raue Oberfläche der Mauer bot keine Hilfe. Immer wieder glitten meine Finger ab. So ging es nicht. Aber es musste eine andere Möglichkeit geben. In einem Meter Entfernung stach ein Betonrohr durch die Mauer und hielt die Plane auf Abstand. Wenn ich mich daran hochziehen und festklammern könnte? Ein dunkles Loch gähnte mich an, als ich hineinblickte. In meiner Vorstellung wohnte hinter der Dunkelheit eine Rattenfamilie, die es nicht gut finden und mich umgehend angreifen würde, sobald ich nur einen Fuß dort hineinsetzen würde. Ich sah mich erneut um. Nichts.

Es blieb mir keine andere Wahl. Mit einer Hand klammerte ich mich an den Rand des Rohres, zog mich hoch und hangelte nach der unteren Latte des Zaunes auf der Mauer. Bei der nächsten Sportstunde würde ich die Klimmzüge nicht auslassen, schwor ich mir, während ich Zentimeter um Zentimeter mein Gesicht über den unteren Rand des Pfades schob.

Der Tatort war bereits abgegrast. Wie zu erwarten, zeigten

nur noch weiße Kreidespuren auf dem Boden die Lage der Leiche an. Erst jetzt sah ich, wie klein Prutschik gewesen sein musste. Vor Wut tobend und wie eine Schlange sein Gift vor Steffen versprühend, war er mir deutlich größer erschienen als die höchstens eins fünfundsechzig, die der Kreideumriss ihm zugestand.

An der Betonwand, die sich hinter ihm erhob, waren Blutspritzer zu sehen. Es sah aus, als ob ein Kind ein Zahnbürstenbild gemacht und dabei zu viel Wasser verwendet hätte. Dicke Tropfen breiteten sich sternförmig aus. Für eine Schusswunde zu wenig. Eher wie die Blutspritzer nach einem Schlag auf den Kopf. Dafür sprachen auch die Reste einer Blutlache, die sich in Höhe des gezeichneten Kopfes befand. Braun. Nicht dunkelrot. Ich schloss die Augen.

Wie ein Blitz zuckte Jans Gesicht vor mir auf. Ich fühlte die Berührung seiner Lippen auf meinen Wangen. Den Hauch seines Atems. Dann das Rot, das ich nie gesehen hatte, aber das sich in meiner Vorstellung unter ihm ausbreitete. Schwarzer Stein. Rotes Blut. Seine blauen Augen starrten in die Ewigkeit. Mir wurde übel.

Ich verlor den Halt unter den Füßen, schrammte die Mauer hinunter, stürzte auf die Knie und rutschte rückwärts den kurzen Hang hinunter. Meine Hände packten ins Leere, und ich spürte, wie spitze Steine meine Knie und Schienbeine aufrissen. Ich fiel, und Panik kochte in mir hoch. Es ist vorbei, Ina. Vorbei. Meine Muskeln krampften. Die Plane knallte, als ich hineinfiel und sie mit dem Gewicht meines Körpers straffzog. Ich keuchte auf. Erst als das eiskalte Wasser der Urft das Blut von meinen Beinen spülte, beruhigte sich mein Atem.

Ich stand auf und watete die fünf Meter zurück zum anderen Ufer, schnappte meine Tasche und die Schuhe und ließ mich auf die Bank neben dem Kneippbecken fallen. Blut lief aus den Schürfwunden an meinen Beinen hinunter, und es dauerte eine ganze Weile, bis ich es gestillt und mit meinem Handtuch abgewaschen hatte.

Kaffeeduft begrüßte mich im Hausflur. Olafs Wohnungstür stand offen, und aus seiner Küche drang das leise Singen meines Vaters. Auf dem Tisch standen ein Korb mit Brötchen und selbst gemachte Marmeladen. Ich stellte mich in den Türrahmen, verschränkte die Arme und betrachtete die beiden. Sie waren meine Familie. Die einzige, die ich hatte. Bis auf meinen Kater, der auch Hermann hieß und zurzeit auf Besuch bei Matthias weilte. Wenn ich länger hierbleiben würde, müsste ich ihn irgendwann holen.

»Ich habe deine Lieblingsbrötchen mitgebracht, Schwesterherz.« Olaf schaute von seiner Zeitung auf. »Warst du schwimmen?« Verwundert wies er auf meine nassen Haare, die noch wirrer als sonst um meinen Kopf standen. Meine zerschrammten Beine brannten unter der Jeans, die ich mir schnell angezogen hatte, damit er die Wunden nicht sah. Ich würde sie desinfizieren und verbinden müssen, wenn ich alleine wäre.

Ich nickte. »Hab Frau Rostler und Frau Keil getroffen.« Ich mischte mir einen Milchkaffee und setzte mich neben meinen Vater.

»Und – hast du es überlebt?« Hermann verdrehte die Augen.

»Nur knapp.« Ich grinste. »Aber mir ist aufgefallen, dass man hier keinen Schritt machen kann, ohne dass alle Bescheid wissen. Da muss doch jemand etwas gesehen haben, als der Mord passiert ist.«

»Heißt das, du hilfst Steffen?« Olaf schaute mich an. Ein Hoffnungsschimmer überzog sein Gesicht und noch etwas, was ich nicht zu deuten wusste.

»Ob ich ihm damit helfe, muss sich erst noch erweisen. Aber wenn er unschuldig ist, werde ich das herausfinden.«

Hermann wählte ein hart gekochtes Ei, schlug mit dem Löffel darauf und schälte einzelne Schalenstückchen in seinen Eierbecher. Er setzte den Salzstreuer an, stellte ihn direkt wieder ab und sah mich an.

»Du hast dich entschieden?«

»Was das angeht, ja. Das andere, ich weiß …«

»Ich habe eine Freundin!«, platzte Olaf dazwischen.

Ich verstummte, zog eine Augenbraue hoch und schnappte mir ein Brötchen. Dann ließ ich meine Hand sinken, legte es auf den Teller und wandte mich ihm zu.

»Also, besser eine neue Bekannte, und ich denke, da kann mehr draus werden!«

»Das freut mich, Olaf.«

Es freute mich wirklich, obwohl ich wusste, dass es in diesem Moment nicht so klang. Vielleicht lag es daran, dass bisher alle seine Beziehungen daran gescheitert waren, dass die Frauen den Sockel, auf den Olaf sie hob, irgendwann nicht mehr aushielten und die Beziehung beendeten. Für meinen Bruder brach jedes Mal eine Welt zusammen, und er war sehr verzweifelt. Aber er war achtunddreißig Jahre alt, und ich gönnte es ihm von ganzem Herzen, endlich eine Frau zu finden, mit der er glücklich sein würde.

»Und?«, fragte ich beiläufig und strich Erdbeermarmelade auf meine Brötchenhälfte.

»Sie ist Schneiderin bei einer Modedesignerin und wohnt in Düsseldorf. Zurzeit ist sie hier zu Besuch.« Die dritte Brezel dieses Morgens landete auf seinem Teller. Er betrachtete sie nachdenklich. »Ich habe sie auf dem Schützenfest kennengelernt, nachdem du mit Steffen abgezogen bist.«

Mein Vater räusperte sich, und ich spürte, wie die Hitze in meine Wangen stieg.

»Kenne ich sie?«

»Wie heißt sie denn?«, mischte sich Hermann ein.

»Sie heißt Michelle Steuwen. Ich glaube nicht, dass du sie kennst.«

Ich rückte näher an Olaf und stieß ihm meinen Ellbogen in die Seite.

»Wie ist sie so?«

Ein Lächeln huschte über sein Gesicht.

»Sie ist schön! Sie ist witzig! Sie ist …« Olaf verstummte und betrachtete seine Hände.

»Sie ist vollkommen?«

Ein Lächeln zuckte über seinen Mundwinkel.

»Ich weiß, was du mir sagen willst, Ina, aber so ist es nicht. Diesmal nicht. Sie hat Fehler und Schwächen.« Jetzt lachte er. »Sie kann nicht tanzen.«

»Dann passt ihr ja hervorragend zusammen!«

»Sie ist …«, er zögerte und erwiderte meinen Blick, »ich glaube, sie ist mir sehr nah. Und«, er macht eine weitere Pause, »sie mag mich so, wie ich bin.« Er grinste und zog an einer seiner Speckrollen. »Ich hoffe, es wird was!« Entschlossen legte er die unberührte Brezel wieder in den Brotkorb.

»Wie lange bleibt sie hier?« Hermann schob seinen Teller in die Mitte des Tisches und stand auf.

»Oh, sie hat drei Wochen Urlaub.« Olaf neigte den Kopf. »Und so weit ist Düsseldorf ja nun auch nicht, Papa.«

»Nein, so weit ist es nicht.« Hermann ging zur Wohnungstür.

»Danke für das bemerkenswerte Frühstück, Junge. Deine Marmelade schmeckt sehr lecker.« Mit einem leisen Klacken fiel die Tür hinter ihm ins Schloss.

Olaf starrte in seinen Kaffee.

»Er findet es nicht gut, wenn ich eine Freundin habe.«

»Ach Unsinn, Olaf. Natürlich freut er sich für dich!« Ich legte meine Hand auf seine. Er zitterte.

»Er wäre sauer, wenn ich wegginge und ihn alleine ließe.«

»Hör zu, Olaf.« Ich bemühte mich um Zuversicht in meiner Stimme. »Du wohnst seit Ewigkeiten in der Wohnung unter ihm. Vielleicht hat er gedacht oder gehofft, dass das immer so bliebe. Aber er erwartet es nicht von dir. Wenn du weggehen wolltest – er würde sich daran gewöhnen. Sicher!« Ich blickte gegen die Küchendecke. Mein Vater ging oben in seiner Wohnung auf und ab. Ich konnte es hören. Und ich hatte gemerkt, dass es ihm ganz und gar nicht recht war, als er von Olafs neuer Bekannter erfuhr. Darum würde ich mich später kümmern.

»Er wird sich daran gewöhnen müssen, Ina. Mein Leben wird sich ändern.«

Ein Vogel pfiff sehr laut, ich zuckte zusammen und sah mich suchend um.

»Was ist das?«

»Ein Halsbandschnäpper.« Olaf schmunzelte und zeigte auf eine Uhr, die über seiner Küchentür hing. Anstelle der Zahlen waren Bilder von einheimischen Vögeln abgebildet. »Die habe ich mir schon vor Längerem gekauft, war aber nicht sicher, ob ich sie zurückgeben soll. Sie singen zur vollen Stunde. Alles einheimische Vögel. Und gestern hat Michelle erwähnt, dass sie Vogelgezwitscher mag, und da dachte ich …« Olaf hielt inne, setzte sich gerade hin und fuhr dann fort: »Ich finde sie sehr witzig. Mir gefällt sie.«

»Aha. Und jetzt ist es also Halsbandschnäpper.« Ich stellte die Tasse in die Spüle. »Solltest du nicht schon lange in der Bank hinter deinem Schalter stehen?«

»Heute müssen sie ohne mich auskommen. Ich habe mir einen Tag freigenommen. Wir machen einen Ausflug, Michelle und ich.«

»Na dann, viel Spaß, Brüderlein.« Ich streckte mich nach den Tellern und wollte sie zusammenstellen.

»Lass nur, Ina. Ich mach das schon. Schließlich bist du mein Gast.«

Der Stoff meiner Jeans klebte in der offenen Wunde. Ein scharfer Schmerz durchfuhr mich, als ich versuchte, die Hose über meine Knie zu ziehen. Schließlich stieg ich in die Dusche, wusch mich und ließ warmes Wasser über die blutige Stelle laufen. Das sah nicht gut aus. Die Schnitte und Schürfungen waren tiefer, als ich gedacht hatte. Ich zog ein Handtuch von der Stange und rubbelte über meine Arme und meinen Bauch, bis sie rot wurden.

Ein Blick in Olafs Apothekenschrank machte meine Hoffnungen zunichte. Außer Aspirin und Nasenspray gähnte mich nur unendliche Leere an. Von Desinfektionsmitteln, Verbänden oder Pflastern keine Spur. Mein Bruder wurde nicht krank. Trotz seines Übergewichtes war er fit oder hielt sich zumindest dafür. Nur der Schnupfen, der ihn im Herbst heimsuchte, brachte ihn mit schöner Regelmäßigkeit in seinen Augen an den Rand des Todes.

Ich wollte die Schranktür wieder schließen, als mein Blick auf einen Blisterpack fiel. Die Hälfte der Tabletten fehlte. *Tolain.* Diesen Namen hatte ich schon mal gehört, aber ich war mir nicht sicher, in welchem Zusammenhang und ob ich mich richtig erinnerte. Ich steckte die Packung in meinen BH und stopfte die nasse Jeans in die Waschmaschine. Zur Apotheke musste ich sowieso. Dort würde ich fragen.

Mein Koffer stand in der Ecke des Zimmers. Obwohl Olaf mir im Schrank des Gästezimmers einen eigenen Teil frei geräumt hatte, lagen meine Kleider seit dem Tag vor drei Wochen, als ich hier angekommen war, in einem Haufen auf dem Boden. Ich wühlte mich bis auf den Grund und fand den schwarzen langen Rock, den ich mir in einem Hippiemodeladen gekauft hatte. Automatisch wählte ich ein schwarzes T-Shirt, ließ es wieder fallen und kramte nach dem lilafarbenen Oberteil, das die Verkäuferin mir dazu aufgeschwatzt hatte.

Gut. Ich betrachtete mich von oben bis unten. So konnte ich mich sehen lassen. Der Stoff des Rockes schwang locker um meine Beine und berührte die Wunden nicht. Mein Fuß blieb an einer Hose hängen. Seit drei Wochen stieg ich über den Stoffberg, ohne ihn überhaupt wahrzunehmen.

Jetzt störte er mich.

Ich seufzte und schob die Schranktür zur Seite. Die leeren Kleiderbügel klapperten leise. Ich hängte eine meiner Lieblingsstrickjacken auf. Obwohl mir klar war, dass ich eigentlich anderes zu tun hatte, als meine Kleider zu sortieren, wollte ich jetzt und hier in diesen kleinen Teil meines Lebens Ordnung hineinbringen. Hosen zu Hosen, Shirts zu Shirts, Jacken zu Jacken.

Als ich merkte, dass ich die Kleider auch noch farblich sortiert hatte, musste ich über mich selbst lächeln. Aber vielleicht war es gut, mich in Struktur zu üben. Ich setzte mich auf die Bettkante und starrte in den offenen Kleiderschrank.

Vier Monate war es jetzt her, und immer noch verfolgten mich Jans Augen, sein Flüstern und das Gefühl seiner Hände auf meiner Haut bis in meine Träume hinein. Bis in meine Alpträume, denn meine Seele wusste, dass es nicht richtig gewesen war, ihn zu lieben. Ihn immer weiter zu lieben, auch als ich wusste, was er war und was er getan hatte.

Meine Instinkte hatten auf der ganzen Linie versagt. Ich hatte mich und Matthias in große Gefahr gebracht. Die anschließende Kurzzeittherapie hatte geholfen, aber vollständig überwunden hatte ich es noch nicht.

Ich ließ mich nach hinten auf die weiche Decke fallen.

»Nur einen Schritt bis zur Ewigkeit, Ina!« Der Mann hat mir den Rücken zugekehrt. Seine Stimme hallt warm in meinem Kopf, vertraut und fern gleichzeitig. Unter mir, wie aus weiter Entfernung, kann ich die Stimmen der Passanten hören, die, mit Einkaufstaschen bepackt, über den Roncalliplatz eilen. Ich klammere mich an den kalten Stein und spüre, wie die Kanten in meine Handflächen schneiden. Die Wahrheit bohrt sich in meine Seele.

»Du hast sie umgebracht, Jan!«

Er lacht.

Nein, nicht Jan. Der andere muss es gewesen sein. Ich stimme in sein Lachen ein und merke, wie es durch meine Kehle kippt. Meine Hand auf seinem Rücken. Er zuckt zusammen.

»Du hast sie umgebracht?« Eine Frage diesmal.

Langsam nickt er und wendet sich mir zu.

Meine Kehle verschließt sich. Nicht Jan. Ich ringe nach Luft. Spüre, wie der Boden unter meinen Füßen verschwindet. Der andere. Grau wird zu Grün. Wie im Karussell dreht sich alles. Bäume fliegen vorbei, ziehen lange Schlieren von Grün hinter sich her. Der steinerne Engel lächelt höhnisch.

Ich hebe die Arme, will es abwehren, kehre mich ab von dem, was ich nicht sehen, nicht wissen will.

Stechender Schmerz in meinen Beinen.

Mühsam kämpfte ich mich an die Oberfläche. Kein Dom. Kein Wald. Nur mein Bett. Nur der Alptraum. Atme, Ina, atme. Wie einem Mantra lauschte ich dem Fluss in meinen Lungen.

Ich rollte mich auf dem Bett zusammen. Vertraute ich auf einen Instinkt, dem ich nicht vertrauen durfte?

FÜNF

»Dies ist der Anrufbeantworter von Monika Berkel und Klaes Ten Bolder. Bitte hinterlassen Sie ...« Ich legte auf, würde es später wieder versuchen.

Selbst das Autofahren tat weh. Ich parkte auf dem kleinen Platz gegenüber der Kirche und stieg aus. Die Apotheke lag auf der anderen Seite der Kölner Straße. Maisgelb hob sich ihre Fassade von den umliegenden Häusern ab. Ich sah mich um.

An der Ampel stauten sich die Wagen aus drei Richtungen. Verkehrsknotenpunkt. Gemünd City. Wer sich mit dem Navigationssystem von Köln nach Aachen leiten ließ und die Autobahnoption ausschloss, kam hier entlang. Es war aber auch die Verbindung der einzelnen Gemünder Ortsteile. Von Malsbenden nach Nierfeld und vom Salzberg nach Mauel, an der Kirche mit ihrem Backsteinturm kam niemand vorbei.

Die Ampel ignorierend passte ich eine Lücke im Verkehr ab und humpelte über die Straße. Die Wunden brannten, und als ich meinen Rock anhob, sah ich, wie an meinem linken Bein eine dünne Blutspur mäanderte.

»Das sieht nicht gut aus!« Die Apothekerin runzelte die Stirn. »Hier an den Rändern hat es sich bereits entzündet.«

Sie bog um die Ecke, zog Schubladen in verschiedenen Höhen auf und kam schließlich mit einem Arm voll Verbänden, Salben und Pflastern zurück. »Desinfizieren Sie es und nehmen Sie diese Salbe. Die unterstützt den Heilungsprozess.« Sie schob die Packungen auf mich zu. »Tetanusimpfung ist noch aktuell?«

»Ich bin Polizistin, da werden wir regelmäßig gecheckt. Ich denke, ich bin versorgt.«

»Ach, zur Polizei hat es dich verschlagen? Das ist ja interessant!«

Ich drehte mich um und sah in ein Gesicht, das mir unter den dicken Make-up-Schichten vage bekannt vorkam.

»Ist es spannend, so auf Streife?« Der Puder betonte die Fältchen um die Augen, als mein Gegenüber lächelte.

»Ich denke, dass es das ist. Ich weiß es aber nicht ganz genau. Es ist nicht mein Bereich.«

»Nein?« Die Frau kicherte. »Was machst du denn sonst?« Sie wedelte mit dem Zeigefinger vor meiner Nase herum. »Doch nicht etwa böse Verkehrssünder jagen?« Ihr Kichern kiekste. »Also mein Andreas, der hat ja immer mit deinen Kollegen zu tun. Aber mit seinem großen Cherokee fällt es ihm auch wirklich schwer, sich an die Geschwindigkeit zu halten. Nur wenn er den Anhänger mit unseren beiden Pferden hinten dranhat, geht es so eben.« Sie schaffte es, zwischen zwei Sätzen Luft zu holen. »Also, nun sag deiner alten Freundin Katja schon, wo es dich hinverschlagen hat.«

Katja Sahtmanns. Bis zur elften Klasse meine beste Freundin. Dann wurde sie schwanger, und unsere Wege trennten sich. Irgendwie. Ich versuchte, sie durch die Spuren der Jahre und der Schminke hindurch zu erkennen. Es war schwierig. Unmöglich. Von der fröhlichen, neugierigen Siebzehnjährigen war nicht mehr viel zu sehen. Sie wollte immer Ingenieurin werden, war ein Ass in Physik und Mathe.

»Kripo Köln. Und du?«

»Ach, ich bin dauernd beschäftigt. Die Kinder aus dem Haus. Andreas in der Firma. Da habe ich viel Zeit für meine Interessen!« Sie schob ein Rezept über die Verkaufstheke und wartete schweigend, bis sie das Gewünschte bekam. Hämorrhoidenzäpfchen. »Vielleicht sehen wir uns ja bald noch mal!«, flötete sie und verschwand, eine Wolke von Parfüm hinter sich lassend.

Ich hustete das Kratzen aus meinem Hals und zog die Blisterpackung hervor.

»Was ist das für ein Medikament?«

»Ist das für Sie?« Die Apothekerin nahm die Tabletten und ging zu ihrem Terminal.

»Ich möchte wissen, wogegen man es bekommt und was es für Nebenwirkungen hat.«

Sie tippte den Namen ein und runzelte die Stirn.

»Hochpotentes Neuroleptikum, Wirkstoff Amisulprid«, murmelte sie und sah mich dann wieder an. »Ist es nun Ihr Medikament?«

»Hören Sie, ich benötige die Information im Rahmen einer Ermittlung.« Zumindest war das nicht gelogen.

Sie kräuselte die Lippen und legte eine Hand neben den Bildschirm.

»Tolain wird bei Psychosen verschrieben. Es reduziert Wahnvorstellungen und verbessert die soziale Kontaktfähigkeit des Patienten.«

Ich schluckte den Kloß hinunter, der sich in meinem Hals gebildet hatte.

»Was hat das Medikament für Auswirkungen?«

»Heißhungerattacken, Gewichtszunahme, Libidoverlust, Bewegungsunruhe. Manche werden auch lichtempfindlich.«

Ich kramte meine Geldbörse aus der Tasche und bezahlte die Verbände und Salben für meine Knie.

»Ich danke Ihnen. Sie haben mir sehr geholfen.«

»Der Polizei hilft man doch immer gerne!« Sie verschanzte sich wieder hinter ihrem Bildschirm, stützte sich leicht auf dem Tresen ab und lächelte. Mona Lisa im weißen Kittel.

Die Autos auf der Straße ignorierte ich noch erfolgreicher als bei meiner ersten Überquerung. Ich riss die Tür zu meinem Käfer auf, setzte mich schräg auf den Sitz und stellte die Füße auf das Trittbrett.

Olaf schluckte Psychopharmaka! Warum? Es stimmte, er aß sehr viel. Hatte er auch zugenommen? Ich wusste es nicht. War zu sehr mit mir selbst beschäftigt gewesen. Ich würde ihn fragen müssen. Noch eine Baustelle, auf der ich befürchtete, den sicheren Tritt zu verlieren.

Diesmal war jemand zu Hause. Ein junger Mann öffnete mir die Tür.

»Ja, bitte?«

»Ina Weinz. Ist Monika Berkel zu sprechen?«

»Sind Sie eine Bekannte von ihr?

»Nein, ich …«

»Wir haben kein Interesse an Zeitschriften, Plastikgeschirr und neuen Rollos. Danke.« Er schob die Tür zu.

»Es geht um Peter Prutschik.«

Die Tür stoppte in der Bewegung. Ich konnte nur die Hand des jungen Mannes sehen, die das Türblatt umklammert hielt. Seine Fingerknöchel wurden weiß.

»Ich möchte gerne mit Monika Berkel sprechen. Man hat mir gesagt, dass sie seine Exfrau sei.«

»Was möchten Sie denn von meiner Mutter? Sind Sie von der Polizei oder von der Presse?«

»Weder noch.« Ich schwieg und überlegte, wie viel Wahrheit ich gegenüber Prutschiks Sohn rauslassen sollte.

Die Tür öffnete sich wieder.

»Was dann?«

Ich entschied mich für die ganze Wahrheit.

»Ich bin von der Mordkommission. Der Kölner Mordkommission. Hier stehe ich allerdings als Privatperson. Steffen Ettelscheid ist ein Freund von mir.«

Es kam mir leicht über die Lippen. Ja, das war ein Ausdruck für den Zustand unserer Beziehung, mit dem ich gut leben konnte. Ein Freund in Untersuchungshaft. Damit weniger.

Er nickte und trat einen Schritt zurück.

»Kommen Sie rein. Ich bin eben erst aus Köln gekommen. Meine Mutter und ihr Mann sind zwar nicht da, müssten aber bald wieder hier erscheinen.« Er ging den Flur entlang vor mir her ins Wohnzimmer. »Stellen Sie mir Ihre Fragen. Ich habe Antworten.«

Ich folgte ihm ins Innere des Hauses. An den langen, hellen Flur, den ich bereits bei meinem ersten Besuch durch das Glas der Haustür gesehen hatte, grenzten mehrere Räume.

Jonas Prutschik führte mich in das Wohnzimmer und bot mir einen Platz auf dem Sofa an.

»Möchten Sie einen Tee?«

»Danke, gerne.« Ich setzte mich und versank sofort im weichen Leder.

»Wenn Ihr Freund meinen Vater umgebracht hat«, rief er aus der angrenzenden Küche, »richten Sie ihm bitte meinen herzlichen Dank aus!«

»Bitte was?« Ich fuhr hoch und starrte in die Richtung, aus der seine Stimme gekommen war.

»Sie haben mich schon verstanden, Frau Weinz.« Er kam mit einem Tablett in den Händen wieder ins Wohnzimmer. »Jedem, der mich von diesem Mann erlöst hat, bin ich zutiefst verbunden.«

Er stellte eine Untertasse auf den niedrigen Wohnzimmertisch, platzierte die Tasse sorgfältig und drehte den Henkel in meine Richtung. Dann goss er den Tee aus einer antiken Porzellankanne ein, bot mir Milch, Zucker und Zitrone an und ließ sich im Sessel nieder.

In dem schweren Ledersessel wirkte seine Figur zierlich und kleiner als eben noch. Ich suchte nach körperlichen Ähnlichkeiten zwischen ihm und dem Professor, konnte aber außer der Größe keine entdecken.

»Das ist sehr hart, was Sie da sagen, Herr Prutschik.«

»Nicht härter als das, was er mir und …« Er machte eine kurze Pause und senkte den Kopf. Dann seufzte er. »Was er uns, mir und meiner Mutter, angetan hat.«

Ich schwieg und sah ihn aufmerksam an. Ich hatte die Erfahrung gemacht, dass Stille in einem Gespräch sehr hilfreich war. In diesem Fall hatte ich mich getäuscht.

»Warum wollen Sie Ihrem Freund helfen? Sind Sie von seiner Unschuld überzeugt?«, ging er zur Gegenfrage über und erwiderte meinen Blick. Seine Augen waren fast schwarz. Er hatte erstaunlich lange Wimpern. Wie eine Frau.

»Ich weiß nicht, ob Steffen wirklich unschuldig ist. Ich war zur Tatzeit nicht bei ihm. Aber ich glaube, dass er es ist, und deshalb helfe ich ihm.«

»Sie waren auch dabei, als mein Vater mit Ihrem Freund

aneinandergeriet.« Eine Feststellung, keine Frage. Noch bevor ich antworten konnte, fuhr er fort: »Dann haben Sie ja gesehen, wie er war. Unbeherrscht, egozentrisch und unbelehrbar.«

»Er hat in der Tat keine Ruhe gegeben.«

»Das hat er nie. Für ihn war die Welt erst dann in Ordnung, wenn sie so war, wie sie wollte. Und wehe, es stellte sich ihm jemand entgegen.« Jonas stand auf und ging zum Fenster. Eine schmale Silhouette im Gegenlicht. Dann wandte er sich mir wieder zu und versenkte seine Hände in den Hosentaschen. »Meine Mutter hat es versucht.«

»Hat sie es geschafft?« Ich umfasste mit einer Geste den Raum. »Es sieht ja so aus.«

Er lachte bitter.

»Ja, sie hat es geschafft.« Er setzte sich wieder in den Sessel. »Jetzt. Wo er tot ist.«

»Vorher nicht?«

»Er hat ihr keine Ruhe gelassen. Sie immer weiter mit Prozessen überzogen. Er konnte nicht akzeptieren, dass sie ihn verlassen hat. Einen Peter Prutschik verlässt man nicht.«

»Sie haben ihn verlassen!«

»Viel zu spät.« Er sah die Frage in meinen Augen und nickte. »Ich hätte es früher erkennen können. Er hat mich manipuliert, mich instrumentalisiert, mich nicht als Person geliebt, sondern als etwas, was er gegen meine Mutter in der Hand hatte. Als ein Druckmittel.«

»Was hat er genau getan?«

Statt einer Antwort stand Jonas Prutschik auf.

»Kommen Sie, Frau Weinz. Ich möchte Ihnen etwas zeigen.«

Ich folgte ihm. Er stieg die Kellertreppe hinunter. Ich zögerte.

»Ich werde Ihnen schon nichts tun, Ina«, lächelte er mich an. »Außerdem hat mit Sicherheit irgendeine Nachbarin gesehen, wie Sie unser Haus betreten haben. Ich hätte keine Chance zu leugnen.«

»Stimmt«, grinste ich zurück und folgte ihm. »Keine Chance.«

Er betrat einen Kellerraum und betätigte einen Schalter. Licht aus einer nackten Birne, die an einer Baufassung baumelte, erhellte den Raum. An jeder Wand standen Regale, wie in einer Bibliothek. Darin, dicht an dicht, reihten sich Aktenordner, auf deren Rücken Jahreszahlen geschrieben standen. Die frühesten stammten aus dem Jahr 1996, die neuesten trugen die Aufschrift 2009, etliche für jedes Jahr.

»Das sind die Unterlagen über die Prozesse, die mein Vater gegen meine Mutter angestrengt hat.«

»Das ist eine Menge Papier.« Ich sog die Luft zwischen meinen Lippen ein. »Eine lange Zeit.«

»Dreizehn Jahre.« Er ging zu dem Ordner mit der Aufschrift »1996« und zog ihn heraus. »Im März 96 ist meine Mutter in ihre eigene Wohnung gezogen und hat mich mitgenommen. Da fing es sofort an. Streit um Besuchsrechte, Unterlassungsklagen, Unterhaltsstreitigkeiten.« Er blätterte in dem Aktenordner, ohne auf die Seiten zu achten. »Wenig später hat er angefangen, mir zu erzählen, wie schlecht es ihm ginge, wenn ich nicht da sei. Und dass die Mama auch mich verlassen hätte, weil sie unsere Familie zerstört hätte, und dass ich ihn nicht alleine lasse dürfte. Es sei so schlimm für ihn, wenn das Haus leer wäre.«

Jonas Prutschik klappte den Ordner zu und schob ihn zurück ins Regal. »Damals begann ich aus der Schule wegzulaufen, damit er nicht alleine zu Hause sein musste. Ich war elf Jahre alt.«

»Sie haben so gehandelt, wie jedes Kind handeln würde. Sie trösteten den, den sie lieb hatten und von dem Sie glaubten, er brauche Sie mehr.«

»Er hat es dann so gedreht, dass ich aus Sehnsucht zu ihm immer weglaufen würde und dass ich unbedingt bei ihm wohnen müsste.«

»Und Ihre Mutter?«

Er ging die Aktenreihen entlang und strich über die Ordnerrücken. »Kennen Sie die Geschichte über zwei Mütter, die sich um ein Kind streiten? Als der König vorschlägt, das Kind zu töten und in der Mitte zu teilen, verzichtet die richtige Mutter aus Liebe auf ihr Anrecht.« Er blieb stehen und sah mich an. »Meine Mutter hat verzichtet – für meine unzerteilte Seele. Heute weiß ich das. Damals nicht. Damals hat er es geschafft, mich glauben zu machen, meine Mutter hätte mich fallen gelassen.«

»Aber als Sie dann bei ihm waren, hatte er doch sein Ziel erreicht. Warum danach noch so viele Prozesse?«

»Nein, sein Ziel war ja nicht ich, als sein Sohn. Sein Ziel war es, meine Mutter dafür zu bestrafen, dass sie ihn verlassen hat. Dabei hatte er selbst eine Zeit lang eine Geliebte.«

»Ist Ihre Mutter deswegen gegangen?«

»Nein. Meine Mutter wusste nicht, wer die Frau war. Sie wollte es auch nicht wissen.«

»War Ihre Mutter nicht eifersüchtig?«

»Es war ihr egal. Heute denke ich, es war ihr sogar recht. Sollte er sich doch an jemand anderem austoben.«

»Hat Ihr Vater Ihre Mutter geschlagen?«

»Nein! Schlimmer«, wehrte er ab. »Er hat ihr keine Luft gelassen zum Atmen. Sie musste sich ihm unterordnen. Er war das Größte und Beste, was ihr passieren konnte.«

»Hat Sie Ihnen das erzählt?«

»Sie hat mir viele Details erst sehr spät erzählt. Wollte mir mein Vaterbild nicht zerstören. Sie hat sich von ihm getrennt, als es nicht mehr anders ging. Auch von dem Ganzen«, er wies zur Kellertreppe hin, »hat sie mir erst berichtet, als ich alt genug war und selber unter seiner Dominanz gelitten habe. Aber aus Süddeutschland konnte ich den Kontakt zu meiner Mutter nur schlecht aufrechterhalten, ohne dass er es gemerkt hätte.«

»Er hielt Sie von Ihrer Mutter fern?«

»Ja.« Jonas Prutschik betrachtete seine Hände. Jetzt erst bemerkte ich, dass ein roter Glanz auf seinen Nägeln lag. Er trug Nagellack.

Er folgte meinem Blick.

»Das konnte er nicht akzeptieren. Das passte nicht in sein Weltbild. Er wollte bewundert werden. Edel. Schön. Extravagant. Der Sohn als Statussymbol. Aber das?« Er hielt die Hand in einer übertriebenen Geste unter sein Kinn. »Ich singe Chansons der zwanziger Jahre. In Frauenkleidern. Damit finanziere ich mein Studium. – So zu sein, wie ich bin«, flötete er und lächelte. In diesem Moment wirkte er wie ein junges Mädchen auf mich. Kokett. Frivol. Aufreizend.

»Ihre Mutter nimmt Sie so, wie Sie sind?«

»Meine Mutter hat mich immer so genommen, wie ich bin.« Er richtete sich auf, seine Stimme klang wieder tiefer und männlicher. »Mein Vater hat versucht, meine Mutter kleinzumachen, und hätte es auch fast geschafft. Aber eben nur fast. Das Gleiche gilt für mich.«

»Gibt es irgendetwas Positives, das Sie über Ihren Vater sagen können?«

»Er konnte gut kochen.«

SECHS

Die bunte Skulptur warf lange Schatten auf den Rasen, als ich wieder vor die Tür trat. Trotz der letzten Sonnenstrahlen des Tages krochen Kälteschauer über meinen Rücken. Jonas Prutschiks Antworten auf gestellte und ungestellte Fragen hatten mich erschüttert. Jetzt wollte ich nur noch nach Hause und über das Gehörte nachdenken. Ich kramte in meiner Tasche, wühlte nach dem Schlüsselbund und ging gesenkten Blickes auf mein Auto zu.

»Ich gehe davon aus, dass Sie sich nicht in meine Arbeit einmischen, Frau Weinz!« Sauerbiers Stimme dröhnte über die Straße, während er erstaunlich agil auf mich zugestürmt kam. Ich schreckte hoch.

»Ich habe einen Besuch abgestattet, Herr Sauerbier.« Ob er das Zittern in meiner Stimme hören konnte? Ich fühlte mich wie eine kleine Schülerin vor ihrem gestrengen Lateinlehrer.

»Nicht zufällig bei Frau Berkel?«

»Nein, mit ihr habe ich nicht gesprochen.«

»Halten Sie mich nicht für blöd, Frau Weinz«, plusterte Sauerbier sich auf. Er stand jetzt so dicht vor mir, dass ich seinen Atem riechen konnte. Pfefferminzbonbons und Pommes. Vermutlich eher umgekehrt.

»Haben Sie mit dem Sohn gesprochen?« Er wippte auf den Zehenspitzen auf und ab. Die Schnauzbartspitzen zitterten.

»Ich habe mich eine Weile mit Jonas Prutschik unterhalten, das ist richtig. Er hat mir erzählt, dass seine Mutter vorgestern nicht in Gemünd war, sondern mit ihrem Mann auf Verwandtenbesuch in Holland. Wie jeden Montag.«

»Welch umwerfende Neuigkeit!« Hohn troff aus seinen Worten. »Da wären die blöden Landeier samt ihrem trotteligen Kommissar aus Bonn ja nie drauf gekommen, als Erstes die Exfrau mit den nicht eingelösten Unterhaltsansprüchen, dem jahrelangen Sorgerechtsstreit und dem Rattenschwanz an Klagen zu überprüfen?« Er hieb mit der flachen Hand auf das Dach meines Käfers. »Wie gut, dass Ina Weinz aus Köln kommt und uns auf die Sprünge hilft.«

»Ich …«

»Meine liebe Frau Weinz«, zischte er, und an dem Beben seiner Nasenflügel konnte ich erkennen, dass das »liebe« glatt gelogen war, »wenn Sie glauben, Sie kämen ungeschoren aus dieser Sache heraus, dann irren Sie sich gewaltig. Da hilft auch meine Bekanntschaft zu Ihrem Vater nichts.«

»Steffen Ettelscheid ist in meinen Augen nicht der Mörder Peter Prutschiks!«, unterbrach ich ihn, erstaunt über die Entschiedenheit, mit der ich ihm entgegentrat. »Ich denke, Sie sind auf der falschen Fährte, Herr Sauerbier.«

»Und wie kommen Sie zu dieser Erkenntnis, Frau Kollegin?« Er unterstrich das letzte Wort mit einer wedelnden Handbewegung.

»Mein Gefühl sagt mir, dass es zu einfach wäre!«

»Ihr Gefühl?« Sauerbier lachte hart auf. »Ihr Gefühl, Frau Weinz?« Er lehnte sich an die Seite meines Wagens und verschränkte die Arme. »Ihr Gefühl hat Sie in letzter Zeit öfters mal getäuscht, oder hat mich Ihr Vorgesetzter falsch informiert?«

»Das gehört hier nicht hin, Herr Sauerbier.«

»Nein, da haben Sie recht, Frau Weinz. Ihr Gefühl gehört wirklich nicht hierhin. Im Gegensatz zu den Indizien, die uns in diesem Fall vorliegen. Und die sprechen nun mal gegen Steffen Ettelscheid. Er hatte einen Streit, er hat Prutschik geschlagen, er ist hinausgegangen und später wiedergekommen.«

»Und an seiner Jacke fehlte die Knopfleiste«, murmelte ich mehr für mich als für Sauerbier.

»Woher wissen Sie von der Knopfleiste?«

»Weil ich gesehen habe, wie Prutschik sie abgerissen hat.« Ich sah ihm in die Augen. »Prutschik hat Steffen provoziert, das kann ich bezeugen. Ich war dabei. Er hat getobt wie ein Rumpelstilzchen. Und ja, Steffen hat ihn niedergeschlagen.«

Ich spürte das kalte Metall des Schlüsselbundes zwischen meinen Fingern. »Aber er hat ihn nicht umgebracht.«

»Und was für eine Erklärung haben Sie für die drei Stunden, die Ettelscheid vom Schützenfest verschwunden war? Er hat behauptet, mit einer Frau zusammen gewesen zu sein, will uns aber nicht sagen, wer die Frau war.« Der Kommissar ließ seine linke Hand an der Rundung des Türholms entlanggleiten. »Sie wissen nicht zufällig, wer das gewesen sein könnte?«

Ich blickte starr geradeaus. Warum hatte Steffen meinen Namen nicht genannt? Schämte er sich für mich? Wollte er mich schützen?

»Er war diese drei Stunden mit mir zusammen.« Die Worte kratzten in meiner Kehle. Leise, so als müssten sie sich vergewissern, dass ich sie überhaupt aussprechen wollte.

Sauerbier schwieg und sog geräuschvoll Luft durch seine Nasenlöcher. Dann schloss er die Augen, hob die Hände und strich mit gespreizten Fingern über seine Stirn.

»Sie stehen auf Mörder, was?« Sein Blick wurde eisig, als er sich vom Wagen abstieß, seinen Kopf zu mir herunterbeugte und schief legte, wie ein Terrier, der gleich in den Nacken des Kaninchens beißt, um es zu Tode zu schütteln. »In unserem Beruf nichts Ungewöhnliches, vor allem, wenn wir sie gefasst haben.« Er nickte. »Sie allerdings halten sie sich als Liebhaber, Frau Weinz. Das *ist* ungewöhnlich.«

Er ging zu seinem Wagen und ließ mich stehen. »Und nicht gut für die Karriere, Frau Kollegin«, rief er, während er seine Wagentür öffnete und sich hineinsetzte. »Morgen früh sehe ich Sie auf der Polizeistation, um Ihre Aussage aufzunehmen. Ansonsten halten Sie sich von allem fern, was mit diesem Fall zu tun hat. Wenn nicht …« Er startete den Motor und lehnte sich noch einmal zu mir hinaus. »Wenn nicht, werde ich die Amtsmühlen in Bewegung und Ihrer Laufbahn ein Ende setzen. Und für den Anfang gibt es in Schleiden eine hübsche Einzelzelle.«

***

Sie saß an ihrem Schreibtisch und starrte die Wand an. Fünf Jahre schaute sie nun schon auf denselben kleinen Fleck, der sich neben dem Lichtschalter in Form eines Schmetterlings in die Tapete gefressen hatte. Fünf Jahre. Jeden Tag. Immer zur gleichen Zeit. Papa fand es gut, wenn sie immer zur gleichen Zeit ihre Arbeiten machte. Ohne Ablenkung. Immer zur gleichen Zeit.

In den letzten Wochen hatte Papa nicht mehr so streng darauf geachtet. Er war abgelenkt von der Frau, die jetzt oft kam. Sie war zwölf und kein Kind mehr. Sie wusste, warum die Frau zu Papa kam und was die beiden miteinander machten. Und dann saß sie an ihrem Schreibtisch und starrte den Schmetterling an. Immer zur gleichen Zeit. Prinzessin, hatte Papa gesagt. Sie war froh, wenn die Frau kam. Und sie war traurig. Die Frau wollte nicht, dass Papa sie Prinzessin nannte. Sie sei dafür schon zu groß. Sie sei kein Kind mehr. Die Frau wusste es. Sie wusste es. Papa tat, was die Frau wollte.

Aber wenn die Frau weg war, dann zog er sie auf den Schoß, strich ihr über den Kopf, versenkte seine Nase in den seidigen Haaren und sog ihren Duft ein. »Sie sind das Schönste an dir, dein größter Schatz. Wie eine Prinzessin.« Sie war dann immer ganz still auf dem Schoß des Vaters sitzen geblieben, hatte sich nicht gerührt, nicht bewegt und gedacht, dass der Vater wohl recht hatte.

»Meine Haare sind mein Schatz«, flüsterte sie sich selbst zu, fasste eine der Strähnen und zog sie durch die Finger, während sie wieder den Schmetterling anstarrte. Wie Seide. Papa hat recht.

Irgendwo im Haus klingelte das Telefon. Sie nahm es nicht wahr. Das Klingeln galt selten ihr. Die Freundschaften mit den anderen Mädchen aus ihrer Klasse endeten am Schultor. Jeder ging dann seiner Wege. Ganz zu Anfang hatte sie einmal darum gebeten, doch ein anderes Kind einladen oder ein anderes Kind besuchen zu dürfen, aber das hatte Papa nicht gewollt.

»Soll ich dann ganz alleine hier sein, ohne meine Prinzessin?«, hatte er gefragt und sie traurig angesehen. Das war, noch bevor die Frau gekommen war. Als sie kam und Papa nicht mehr hätte alleine bleiben müssen, hatte sie schon vergessen, wie es war, wenn man Freunde hatte. Nur in der letzten Zeit war es anders.

»Du hast so schöne Haare!«, sagten einige der anderen Kinder in der Klasse und sahen fast ein wenig neidisch aus. »Wie Seide!«

Sie stand auf und ging zu ihrem Fenster. Im Glas sah sie ihr Spiegelbild und musste lächeln. Sie haben recht, dachte sie und wühlte sich mit beiden Händen hinein.

Sie bemerkte nicht, wie die Zimmertür geöffnet wurde und Papa mit der Frau hineinkam. Erst als die Frau hinter ihr stand und mit spitzen Fingern nach ihrem Kopf packte und sie ins Licht zog, schrak sie zusammen.

»Noch mal dieses Ungeziefer halte ich nicht aus!«, keifte die Frau mit schriller Stimme. »Das letzte Mal hat mir gereicht. Stundenlang alles waschen, absaugen und desinfizieren. Nicht noch einmal!« Sie teilte das Haar und kratzte auf der Kopfhaut herum. »Da!« Die Frau schrie auf. Sie schreckte zusammen, zog den Kopf ein und machte sich klein. »Du hast sie schon wieder! Das eben am Telefon war eine andere Mutter aus deiner Klasse. Es gibt wieder Läuse.«

Sie wusste für einen Moment nicht, was sie schlimmer fand: Die Tatsache, dass sie nun die Prozedur des Entlausens über sich ergehen lassen müsste, samt Gezeter, Geschimpfe und Geschreie der Frau, oder die Tatsache, dass die Frau eben von einer »anderen Mutter« gesprochen hatte, ganz so, als ob sie sich wie selbstverständlich für ihre Mutter halten würde, was sie wahrhaftig nicht war. Wieder spürte sie die Finger der Frau in den Haaren.

»Die müssen jetzt ab!«, sagte die Frau und zerrte sie von ihrem Schreibtisch weg, in Richtung Badezimmer. »Endgültig ab.«

Sie verstand erst, was die Frau meinte, als sie die Schere in ihrer Hand sah.

»Nein«, flüsterte sie und sah Hilfe suchend zu ihrem Vater, der die ganze Zeit danebengestanden und geschwiegen hatte.

»Nein, bitte nein!«, sagte sie jetzt lauter, als er sich nicht rührte.

Voller Panik wandte sie sich um und versuchte, sich zwischen der Tür und der Frau hindurch in den Flur zu drücken. Aber die Frau packte sie am Arm und hielt sie fest.

»Das könnte dir so passen, was? Schleppst uns hier das Ungeziefer ein, und wir sollen sehen, wie wir damit klarkommen. Ich werde dir jetzt zeigen, wie ich damit klarkomme.«

Sie wehrte sich stumm. »Papa!«, flehte sie schließlich, »bitte nicht meine Haare abschneiden.«

Der Vater nickte der Frau zu, und sie ließ seine Tochter los. Sofort stolperte das Kind die drei Schritte zum Badewannenrand und flüchtete sich in die Arme des Vaters. Er drückte sie fest an sich.

»Prinzessin«, murmelte er dicht am seinem Ohr, versenkte seine Nase in den seidigen Haaren und zog ihren Duft ein. »Ich weiß, was gut für dich ist.« Er drehte sie herum, ohne seinen Griff zu lockern. Sie war gefangen in seinen Armen. Dann nickte er erneut der Frau zu, die sich mit der Schere in der Hand näherte.

»Du kannst jetzt anfangen.«

***

»Verdammt, verdammt, verdammt!« Ich schrie mein Lenkrad an und malträtierte es mit Faustschlägen. Wieder drehte ich den Schlüssel im Zündschloss. Es klackte, ansonsten tat sich nichts. »Warum tust du das?« Während ich mit dem Auto schimpfte, fiel mein Blick in den Rückspiegel. Das Grün meiner Iris leuchtete. Die Pupillen stachen wie kleine Nadelstiche darin hervor. Ich war nicht auf meinen Käfer sauer. Ich war auf mich selbst sauer. Und wenn ich es recht betrachtete, hatte ich auch allen Grund dazu.

»Warum tust du das, Ina? Warum setzt du deinen Job aufs Spiel? Ist es das wert?« Ich rückte näher an den Spiegel und runzelte die Stirn. »Du lässt dich von deinem Bruder weichklopfen und riskierst deine Karriere. Wie alt bist du?«

»Springt er nicht an, das alte Schätzchen?« Es war die Frau mit der Ballonmütze. Sie hielt einen Grünabfallsack in der Hand und starrte neugierig in mein Wagenfenster. Sie schmunzelte. »Aber manchmal hilft gutes Zureden ja.«

Anscheinend hatte ich mein Selbstgespräch nicht nur in Gedanken geführt. Ich räusperte mich und kurbelte das Fenster herunter.

»Es geht schon, danke schön.« Ich lächelte sie von meinem Autositz aus an. »Ich pflege ihn gut – meistens. Er hat meiner Mutter gehört. Sie hat ihn so grün angestrichen.«

»Ich hatte auch einmal so einen Käfer. Das ist aber schon lange her. Beige. Leider ist mir im Winter 82 jemand in die Seite gekracht, und dann …« Sie stemmte eine Hand in die Hüften und wischte sich mit der anderen die Haare aus der Stirn. »Aber ich glaube, ich hätte so oder so einen anderen Wagen heute. Man braucht schon eine Menge Enthusiasmus, um sich mit den Unannehmlichkeiten freiwillig herumzuschlagen.«

Ich nickte lächelnd. »Ich hänge an dem Wagen. Mein Vater hatte ihn nach dem Tod meiner Mutter in die Scheune meiner Großeltern gestellt und vergessen. Mehr oder minder.« Ich strich über das Armaturenbrett. »Seit ich meinen Führerschein habe und zum ersten Mal mit ihm über die Grenze nach Holland gefahren bin, klebe ich an dem Wagen. Und er an mir.«

»Dann passen Sie auch weiterhin gut auf.« Die Nachbarin packte ihre Harke und machte einem winzigen Unkraut den Garaus.

Während ich das Fenster hochkurbelte, fiel mir etwas ein.

»Sagen Sie, wo genau in Holland wohnen denn die Verwandten von Frau Berkel?«

»Nicht ihre, seine. Klaes' Mutter lebt in einem kleinen Dorf in der Nähe von Heerlen, direkt hinter der Grenze.«

»Das ist ja jedes Mal eine ganz schöne Strecke hin und zurück.« Ich überschlug in Gedanken die Entfernung.

»Frau Ten Bolder ist in einem Altenheim untergebracht. Sie wollte nicht nach Gemünd kommen. Nicht nach Deutschland. Bei den alten Leuten sitzt das noch sehr tief.« Sie seufzte. »Obwohl Monika sie sehr herzlich darum gebeten hat.«

»Und jetzt besuchen die beiden Frau Ten Bolder jeden Montag. Das ist bestimmt auch eine gute Lösung.« Ich blinzelte in die tief stehende Sonne.

»Monika ist schon länger nicht mehr mitgefahren. Ich glaube, sie war ein bisschen enttäuscht.«

»War sie dann hier?« Meine Stimme musste überrascht geklungen haben, denn die Nachbarin ging deutlich auf Abstand und schüttelte den Kopf.

»Das weiß ich nicht.« Sie nickte in Richtung meiner Motorhaube, packte ihren Grünabfall und ging Richtung ihres Gartens. »Ich wünsche Ihnen gute Fahrt.«

»Danke.«

Der Motor sprang beim ersten Versuch an.

Warum hatte Jonas Prutschik mich belogen? Hatte er mich überhaupt belogen? Oder ging er nur davon aus, dass alles so wie immer gewesen war, ohne darüber nachzudenken?

Immerhin war er kein ständiger Gast im Haus seiner Mutter. Er studierte Sprachen in Köln, war finanziell unabhängig und kam nur alle drei Wochen einmal nach Gemünd. Wenn ich jetzt noch herausbekam, wo Monika Berkel war, wenn sie nicht zur holländischen Schwiegermutter fuhr, dann … ja was dann?

Ich sah in den Rückspiegel und erblickte wieder die Frau mit den grünen Augen. Ina Weinz, achtundvierzig, Kriminalkommissarin aus Köln, zurzeit beurlaubt auf eigenen Wunsch wegen Unfähigkeit. Bald würde ich mich entscheiden müssen. Ich konnte nicht ewig hier in der Eifel hocken, meine Wunden lecken und mich bemitleiden. Ich merkte, wie ich mich mit jedem Tag, den ich im Schoß der Familie verbrachte, mehr verstrikte. In Abhängigkeiten. In Rücksichtnahmen. In Verbindlichkeiten und Verbindungen, die ich schon lange gelöst zu haben glaubte.

Aber konnte ich das überhaupt trennen? Was davon war auf Olafs Wunsch hin geschehen und was aus meinen eigenen Beweggründen? Hatte ich mir meine Wünsche überhaupt eingestanden? Wollte ich sie mir eingestehen? Oder schob ich einfach alles vor? Die Wünsche der anderen, die Verbindlichkeiten und Rücksichtnahmen?

Ich lenkte meinen alten Käfer durch Gemünd, durch die Straßen, die ich aus meiner Kindheit kannte. Aber sie hatten sich geändert. Alles hatte sich geändert. Hinter denselben Fassaden wohnten andere Menschen. Ich war weggegangen, weil ich diese Enge nicht aushielt. Und jetzt war diese Enge das Einzige, was mir Sicherheit gab.

SIEBEN

»Vater ist im Krankenhaus Mechernich! Konnten dich nicht erreichen.« Der Zettel lag auf dem Küchentisch. Hastig hingeworfene Zeilen auf einem Stück abgerissenem Zeitungspapier.

Ich zerrte mein Handy aus der Tasche. Stummschaltung. Ich hatte weder die SMS noch die zahlreichen Anrufe bemerkt, mit denen Olaf versucht hatte, mich zu erreichen.

Olaf antwortete nicht. Während ich immer wieder seine Nummer wählte, rannte ich die Treppen hinunter zu meinem Auto.

Als wüsste er, dass es zählte, sprang der Käfer ohne ein Mucken an und brachte mich in zwanzig Minuten nach Mechernich. Ich stellte den Wagen in dem extra für das Krankenhaus errichteten Parkhaus ab und schlängelte mich durch die Raucher im Bademantel, die den Eingang des Krankenhauses säumten.

»Ihr Vater liegt auf der Intensivstation«, informierte mich die Dame hinter der Pförtnertheke und erklärte mir den Weg. »Weitere Informationen erhalten Sie von dem Arzt vor Ort.«

Ich hastete die Treppe hoch und fand mich im ersten Stock wieder. Vergeblich suchte ich den Aufgang, der mich eine Etage höher bringen sollte, und entschied mich schließlich doch für den Aufzug. Während ich rechts den Gang hinuntereilte und an der Schleusentür klingelte, gingen mir alle Schrecken durch den Kopf, die ich seit Jahren erfolgreich verdrängt hatte. Hermann war im Frühjahr sechsundsiebzig Jahre alt geworden. Sechsundsiebzig Jahre, die man ihm zwar nicht ansah, die aber mit Sicherheit nicht spurlos an ihm vorübergegangen sein konnten. Auch mein Vater war nicht unsterblich.

»Ja, bitte?« Eine freundliche Frauenstimme aus dem Lautsprecher über der Klingel. Ich ratterte meinen Namen, den meines Vaters und den Grund meines Besuches herunter.

»Bitte nehmen Sie einen Moment im Wartezimmer Platz, eine Schwester wird Sie abholen kommen. Zweite Tür links, dann erste rechts.«

Mit einem Summen sprang die Tür zum Intensivbereich auf. Nervös sah ich mich um. Der Raum versuchte Gemütlichkeit auszustrahlen. Vier Stühle, ein kleiner Tisch, Wasserflaschen und Gläser standen für Angehörige und Besucher bereit. Schilder forderten mich auf, mein Mobiltelefon auszuschalten und mir die Hände zu desinfizieren. Aus dem kleinen Flur drang das Geräusch klappernder Absätze. Eine Krankenschwester erschien und steckte ihren Kopf durch die Tür. »Frau Weinz?«

Ich stand auf.

»Kommen Sie, ich bringe Sie zu Ihrem Vater.« Sie lächelte mich an und legte ihre Hand auf meinen Arm. »Ihr Bruder ist schon da.«

Ich folgte ihr durch den Gang. Weiß lasierte Holztüren und Wandschränke vermittelten einen wohnlichen Eindruck. Und auch der Empfangsbereich, hell ausgeleuchtet und mit Ärzten und Pflegepersonal bevölkert, erinnerte eher an eine normale Arztpraxis.

Das änderte sich, als ich mich umdrehte und in das Zimmer meines Vaters blickte. Der Raum wirkte eng, klein und bedrückend. Zwei Betten standen nebeneinander. Im ersten lag eine alte Frau, die Augen geöffnet, den Blick leer. Trotzdem lächelte ich sie automatisch an und grüßte nickend.

Das Bett meines Vaters stand am Fenster. Apparate und Maschinen krönten das Kopfteil.

»Er hatte einen Unfall.« Olaf drehte sich nur kurz auf seinem Stuhl zu mir um, als er mich kommen hörte. »Er ist von der Leiter gestürzt und mit dem Kopf aufgeschlagen.« Mein Bruder streichelte Hermanns Hand.

»Was wollte er auf der Leiter?«, fragte ich ihn, obwohl mir im selben Moment klar wurde, dass das die unwichtigste Frage war, die ich ihm stellen konnte.

»Fenster putzen.«

Ich trat neben Olaf ans Bett meines Vaters.

Hermann versank in der Umgebung. Schläuche führten zu seinem Körper. Leuchtdioden, Messgeräte, das Zischen der Sauerstoffversorgung. Maschinen klickerten leise. Er steckte in einem dieser weißen Krankenhaushemden, die es den Schwestern und Pflegern leichter machen sollten. Hermann sah trotz seiner Größe seltsam zerbrechlich aus. Die Hände wirkten fremd in der Umgebung. Gartendreck und Bräune strahlten eine Gesundheit aus, die nicht zu dem übrigen Körper passte. Mein Vater hatte die Augen geschlossen. Der Beatmungsschlauch in seinem Mund bewegte sich im gleichen Rhythmus wie der Brustkorb.

»Du dummer alter Mann.« Tränen traten mir in die Augen. Ein heiseres Lachen kratzte durch meine Kehle. Ich würgte es hinunter. »Fensterputzen!«

»Er ist nicht von der Leiter gefallen. Die Leiter ist zerbrochen!« Bei Olaf konnte ich den gleichen Kampf hören, den ich gerade mit mir selbst austrug. »Hast du sie nicht gesehen? Ich habe sie quer über der Einfahrt liegen lassen, als ich dem Krankenwagen hinterhergefahren bin.«

»Ich habe sie an die Hauswand gelehnt, Olaf.« Aus dem Flur hinter uns drang eine Frauenstimme.

Ich drehte mich um.

»Hallo. Ich bin Michelle. Olaf hat mich mit hierhergebracht. Ich hätte dich gerne unter anderen Vorzeichen kennengelernt.« Die junge Frau kam auf mich zu und streckte mir die Hand entgegen.

Für einen Moment war ich sprachlos. Sie war eine wirklich hübsche Frau. Ihre langen Haare glänzten, und obwohl sie sie zu einem strengen Zopf geflochten hatte, der ihren Rücken hinunterfloss, hatte ich ein genaues Bild vor Augen, wie es aussehen müsste, wenn sie diesen Zopf lösen und die Haare offen hängen lassen würde. Ihre gleichmäßigen Gesichtszüge hätten schnell eine Aura von Arroganz und Snobismus verbreiten können, wäre da nicht dieses Lächeln gewesen, das mich sofort für sie einnahm.

»Ina. Olafs Schwester. Aber das weißt du bestimmt schon.«
Sie nickte.

»Die Leiter.« Sie trat neben Olaf und strich ihm zärtlich
über die Wange. Olaf schaute zu ihr hinauf und strahlte sie an.
Es schien, als ob er Hermann in diesem Moment vergessen
hätte. »Ein Holm ist durchgebrochen, einfach weggeknickt zur
Seite.«

»Wir haben ihn gefunden, als wir nach Hause kamen …«
Olaf wandte sich wieder Hermann zu. »… und sofort den
Krankenwagen gerufen. Er hat sich den Schädel eingeschla-
gen beim Aufprall und ist seitdem bewusstlos.«

»Was sagen die Ärzte, wann er wieder aufwachen wird?«

»Sie wissen es nicht, Ina. Gleich kommt der Chefarzt und
will mit uns reden.«

»Wird er überhaupt wieder aufwachen?«

Ein Arzt ging an der Empfangstheke entlang und betrat
Hermanns Zimmer.

»Herr Stein.« Er sah mich an. »Hallo, Ina.« Ich erkannte
ihn.

»Hallo, Thomas«, begrüßte ich meinen ehemaligen Klassen-
kameraden. »Blöder Anlass für ein Wiedersehen. Findest du
nicht?«

»Ein ernster Anlass, Ina.« Er zog einen Füller aus seiner
Brusttasche und schlug die Krankenakte auf. Dann wies er auf
den Stuhl am Besuchertisch. »Setz dich doch, damit wir in Ruhe reden können.«

Das Scharren der Stuhlbeine auf dem glatten Linoleum
übertönte das Piepsen der Apparate.

»Dein Vater«, er unterbrach sich und schaute auf Olaf,
»euer Vater hat ein schweres Schädelhirntrauma erlitten. Er
öffnet die Augen nur zögerlich und antwortet sehr unzusam-
menhängend, wenn wir ihn ansprechen. Das ist sehr proble-
matisch. Allerdings reagiert er auf Schmerzreize.«

»Und das ist gut?«

»Es ist besser, als wenn er keine Schmerzempfindlichkeit
zeigen würde.« Thomas klappte die Akte zu. »Wir haben ihn

zunächst in ein künstliches Koma versetzt, das wir allerdings so schnell wie möglich wieder beenden möchten.«

»Wird er dann wieder bei Bewusstsein sein?«, mischte sich Olaf in das Gespräch ein.

»Wir hoffen es. Spätfolgen können zu diesem Zeitpunkt aber nicht ausgeschlossen werden.«

Thomas Breitenbacher sah mich an. »Wenn ihr noch Fragen habt, ruft mich ruhig an.« Er zögerte kurz, runzelte die Stirn und schrieb dann mit dem Füller eine Telefonnummer auf die Rückseite seiner Visitenkarte. »Hier, auch privat. Ich wohne in Kall.«

»Ob dein Vater uns erzählen kann, was genau passiert ist, wenn er wieder wach ist?«, fragte Michelle, nahm Olaf in den Arm und strich ihm über die Wange.

»Wir können eh nichts mehr daran ändern.« Tränen blockierten wieder meine Kehle.

»Wir könnten …« Olaf tauchte aus seinen Gedanken auf und erhob sich. »Wir könnten … ach, vergiss es. Ich werde dieses Teil persönlich auf die Müllkippe bringen und zusehen, wie es zermalmt wird.«

Michelle lächelte und lehnte sich an Olaf. Mein Bruder straffte den Rücken. Es schien, als ob ihre Berührung ihn stärker und größer werden ließ.

»Möchtest du noch eine Weile hier bleiben, Olaf?«, fragte Michelle und löste sich aus der Umarmung.

»Bitte.«

»Sie macht einen netten Eindruck«, sagte ich, nachdem Michelle den Flur hinunter zum Ausgang der Station gegangen war. »Du magst sie sehr, richtig?«

»Ja.« Olaf starrte abwechselnd auf seine Hände und die Türöffnung. »Immer, wenn sie mich anlächelt, frage ich mich, was sie an mir findet.«

»Und dann hast du Angst, dass sie es sich anders überlegt und dich wieder verlässt«, stellte ich fest.

»Sieh mich doch an, Ina. Ein kleiner Bankangestellter mit zwanzig Kilo Übergewicht, der immer noch bei seinem Vater wohnt. Was will eine Frau wie Michelle mit so einem wie mir?«

»Vermutlich sieht sie auch die anderen Seiten.«

»Meine überragende Intelligenz?«, fragte er ironisch.

»Wie wäre es mit deiner Liebenswürdigkeit, deiner Loyalität, deiner Zuverlässigkeit?«

»Prickelnd!«

»Nicht alle Frauen wollen immer nur das Prickeln, kleiner Bruder.«

»Du meinst also, es gibt Frauen, die einen Spießer wie mich wollen?«

»Du bist kein Spießer.« Ich grinste ihn an. »Nur ein bisschen. Manchmal.«

Er blieb ernst, sah mir in die Augen und meinte: »Steffen hat angerufen. Er kommt heute Abend vorbei und will mit dir sprechen.«

»Wieso kommt er vorbei?« Ich schüttelte den Kopf und schaute auf die Uhr. »Er kann doch noch nicht aus der Untersuchungshaft entlassen worden sein.«

»Er wurde freigelassen. Jemand hat ihm ein Alibi gegeben.« Olaf verstummte und ergriff wieder Hermanns Hände.

»Dann hat ihn doch jemand gesehen. Das ist doch super! Damit hat sich die Sache für mich ja erledigt.«

Olaf antwortete nicht und sah mich auch nicht an.

»Es sei denn …« Ich ging um das Krankenbett herum, hockte mich hin und schaute ihm von unten in die Augen. »Olaf.« Mein Ton wurde schärfer.

»Jemand musste ihn doch da rausholen«, murmelte er.

»Ein falsches Alibi? Du gibst ihm ein falsches Alibi?«, bellte ich ihn an.

»Seien Sie bitte leiser.« Eine Krankenschwester schaute hinein und hob die Hand. »Bitte nehmen Sie Rücksicht.« Sie klang sehr höflich. Und sehr bestimmt.

»Du bist so ein Idiot, Olaf!«, zischte ich ihm zu. »Sauerbier ist doch nicht blöd. Er wird das herausbekommen, und dann hast du deinem Freund einen echten Bärendienst erwiesen.«

Ich bebte vor Wut. »Außerdem bringst du mich in eine furchtbare Lage. Von Rechts wegen müsste ich das jetzt melden.«

»Du wirst nicht deinen eigenen Bruder verpfeifen?« Olaf stand auf und verschränkte die Arme vor der Brust.

»Hör mal, mein lieber Bruder. Ich habe mir wegen dir und deinem sauberen Freund schon jede Menge Ärger eingehandelt. Da muss nicht noch eine Schüppe draufkommen. Und wenn du meinst, dich in die Sache reinreiten zu müssen, dann mach das gefälligst ohne mich!«

»Ich hätte es wissen müssen. Bei dir steht die Karriere immer noch weit über der Familie. Das war schon so, als du fortgegangen bist, und hat sich bis heute nicht geändert.« Olaf stellte sich demonstrativ neben Hermanns Bett. »Wir sind nur gut genug, wenn du uns brauchst, was?«

Wortlos zog ich meinen Schlüsselbund aus der Hosentasche. Der Schlüssel zu Olafs Wohnung klirrte leise, als ich ihn auf den Tisch warf, mich umdrehte und ging.

»Komm doch einfach rein, Ina.« Steffen hielt mir seine Haustür auf. »Du kannst nicht ewig hier stehen und auf die Klingel starren.«

Ich verharrte an der Schwelle. In meinem Kopf ging der Entscheidungskampf bereits in die dritte Runde. Sollte ich ihm trauen? Konnte ich mir trauen? Meinen Instinkten, die mich bei Jan so jämmerlich verlassen hatten? Aber das hier war anders. Ganz anders. Ich kannte Steffen seit gefühlten hundert Jahren. Misstraut man einem Jugendfreund?

»Dein Wagen war nicht zu überhören.« Steffen lehnte am Türrahmen und sah mich geduldig an. Ich erwiderte seinen Blick.

»Hermann hatte einen Unfall und liegt im Koma. Der Arzt sagt, er kann es nicht abschätzen, ob er jemals wieder gesund wird. Ich habe mich mit Olaf so zerstritten, dass ich ihm die Schlüssel vor die Füße geknallt habe und nicht in seine Wohnung zurückkann. Sauerbier droht mir mit einer Dienstaufsichtsbeschwerde und will mich festnehmen, wenn ich mich weiter in die Ermittlungen einmische.« Wie ein Wasserfall sprudelten die Worte aus meiner Seele. Dann war ich leer und weinte.

Steffen trat in den Lichtkegel der Außenleuchte und umarmte mich fest, ohne ein Wort zu sagen.

Nach einer Weile ließ er mich wieder los, und ich betrat den Hausflur. Stumm folgte ich ihm die Treppe zu seiner Wohnung hinauf.

Keine Geweihe. Keine ausgestopften Tiere an den Wänden. Kein röhrender Hirsch über dem Sofa. Stattdessen braunes Wildleder, quietschgrüne Farbe an der Wand dahinter und weiße Bücherregale. Viele Bücherregale. Mit Büchern und CDs. Doch ein Hirsch. Pink. Nur der Kopf. Er diente als Buchstütze. Gedämpftes Licht. Vor zwei Tagen hatte ich nicht darauf geachtet. Wir waren zu schnell im Schlafzimmer gelandet.

»Ich weiß von dem falschen Alibi!« Meine Stimme klang, als ob sie mir nicht gehörte. »Es war ein großer Fehler von Olaf, und deswegen habe ich mich mit ihm gestritten.«

Steffen nickte.

»Ich weiß nicht, warum er das gemacht hat«, fuhr ich fort. »Du wärst spätestens morgen früh entlassen worden, oder Sauerbier hätte beim Staatsanwalt Anklageerhebung beantragen müssen.«

»Das hatte er vor«, murmelte Steffen.

Ich sah zu ihm auf. Eine Haarsträhne fiel ihm in die Stirn. Ich hob meine Hand und strich sie ihm aus dem Gesicht. Mitten in der Bewegung verharrte ich.

»Hatte er Grund dazu?«

»Nein.« Er hielt meinem Blick stand.

»Warum also gibt mein Bruder dir ein Alibi?«, fragte ich, während ich mich von ihm abwandte und zu den Regalen ging. Tastend fuhr ich die Buchrücken entlang und musste unwillkürlich gegen die salzigen Spuren auf meinen Wangen anlächeln. Er hatte alle TKKG-Bände. Oder zumindest sah es so aus. Neben den Bänden über Forstpflege und Jagdtechniken wirkten sie wie Relikte aus einer lange vergangenen Zeit.

»Er wollte mir helfen.«

»Sagt wer?«

»Olaf.«

»Du hast mit ihm gesprochen?«

»Wir haben telefoniert.« Steffen hatte sich auf das Sofa fallen lassen und bedeckte seine Augen mit einem Arm.

»Was hast du denn tatsächlich in der Zeit gemacht, nachdem ich gegangen bin und du auf das Fest zurückgekehrt bist?«

»Nachgedacht.«

»Allein?«

Keine Antwort.

»Allein, Steffen?« Lauter.

»Ja, was denkst du denn, Ina? Meinst du etwa, kaum dass die eine Frau verschwunden wäre, läge schon die nächste in meinem Bett?« Er sprang auf.

»Dann hättest du wenigstens eine Zeugin!«

Steffen runzelte die Stirn und sah mich an.

»Ich habe Prutschik nicht umgebracht. Das ist das eine.«

»Und das andere?«

»Ich schlafe nur mit Frauen, die ich mag.«

»Wie schön.«

Er zuckte zurück, als ob ich ihn geschlagen hätte.

Ich spürte, wie mein Mund trocken wurde.

»Entschuldigung.« Ich nahm tief Luft. »Ich habe mich umgehört.«

Steffen ging in die Küche, kam mit einer Flasche Wasser und zwei Gläsern zurück und goss uns beiden ein.

»Du glaubst mir also?«

In der Stille, die entstand, hörte ich die Kohlensäurebläschen in meinem Wasserglas platzen. Ich schwenkte die klare Flüssigkeit im Glas umher und setzte es schließlich an die Lippen, ohne zu trinken.

»Sauerbier hat das nicht gefallen. Ganz und gar nicht, er hat mir mit einer Anzeige gedroht.«

»Was hast du gemacht?«

Ich schwieg und drehte das Glas in meiner Hand. Wasser schwappte über den Rand auf den Boden.

»Versucht, mir einen Überblick zu verschaffen.«

»Und?«

Ich zögerte. Sollte ich ihm alles …?

»Es ist noch zu früh, um Rückschlüsse zu ziehen«, zog ich mich aus der Affäre und stellte mein Glas auf den Tisch.

»Möchtest du etwas anderes?«

Steffen ging wieder in die Küche. Das Licht des Kühlschranks schlug eine Schneise durch den dunklen Raum bis zu mir. Ich folgte dem Weg über die Fliesen und stellte mich dicht hinter ihn. Er wandte sich nicht um. Einen Arm auf die Kühlschranktür gestützt, starrte er seine Vorräte an, als ob sie ihm die Antworten auf die Fragen geben könnten, die wir beide noch nicht gestellt hatten.

Wollte ich etwas anderes? Ich hörte ihn atmen. Ruhig. Erwartungsvoll? Mein Blick glitt über seine Haare, sein Gesicht, seinen Mund. Für einen Moment schloss ich die Augen. Er roch gut. Nach Duschgel. Nach ihm selbst. Nach einer Umarmung.

»Gib mir ein Glas von dem da!«

Ich riss mich aus meinen Gedanken, ging um ihn herum und bückte mich nach der Flasche in der hintersten Ecke. Eine klare gelbe Flüssigkeit schwappte hin und her. Das Etikett und die Konsistenz ließen an Hustensaft denken, aber ich kannte den Kräuterlikör. Er schmeckte wie flüssiger Honig.

»Meine Großtante Annie hat zum krönenden Abschluss ihrer Kaffeekränzchen immer einen ›Mariawalder Klosterlikör‹ gereicht«, sagte ich und strich mit dem Finger über das Bild des Klosters.

Mit einem leisen »Plopp« schloss sich die Kühlschranktür hinter mir, während ich mich umdrehte und wieder ins Wohnzimmer ging. Ich schüttete das Wasser in die Erde des Kunststoffficus neben der Couch und füllte das Glas zu einem Drittel mit dem Likör.

»Du kannst hier schlafen, wenn du möchtest«, sagte Steffen mit einem Blick auf das Etikett. Fünfunddreißig Prozent Alkohol verboten jegliches Fahren. »Ich bleibe auf dem Sofa.«

»Okay.« Ich nippte kurz und trank dann alles in einem Zug aus. Der Alkohol brannte sich einen Weg durch meine Kehle bis zum Magen. Wärme breitete sich in meinem Inneren aus. Und Müdigkeit. Wie damals, als ich heimlich die Reste aus den Gläsern der Besucherinnen ausgetrunken hatte und unter Tante Annies Küchentisch eingeschlafen war. Heute brauchte es keine Heimlichkeit mehr. Ich goss wieder ein. Diesmal bis zur Hälfte.

Steffen stand auf und öffnete die Tür zum Schlafzimmer. Ich hörte ihn Schränke öffnen und schließen, während ich mich in seinen Sessel fallen ließ.

»Willst du lieber auf dem Sessel schlafen?«

Ich zuckte hoch. Er hockte vor mir und hatte seine Hände auf meine Knie gelegt. Ich musste eingeschlafen sein.

»Das Bett ist frisch bezogen, Ina.«

»Danke«, murmelte ich leise und kämpfte mich aus dem Sessel hoch. Und, während ich die Schlafzimmertür hinter mir schloss, noch einmal, diesmal lauter: »Danke.«

Er hatte mir eines seiner T-Shirts auf das Bett gelegt. Ein frisches Handtuch und eine originalverpackte Zahnbürste warteten auf ihren Einsatz. Ich löschte das Licht und zog mich langsam aus. Die Wunden an meinen Schienbeinen schmerzten, als der Stoff sie berührte, aber ich hatte keine Lust, mich darum zu kümmern.

Die roten Ziffern des Radioweckers sagten mir, dass es bald ein Uhr sein würde. Es war bereits Mittwoch. Ich ging zum Fenster und sah hinaus.

Durch die Dunkelheit konnte ich den kleinen Garten des Hauses erkennen. Der Wald drängte sich bis fast an den Zaun heran, der die Wildnis an der Übernahme der Rosenbeete hindern sollte. Die Mieter der unteren Wohnung hatten den Kampf, wie es schien, noch nicht aufgegeben und verteidigten jeden Zentimeter. Aus den Augenwinkeln erkannte ich Steffens Balkon. Aus einem der leeren Blumenkästen erhob sich eine kleine Birke. Ihre Blätter bewegten sich geräuschlos im Nachtwind. Ich legte die Stirn an die kühle Scheibe und verlor mich in der Dunkelheit vor dem Fenster. Warum ich weinte und wann ich damit begonnen hatte, egal. Ich spürte die Tränen an meinem Gesicht entlanglaufen und fror. Die Kälte kroch aus meinem Inneren auf meine Haut.

Ich hatte einen Mörder geliebt. Meine Instinkte, meine Intuition, mein gesamtes Können als Polizistin. Weggewischt. Hatte Sauerbier recht und ich konnte mich nicht auf mein Gefühl verlassen? Was war mit Steffen? Mit geschlossenen Augen drehte ich mich um und lehnte mich an die Fensterbank. Die Tür öffnete sich, und leise Schritte näherten sich. Mit den Fingerspitzen strich Steffen über meine geschlossenen Lider, folgte den Spuren der Tränen und berührte meine Lippen.

»Wenn du mir vertraust …«, murmelte er und beugte sich vor. Ich spürte seinen Atem, fühlte seine Nähe durch den dünnen Stoff des T-Shirts. Mein Körper reagierte, und mein Verstand wollte ihm folgen. Ich erwiderte seinen Kuss. Zögernd erst. Meine Hände klammerten sich an den kalten Marmor der Fensterbank.

Irgendwann musste ich mir wieder vertrauen können.

Musste loslassen.

Irgendwann.

Jetzt.

Seine Haut fühlte sich warm an.

ACHT

Der Schmerz bohrte sich tief in meinen Schlaf. Jemand zog mit stumpfen Messern die Haut von meinen Schienbeinen ab. Ich stöhnte und versuchte dem zu entkommen, aber es half nicht, im Gegenteil. Ich schlug die Augen auf. Das dämmerige Licht weckte gerade die ersten Vögel draußen vor dem Fenster. Mir war heiß und schwindelig. Die Trockenheit in meinen Mund quälte mich fast noch mehr als das Pochen und Jucken in meinen Beinen. Vorsichtig hob ich die Bettdecke und legte meine Hand auf die freien Stellen zwischen den Pflastern. An meinem rechten Fußgelenk hatte sich eine dicke Schwellung gebildet, und die Haut unter meinen Fingern war heiß und gespannt bis zum Äußersten. Das linke Bein war nicht so geschwollen, schien aber eine ähnliche Rötung entwickelt zu haben. Schüttelfrost überkam mich. Trotzdem versuchte ich aufzustehen. Ich schaffte es bis zur Tür, dann wurde mir übel. Während sich alles um mich herum drehte, bemerkte ich vage, wie ich aufgehoben, in eine Decke gepackt und weggetragen wurde. Dann verschwamm die Dunkelheit um mich herum und ersparte mir gnädig den Schmerz.

»Komm, Ina. Trink einen Schluck Wasser.«

Mit geschlossenen Augen öffnete ich die Lippen und ließ die Flüssigkeit in meinen Mund laufen.

»So ist es gut«, sagte die Stimme, und ihre Fremdheit zwang mich, die Lider zu heben.

»Hey! Wieder da?« Michelle lächelte mich an und stellte das Glas auf den Nachttisch des Krankenbettes, in dem ich lag. Sie hatte wohl neben meinem Bett gesessen, eine aufgeschlagene Modezeitschrift in greifbarer Nähe, und schaute mich mit einer Mischung aus Neugierde und Mitleid an.

Ich starrte sie an, und sie schien die Frage in meinen Augen auch ohne Worte zu verstehen.

»Du bist im Krankenhaus. Steffen hat dich hierhergebracht. Du bist umgekippt.«

Ich erinnerte mich an Schmerz und dann daran, mich an nichts zu erinnern.

»Wo ist er jetzt?« Ich versuchte mich aufzurichten. Sofort schwankte alles um mich herum. Ich biss die Zähne zusammen und stemmte mich hoch. Erst jetzt bemerkte ich die Kanüle in meinem Handrücken.

»Er kommt gleich. Er hatte Hunger, und da habe ich mich bereit erklärt, hier bei dir zu bleiben.«

»Wie geht es meinem Vater?«

»Olaf ist bei ihm.« Sie zögerte kurz, wandte den Blick ab und strich sich über den Stoff ihrer Hose. »Unverändert.« Diese Mischung aus Mitleid und Neugierde in ihren Augen tat mir gut. Ich seufzte.

»Ich möchte zu ihm.«

»Nichts da. Du bleibst erst mal hier liegen.« Thomas Breitenbacher betrat das Zimmer. Sein Stethoskop hing wie eine Medaille um seinen Hals. Direkt hinter ihm konnte ich Steffens dunklen Lockenkopf entdecken.

Michelle stand auf und rückte ihre Bluse zurecht. Selbst aus meiner Position war ihr Ausschnitt nicht zu übersehen.

»Hallo, Herr Doktor«, sagte sie, strich sich mit einer fließenden Bewegung über den Nacken und warf ihren Zopf in einem Schwung nach vorne.

Thomas nickte kurz in ihre Richtung und kam dann an mein Bett. Steffen ging auf die andere Seite und zog sich einen Stuhl heran.

»Du hattest Glück, Ina. Die Blutvergiftung konnten wir gerade noch abwenden.« Er tippte mit dem Finger an die Flasche mit der klaren Flüssigkeit, die durch einen dünnen Schlauch tropfte und in der Kanüle an meiner Hand verschwand. »Das sind Antibiotika. Du hast subkutane Vereiterungen an deinen Schienbeinen. Erysipel. Wundrose.«

»Das heißt was?«, erwiderte ich und sah ihn an.

»In den Wunden haben sich Bakterien vermehrt und in deiner Lederhaut verteilt, vermutlich, weil Dreck hineingeraten ist.« Er schlug die Decke zurück und schüttelte den Kopf. »Wie bist du überhaupt zu solchen Verletzungen gekommen? Warst du auf Dschungelexpedition?«

»So ähnlich.« Ich bemerkte Michelles interessierten Blick. »Eigene Dummheit. Soll nicht wieder vorkommen.«

»Es ist nicht so schlimm, wie es sich anhört. Heute Morgen hat sich wohl dein Kreislauf verabschiedet – deswegen bist du umgekippt. Ich möchte gerne wissen, wieso. Mit einer Wundrose ist nicht zu spaßen. Ich muss es für einige Zeit unter Kontrolle halten. So lange wirst du mein Gast sein.«

»Hier …?« Mir verschlug es die Stimme. Ich hasste Krankenhäuser.

Steffen nahm meine Hand und drückte sie. Ich sah ihn an und schüttelte stumm den Kopf.

Er nickte und legte meine Hand wieder auf die Bettdecke.

»Aber …« Ich versuchte erneut aufzustehen. Die Wände schwankten.

»Nein!« Diesmal zog er mir die Decke bis unters Kinn und drückte sie an den Seiten fest.

Ich gab mich geschlagen.

»Aber bringt mich wenigstens zu Hermann.« Mein Blick wanderte zwischen Thomas und Steffen hin und her. Einer von beiden würde sich schon angesprochen fühlen.

»Nehmen Sie sich einen Rollstuhl, Herr Ettelscheid, und schieben Sie die Dame nach oben. Sie ist nicht infektiös.« Thomas wies auf die Tür. »Ich befürchte, das können wir ihr nicht auch noch verbieten.«

***

In der Schule hatten die anderen Kinder gelacht und gespottet, als sie sich weigerte, die Mütze abzunehmen. Sie rissen und zerrten an ihrem Kopf, bis der Stoff abrutschte und die Blicke aller auf den kahlen Schädel zog. Sie schlug um sich. Wehrte sich. Prügelte, bis starke Arme sie aus der Meute zogen und eine laute Stimme Einhalt gebot. Im Lehrerzimmer roch es nach Kaffee und Zimtsternen.

»Wer hat das getan?« Die Blicke der jungen Referendarin folgten den Bewegungen ihrer Finger, die sanft über die Stoppeln auf dem Kopf des Kindes glitten. »Dein Vater?«

Die Referendarin wusste nichts von der Frau.

»Nein.« Sie schüttelte den Kopf. »Mein Papa ist nicht böse. Mein Papa ist lieb. Immer ist der lieb.«

Die Referendarin nickte. »Ist es wegen der Läuse in unserer Klasse?« Die Stimme der Lehrerin hörte sich an, wie ein warmes Schaumbad sich anfühlte. Sie wollte darin versinken, Geborgenheit und Liebe finden. Sie schloss für einen Moment die Augen und stellte sich vor, wie es wäre, von der Lehrerin umarmt zu werden. Ganz fest. So wie Mama es früher getan hatte oder wie sie meinte, sich daran zu erinnern, wie es war, wenn Mama sie umarmt hatte.

Langsam hob sie die Lider. Die Tränen, die in ihren Wimpern hingen, ließen das Gesicht der Lehrerin verschwimmen. Sie sah die Augen nicht. Sie wusste nicht, ob sie ihr vertrauen konnte.

»Es war die Frau, die immer zu Papa kommt.«

»Sie hat dir die Haare abgeschnitten?«

Das Mädchen nickte. »Ja.« Sie drückte ihre Fingernägel in die Handballen, bis es wehtat. »Die Frau ist böse.«

Die Referendarin lächelte sie an.

»Deine Haare werden wieder wachsen«, sagte sie, zog den Plätzchenteller zu sich heran und reichte ihr einen Zimtstern. »Bestimmt werden sie dann noch schöner sein als vorher.«

Sie stand auf, zog ihren Ranzen an und sah zu der jungen Frau hoch. Wie schön es wäre, wenn die Lehrerin zu Papa und ihr nach Hause kommen würde. Die Lehrerin war gut. Ein warmes Gefühl breitete sich in ihrer Brust aus, wie

Wellen, die langsam an einen Strand schlagen, den Sand glätten und Spuren verwischen.

Sie lächelte. Sie war glücklich.

***

Olaf beachtete mich nicht, als Steffen mich auf die Intensivstation brachte und den Rollstuhl auf die andere Seite des Bettes schob. Wortlos stand er auf, klaubte mit gesenktem Blick sein Buch und die Zeitung zusammen und ging.

»Wir sehen uns heute Nachmittag, Ina. Es wird besser sein, wenn ich mit Olaf rede«, murmelte Steffen. Er gab mir einen flüchtigen Kuss. Selbstverständlich, als ob wir seit Jahren ein Paar wären, und folgte Olaf hinaus auf den Gang.

»Na, dann bleiben noch wir beiden Hübschen.« Michelle. Ich hatte sie fast vergessen.

»Soll ich uns einen Kaffee holen gehen?« Sie sprang auf, eilte hinaus, kam einige Minuten später mit zwei dampfenden Plastikbechern zurück und stellte einen vor mir ab.

»Hat Olaf etwas gesagt?« Ich dankte ihr mit einem Nicken.

Sie umfasste den Rand des Bechers mit spitzen Fingern. Der Lack an ihren Nägeln war an einigen Stellen abgesprungen.

»Nein.«

Ich lehnte mich zurück und ließ den Kopf in den Nacken sinken. Die Schmerzmittel machten mich träge.

»Du bist also Kommissarin und ermittelst in einem Mordfall?« Michelle rückte ihren Stuhl näher an mich heran und beugte sich vor. »Was hast du denn schon alles ermittelt?« Ihr Ton ließ auf den Versuch belangloser Kommunikation schließen.

»Ich ermittle nicht in einem Fall.«

»Aber Olaf hat …«

»Ich bin beurlaubt.« Selbst in meinen eigenen Ohren klang es schärfer als beabsichtigt. Ich setzte mich gerade hin und lächelte sie an. Dann fragte ich, um ehrliches Interesse bemüht: »Und du machst in Gemünd Urlaub – wovon?«

Für einen Moment glaubte ich, ein Zucken in ihren Augen zu sehen. Aber der Eindruck verblasste, als sie sich eine Haarsträhne aus dem Gesicht strich und den Zopf noch strammer zog, als er ohnehin schon war.

»Von meinem Leben?« Sie sank zu einem Häuflein Elend zusammen. »Ich habe keine so schöne Zeit hinter mir und versuche mich neu zu ordnen. Mein Leben neu zu ordnen. Meinen Träumen ein Stück näherzukommen.«

»Träume von was?«

»Einem Mann, der bei mir bleibt, dem ich blind vertrauen kann, Kinder, ein Haus, keine Hektik mehr? Manchmal sehe ich mich selbst, wie ich mit einem Hund und einem Kinderwagen losziehe. Ich sehe mein Leben so, wie ich es mir wünsche, wie ich es haben will. Und wie es mir niemand nehmen kann.«

»Wir sind uns sehr ähnlich.«

»Ja.«

»Ich kenne meine Träume noch nicht. Nur meine Alpträume.«

»Ich weiß.«

»Kennst du deine Alpträume?«

Sie schwieg.

»Ich bin hierhergekommen, um sie zu vergessen«, murmelte ich.

»Manche Alpträume verfolgen einen bis in die Wirklichkeit hinein.«

»Was ist mit Olaf?«, fragte ich leise. Ich hoffte auf die Antwort, die ich mir für meinen Bruder wünschte. Sie enttäuschte mich nicht.

»Olaf?« Sie schloss die Augen für einen Moment, lächelte und flüsterte so leise, dass ich sie kaum verstehen konnte: »Olaf ist ein Teil meines neuen Lebens. Ihn lasse ich nicht weg!«

»Das ist gut, Michelle.«

»Ja.«

»Rai! Rai!«

Ich schreckte zusammen und sprang hoch. Sofort biss sich eine Flamme an meinen Beinen fest und zwang mich in den Sessel zurück, den die Schwester mir in den schmalen Raum gestellt hatte.

»Rai! Fehrga! Ina!« Hermann saß aufrecht zwischen den weißen Laken und starrte mich mit vor Schreck geweiteten Augen an. Der Infusionsständer hing wie ein Galgen über ihm.

Ich hangelte nach dem Rollstuhl, zog ihn zu mir und hievte mich hinein. Nach zwei Stößen an den Rädern war ich bei ihm.

»Pap, ich bin hier.« Ich berührte seine Hand.

»Gaubeln, Rai, nicht!« Er umklammerte meine Finger. Sein Blick war klar. Er fixierte mich. Über seiner Nasenwurzel hatten sich steile Kerben gebildet, und die rechte Augenbraue zuckte. Ausdruck höchster Anspannung, wie ich sie sonst nur bei wenigen Gelegenheiten im Gesicht meines Vaters hatte sehen können. Am Todestag meiner Mutter zum ersten und am Morgen meiner Staatsprüfung zum bisher letzten Mal. Und jetzt wieder.

»Ganz ruhig, Hermann.«

»Was ist?« Die Intensivschwester kam in den Raum, kontrollierte die Lampen, Schläuche und Dioden, die über Hermanns Leben wachten, mit schnellem Blick. »Ich rufe den Doktor.«

»Er will mir etwas sagen, aber …«, setzte ich an, fand aber kein Gehör.

»Herr Stein!« Sie stand jetzt neben Hermann und lächelte ihn an. »Der Doktor kommt gleich und schaut nach Ihnen. Beruhigen Sie sich erst einmal.« Sie drückte ihn sanft auf sein Kissen zurück.

Hermann schüttelte den Kopf, wurde bleich und schloss die Augen. Seine Hände suchten nach meiner Hand, und als sie sie fanden, krallte er sich daran fest. Er holte tief Luft, hob die Lider und versuchte wieder zu sprechen.

»Ina. Olaf. Rai!«

»Was meinst du, Pap?«, fragte ich ihn, um eine ruhige Stimmlage bemüht.

»Er versteht Sie nicht, Frau Weinz. In seinem Kopf sind die Gedanken klar, aber er kann sie nicht in Worte fassen. Die Worte fehlen ihm einfach.«

»Und wenn ich es aufschreibe? Kann er etwas aufschreiben?«

Die Krankenschwester schüttelte den Kopf.

»Später vielleicht, zu diesem Zeitpunkt wird ihn das sicher nur noch mehr frustrieren.«

»Gut, Sie sind wach geworden, Herr Stein.« Thomas Breidenbach kam hinter mir in den Raum und begutachtete die Anzeigen der Geräte. »Können Sie mich verstehen?«

Hermann schwieg, blinzelte und schloss die Augen.

»Beruhigen Sie sich. Sie haben eine leichte Aphasie – eine Sprachstörung. Das ist normal nach einer schweren Schädelverletzung wie der Ihren. Bitte legen Sie sich hin und versuchen Sie, ruhig zu bleiben. Morgen früh sehen wir weiter.« Thomas gab der Schwester einige Anweisungen, trat dann hinter meinen Rollstuhl und packte die Griffe.

»Er begreift auf jeden Fall den Ton des Gesprochenen, auch wenn er den Sinn nicht erkennt. Es ist so, als ob ich mit dir Chinesisch reden würde. Du weißt nicht, was ich sage, aber du merkst, ob ich böse bin oder es gut mit dir meine.« Er schob mich von Hermanns Bett fort, drehte sich dann mit Schwung um und gab der Tür einen Stoß.

»Und mit dir meine ich es sehr gut, Ina. Deswegen werde ich dich jetzt höchstpersönlich in dein Zimmer bringen. Du brauchst Ruhe. Dein Vater auch. Morgen früh werden wir die notwendigen Untersuchungen durchführen.«

Ich hob die Hand und winkte Hermann zaghaft zu. Er ließ mich nicht aus den Augen.

»Ina, Ria!«

Morgen. Morgen würde es hoffentlich besser gehen. Morgen würde ich verstehen, was er mir zu sagen versuchte.

»Du bist schrecklich, Ina!« Die Tür meines Krankenzimmers öffnete sich, und ein Aktenberg schwebte herein. »Kannst es nicht lassen, was? Hast du eigentlich mal darüber nachgedacht, was du mir damit antust?« Matthias drückte mit dem Fuß die Tür zu, balancierte seine Last bis zu meinem Bett und schob die Akten auf den Nachttisch.

»Ich freue mich auch, dich zu sehen, Matthias!«

»Papperlapapp!« Er drehte sich suchend im Raum, entdeckte einen Stuhl und zog ihn ans Bett. Mit einem Seufzer ließ er sich nieder. »Es hat mich viel Zeit, Energie und Benzin gekostet, dich hier ausfindig zu machen.«

»Jetzt bist du ja da!« Ich grinste ihn an und richtete mich auf.

»Von Köln nach Gemünd, von Gemünd nach Mechernich …«

»Wer hat dir denn gesagt, dass ich hier bin?«

»Dein Bruder.« Matthias stand wieder auf, hob die Akten hoch und sortierte sie auf meiner Bettdecke. »Er war sehr kurz angebunden. Habt ihr Streit?«

»Nein. Ja. Ich weiß nicht. Doch.«

Er hielt in der Bewegung inne und schaute mich an.

»Wir haben uns gestritten. Außerdem liegt Hermann zwei Etagen über mir auf der Intensivstation und kämpft mit den Folgen einer Schädelverletzung.«

»Das tut mir leid.« Wieder setzte er sich, diesmal mit einem aufgeschlagenen Ordner in den Händen. »Wird das wieder?«

»Wir hoffen es.«

»Möchtest du dann lieber nicht …?« Er deutete auf die Unterlagen.

»Doch!« Ich nickte. »Sein Zustand verbessert sich ja nicht davon, dass ich mir Sorgen um ihn mache, oder?«

Matthias schwieg einen Moment. Dann blätterte er eine Seite um und fuhr mit dem Finger über die Zeilen.

»Prutschik hat insgesamt sechsundzwanzig Verfahren angestrengt. Dabei habe ich die, die sich gegen seine Exfrau richten, bereits zusammengefasst.«

»Da sorgte sich aber jemand um die Beschäftigungsquote unserer Gerichte, wie mir scheint.«

»Willst du hören, was ich herausgefunden habe, oder willst du deine Meinung kundtun?« Matthias spitzte die Lippen, legte den Kopf auf die Seite und lächelte mich übertrieben freundlich an.

»Beides. In dieser Reihenfolge«, erwiderte ich und sank zurück in die Kissen.

»Klagen um das Sorgerecht, den Unterhalt, das Aufenthaltsbestimmungsrecht, das Umgangsrecht – es gab nichts auf diesem Gebiet, was er ausgelassen hätte.«

»Hatte er denn Erfolg damit?«, unterbrach ich Matthias erneut. Diesmal schien es ihn aber nicht zu stören.

»Teilweise. Wenn er keinen Erfolg hatte, verklagte er diejenigen, die seiner Meinung nach schuld waren. Die Mitarbeiter des Jugendamtes, die Verfahrenspfleger. Einmal hat er sogar versucht, den Bürgermeister anzuzeigen.«

»Gibt es irgendwen, den er in Ruhe gelassen hat?«

Matthias schüttelte den Kopf.

»Die Lehrer seines Sohnes, seine eigenen Kollegen, Nachbarn, einfach alle, die in seinen Augen ihm etwas wollten.«

»Das ist doch krank«, warf ich ein. »Hat dem nie ein Richter Einhalt geboten?«

»Viele Klagen sind abgelehnt worden, aber das hat nur dazu geführt, dass er seine Kreise noch weiter zog.«

»Ist unter denen einer, den wir uns näher ansehen sollten?«

Matthias blickte auf und schüttelte den Kopf.

»Habe ich ›wir‹ gehört?« Er sah sich um. »Wen meinst du mit ›wir‹? Außer mir sehe ich hier nur noch eine ans Bett gefesselte, beurlaubte Kommissarin, die ja im Leben nicht auf die Idee käme, sich irgendwo einzumischen, geschweige denn …«

»Warum bist du denn dann gekommen, mit«, meine Geste umfasste den Papierberg, »alldem da, wenn du nicht willst, dass ich weitermache?«

Für einen kurzen Moment sackte Matthias in sich zusammen. Sein lindgrünes Cowboyhemd schien ihm auf einmal viel zu groß und ließ ihn zierlich erscheinen. In seinen Augen konnte ich die Antwort nur ahnen. Aber auch wenn er sie mir ins Gesicht geschrien hätte, ich wollte sie nicht hören. Matthias war ein Kollege. Und ein Freund. Geschätzt. Gemocht. Gebraucht. Nicht weniger. Aber auch nicht mehr. Das wusste ich, und er wusste es auch.

»Prutschik wird irgendwann in der Nacht von Sonntag auf Montag umgebracht. Sauerbier verhaftet Steffen, weil der sich mit Prutschik auf dem Schützenfest heftig gestritten hat und weil er glaubt, Beweise in der Hand zu haben. Prutschiks Exfrau ist angeblich nicht in Gemünd zu dem Tatzeitpunkt, laut Angaben der Nachbarin aber vielleicht doch. Der Sohn freut sich über den Tod des Vaters, war aber ebenfalls nicht anwesend. Mein Bruder meint, er müsse seinem Kumpel helfen, indem er ihm ein falsches Alibi gibt, und macht die Sache damit vermutlich noch schlimmer.«

Matthias zuckte bei der Erwähnung des Alibis zusammen.

»Weiß Sauerbier schon …?«

»Nein.«

»Wo war die Exfrau?«

»Laut Aussagen ihres Sohnes in Holland bei den Verwandten ihres jetzigen Mannes. Laut Aussagen der Nachbarin ist sie dort schon länger nicht mehr gewesen.«

»Was ist mit dem Sohn?«

»Erst nach der Tat nach Gemünd gekommen.«

»Hast du das überprüft?«

Ich verneinte und zeigte auf die Verbände an meinen Beinen.

»Ich mache das für dich.«

»Danke. Ich wollte sowieso für einen Tag nach Köln kommen und Dinge erledigen, die erledigt werden müssen. Meine arme Nachbarin wird bestimmt bald von meinen Postbergen erschlagen.«

Matthias hob eine der Plastiktüten an, die er bei seinem Eintritt am Arm hängen gehabt hatte, und versenkte seinen Arm darin. Dann reichte er mir einen Stapel Briefe.

»Bitte schön.«

»Oh, Mattes …«

»Die Blumen sind auch gegossen«, unterbrach er mich, bevor ich wieder zu einer Dankesrede anheben konnte. Dann zögerte er kurz, bevor er weitersprach: »Prutschik war geschoren, als man ihn fand.«

»Er war was?«

»Kahl geschoren! Kannst du dir einen Reim darauf machen?«

»Nein.« Ich kramte in meinen Erinnerungen. »Nein.«

»Was hast du noch erfahren über ihn?«

»Jonas Prutschik sprach von einer Geliebten. Aber das muss Jahre her sein. So wie er es erzählte, zur Zeit der Trennung seiner Eltern.«

»Weißt du, wer sie war?«

Wieder schüttelte ich den Kopf. Dann grinste ich.

»Es dürfte aber nicht so schwer sein, das herauszubekommen. Die Gemünder Klatschseele vergisst nichts. Ich habe auch schon eine Idee, wen ich dazu befragen könnte.«

»Dann mach das und sag mir Bescheid.«

»Mattes?« Ich sah ihn an.

»Ja?«

»Steffen hat es nicht getan. Er hat Prutschik nicht umgebracht.«

Matthias schwieg.

»Ich vertraue ihm.«

»Du willst ihm vertrauen.«

»Ich will meinem Instinkt vertrauen. Meinem Gefühl.« Die Zweifel in Matthias' Gesicht sprangen mich an. Trotzdem sagte er nichts, sondern ließ mich weiterreden.

»Wenn das nicht mehr funktioniert, ist jeder Gedanke an eine Rückkehr in meinen Job überflüssig.«

»Deshalb bist du geflohen aus Köln. Um es herauszufinden.«

»Am Ende jeder Flucht steht ein Ankommen.« Ich betrachtete meine Fingernägel.

»Sagt wer?« Matthias grinste. »Deine Oma?«

»Blödmann!« Ich schlug mit einem Aktenordner nach ihm. »Los, geh ermitteln und lass mich meine Wunden lecken.«

Er duckte sich und verschränkte in gespielter Verzweiflung die Arme vor seinem Gesicht.

»Es scheint dir ja wieder besser zu gehen, Ina!« Ich hörte die Freude in Steffens Stimme, als er das Zimmer betrat.

Matthias erstarrte in der Bewegung, richtete sich auf und wandte den Kopf in Richtung der Tür.

»Hallo!« Steffen ging auf Matthias zu und hielt ihm die Hand hin. »Steffen Ettelscheid, Förster und Freund der Familie.«

So konnte man es auch ausdrücken. »Sie sind sicher Matthias Driesch, Inas Kollege.«

»Japp.« Matthias zögerte einen Augenblick, bevor er die Hand ergriff. Gerade lange genug, um uns alle merken zu lassen, dass er nicht erfreut war darüber, Steffen zu begegnen.

»Was mache ich mit Hermann? Er sitzt im Auto«, wandte er sich an mich und drehte Steffen den Rücken zu.

»Wieso?« Für einen Augenblick war ich völlig verwirrt.

»Er kann nicht länger bei mir bleiben. Er hat schon dreimal versucht, Frau Meyer aufzufressen.«

Jetzt kapierte ich es. Frau Meyer war Matthias' Papagei. Er meinte meinen Kater.

»Ich kann ihn mitnehmen.« Steffen trat an die andere Seite meines Bettes und sah mich an. »Ich mag Katzen. Solange du hier bist, kann er bei mir sein. Dann klären wir die Wohnverhältnisse neu.«

Ich erwiderte seinen Blick und sah das Lächeln in seinen Augenwinkeln. Hatte er mir gerade angeboten, bei ihm einzuziehen? Oder bildete ich mir das nur ein?

»Gut, dann werde ich ja wohl nicht mehr gebraucht.« Matthias war aufgestanden. Ohne auf die Akten und Tüten zu achten, die er um sich herum ausgebreitet hatte, schnappte er sich seine Jacke und seinen Autoschlüssel und ging zur Zimmertür. »Ich warte am Eingang auf Sie, Herr Ettelscheid.« Er betonte die Anrede in dem Tonfall, der sonst Hauptverdächtigen in unseren Fällen vorbehalten war.

»Mattes, warte, ich …«, versuchte ich ihn aufzuhalten, aber er ignorierte mich.

»Zehn Minuten. Keine Minute länger. Herr. Ettelscheid.« Die Tür schloss sich hinter ihm.

Steffen strich sich die Haare aus der Stirn, blies die Wangen auf und ließ die Luft langsam wieder entweichen. Dann lehnte er sich ans Fensterbrett und verschränkte die Arme.

»Du hast ihm nichts erzählt, oder?«

»Ich habe ihm gesagt, dass ich dir vertraue.«

»Und das schmeckt ihm nicht. Er hält mich auch für den Mörder.«

Ich schüttelte den Kopf.

»Das ist es nicht, Steffen. Es ist«, ich suchte nach den Worten, die dem gerecht würden, was war, »es ist noch etwas anderes.«

»Was?« Er hob die Hand und unterbrach mich, bevor ich angefangen hatte zu sprechen. »Er ist eifersüchtig?«

»So ähnlich.«

Steffen rührte sich nicht und schwieg.

»Er hat mich gerettet. Wenn er nicht gewesen wäre, läge ich jetzt nicht hier im Krankenhaus, sondern auf Melaten.« Ich seufzte. »Er fühlt sich für mich verantwortlich.«

Steffen wandte den Kopf und blickte aus dem Fenster. Dann nickte er.

»In Ordnung.« Er stieß sich ab, kam zu mir und beugte sich zu mir herunter. Für eine Sekunde verharrte er regungslos.

Ich spürte seinen Atem auf meinen Wangen. Ich tauchte ein in die Tiefe seiner Augen und sah mich selbst, wie er mich sehen musste. Eine Endvierzigerin mit wirren Haaren und nicht nur Lachfältchen im Gesicht. Eine Frau mit verkorkster Seele und einem Päckchen aus der Vergangenheit, das sie nicht nur seit Längerem mit sich herumtrug, sondern bei dem sie auch gerade erst angefangen hatte, es auszupacken.

Dann küsste er mich. Er tat es ruhig und mit Bedacht. Und lange.

»In Ordnung«, sagte er noch einmal, als er sich von mir löste, zur Tür und aus dem Zimmer ging, ohne sich ein weiteres Mal umzudrehen.

***

Das grelle Licht der Badezimmerlampe tauchte den Raum in kaltes Weiß. Die Neonröhre flackerte und ließ die Schatten über ihr Gesicht und ihren Körper tanzen. Sie kauerte im Winkel zwischen Badewanne und Dusche. Die harte Kälte der Kacheln gab ihr Halt. Benutzte Luft legte sich über ihre Lungen. Fäkalien, Raumspray, Duschgel. Die nassen Haare klebten an ihren Wangen, und feine, dünne Rinnsale suchten sich ihren Weg über nackte Haut. Mit geschlossenen Augen wiegte sie ihren Oberkörper vor und zurück. Sie fühlte sich nicht eins. So als ob einzelne Teile ihres Selbst sich verrückt hätten, nicht mehr ineinandergreifen würden.

Mirko war gegangen. Endgültig. Mirko mit seinen schönen Augen. Mirko mit der sanften Stimme, die wie Hände streicheln konnte. Mirko, dessen Liebe hätte unendlich sein sollen. Der ihre Leere hätte füllen können. Er hatte es versprochen.

Sie stand auf. Die Pein des Verlustes kroch über ihre Haut bis tief ins Innere. Wo sie vorüberzog, blieb alles taub und still. Eine Stille, die aus Stille kam und Stille bleiben würde. Die Person im Spiegel war nicht die, die hineinschaute. Anders. Fremd. Nicht sie. Nicht die eigenen Augen. Nicht die eigenen Haare. Nicht das eigene Gesicht. Arme, Hände, der Leib. Alles da. Alles fremd. Sich wieder spüren, Schuld abladen, Buße tun. Eins werden. Unverrückt.

Der erste Schnitt teilte die weiße Haut. Kein Gefühl. Taubheit. Blut trat aus der Wunde, lief den Unterarm entlang und tropfte in das Waschbecken. Der zweite Schnitt suchte ihren Schmerz in der Tiefe und fand ihn. Die Dimensionen rückten

wieder zusammen. Mein Leib. Arme, Hände. Zusammenge-
fügt und gehalten durch die Qual. Schnitt für Schnitt für
Schnitt. Die Person im Spiegel war keine Fremde mehr. Ihre
Tränen mischten sich mit Blut und darunter, nach langer Zeit –
einem Lächeln. Und dem Gefühl von Glück.

NEUN

Hermann begrüßte mich, bevor er mich sah. Das Maunzen des Katers war bis auf den Flur vor Steffens Wohnung zu hören.

Steffen öffnete die Tür ein Stück und hielt den Fuß quer vor den Spalt, damit der Kater nicht entwischen konnte.

»Ina!«

»Wenn es zu spät ist, gehe ich wieder.«

»Was machst du hier?«

»Warten, dass du mich reinlässt. Lange kann ich nämlich nicht mehr stehen.« Mein Lächeln wirkte wohl nicht so überzeugend, wie ich beabsichtigt hatte.

Er hielt mir die Tür auf. Der Kater schoss auf mich zu, buckelte und schmiegte sich an mich.

»Du freust dich, Hermann.« Ich beugte mich zu ihm hinunter und streichelte die weiche Stelle hinter seinen Ohren. Sofort begann er zu schnurren und seinen Kopf an meinem Bein zu reiben.

»Ich hatte mir schon so meine Gedanken gemacht, was ich alles bei dir zu erwarten hätte.« Steffen trug meine Tasche ins Wohnzimmer. »Flucht aus dem Krankenhaus stand nicht auf der Liste.« Er warf sie in eine Ecke, drehte sich um und umarmte mich. »Nicht dass ich mich nicht freuen würde …« Er küsste mich. »Aber solltest du nicht …?«

»Nein«, unterbrach ich ihn. »Krankenhäuser vertrage ich nicht.« Ich ging zum Sofa und legte mich darauf. »Morgen früh werde ich wieder hinfahren, um nach meinem Vater zu sehen. Dann kann Thomas meine Beine versorgen. Das Antibiotikum schlägt gut an, und mich ausruhen kann ich auch hier.«

Für einen kurzen Moment sah ich in Steffens Augen einen Ausdruck, der mich an alles andere als an Schonung denken ließ. Dann sagte er: »Du schläfst wieder in meinem Bett, ich auf dem Sofa, so wie letzte Nacht.«

»Okay«, grinste ich, »wie letzte Nacht.«

Wortlos schnappte er meine Tasche und trug sie in sein Schlafzimmer. Das Bett war noch zerwühlt, so wie ich es am Morgen verlassen hatte. Das beruhigte mich. Er war also kein Ordnungsfanatiker. Er zog die Decken zurecht und klopfte auf die Kopfkissen.

»Madame, Ihr Krankenlager.«

»Danke.« Ich setzte mich auf die Kante und streifte die Schuhe ab. Als ich lag und meine Beine ausstreckte, seufzte ich auf. Die Belastung war doch größer, als ich gedacht hatte. Achtundvierzig war nicht achtundzwanzig. Und eine Wundrose war kein Kratzer.

Steffen lehnte am Türrahmen und sah mir zu, wie ich mich und meinen Körper sortierte.

»Möchtest du dich nicht zu mir legen? Einfach so?« Ich lächelte versuchsweise. »Nur schonen?«

Er ging um das Bett herum, setzte sich auf die andere Seite und zog seinen Pulli und seine Socken aus. Aus dem Kopfkissen baute er einen kleinen Turm und drückte ihn an das Kopfteil. Er lehnte sich dagegen, streckte seinen Arm aus und lud mich mit einer Kopfbewegung ein, näher zu rücken.

»Erzähl mir von dir, Ina.«

»Was willst du wissen?«

»Als ich dich das letzte Mal gesehen habe, war ich zehn Jahre alt und du gerade auf dem Abflug in die große Stadt.«

Er sah mich an. »Zwischen damals und jetzt liegen fast dreißig Jahre und ein paar graue Haare. Wo kommen die her?«

»Von den schlechten Erfahrungen, die man macht.« Ich fasste in meine Haare und nestelte eine graue Strähne hervor. »Zum Glück sind es nicht so viele.«

»Genug, um interessant zu wirken.«

Mein Lachen klang härter, als ich es beabsichtigt hatte. »Interessant. Ja, so kann man es auch nennen.« Ich lehnte mich an ihn und fuhr mit einem Finger über seine Brust.

»Du hast keine grauen Haare«, stellte ich fest. »Hast du keine schlechten Erfahrungen?«

»Doch.« Er verstummte, und die Muskeln an seinem Kiefer traten hervor.

Auch bei Steffen gab es Stellen, die wir besser unangetastet ließen. Eine Zeit lang. Bis jeder von uns den anderen an diese Orte in unseren Erinnerungen führen und sie ihm erschließen würde.

»Erzähl mir von deiner Arbeit, Förster.« Ich stieß ihm den Finger in die Rippen. »Was machst du? Bäume zählen?«

Er lachte.

»Auch, aber nur manchmal. Wenn ich es mir recht überlege, eher selten.«

»Kleine niedliche Bambis schießen?«

»Auch eher selten. Aber manchmal.« Er schnappte nach meiner Hand und hielt sie fest. »Willst du es wirklich wissen?«

Ich fühlte die Wärme, die meine Finger wie in einer Höhle geborgen hielten, und nickte.

»Doch. Ja. Ich will wissen, womit du deine Tage verbringst, wenn du nicht auf Schützenfesten herumlungerst und Professoren zu Boden schickst.«

Steffen ließ meine Hand wieder los und erzählte. Vom Naturpark mit seinen vielen Aufgaben, die auf den ersten Blick nichts mit dem üblichen Bild des Försters zu tun hatten. »Stell dir vor, du stehst mit einer fünften Klasse aus der Stadt mitten im Wald, und die fragen dich, wo denn hier die Toiletten sind!« Von den Schwierigkeiten mit den unterschiedlichen Ansichten zum Thema Umweltschutz, die immer wieder zu Konflikten führten. Von verirrten und uneinsichtigen Touristen.

»Wir nennen es Besucherlenkung. Man sollte doch glauben, dass zweihundertvierzig Kilometer ausreichen zum Wandern. Für Radfahrer und Reiter gibt es extra ausgewiesene Strecken. Aber es gibt immer noch Leute, die glauben, sie wären die Herren der Wildnis.«

Ich dachte an die weiten Flächen des ehemaligen Truppenübungsplatzes auf der Dreiborner Höhe. »Und ihr schafft das alles zu überwachen?«

»Wir arbeiten dran!«

Und dann erzählte er von Rothirschen, Rangertouren und der Öffnung der Burg Vogelsang als Museum.

Ich hörte ihm zu. Ich sah ihm zu. Hörte die Begeisterung für das, was er tat, in seinen Worten. Sah die Funken in seinen Augen und die lebhaften Gesten, wenn er von der Verantwortung, der Zukunftsvision und der Schönheit sprach.

»Wenn es Herbst wird, gehe ich mit dir in den Wald und zeige dir die Farben! Du wirst es lieben, Ina.«

»Hey, ich kenne es! Ich bin hier groß geworden.«

»Aber du hast es vergessen.«

Ich nickte und schwieg. Er hatte recht. Ich hatte es vergessen.

Der Wecker quälte mich aus Steffens Umarmung.

Vorsichtig streifte ich eine lockere Hose über, fischte nach einem T-Shirt und schlüpfte in meine Sandalen. Seit ich vom Polizeidienst beurlaubt war, hatte ich diese Zahlenkombination auf der Digitalanzeige nicht mehr gesehen. Deutlich unter acht. Zu deutlich für meinen Kreislauf. Der verabschiedete sich kurzfristig und zwang mich zur sofortigen Kapitulation. Nach fünf Minuten wagte ich einen neuen Vorstoß. Nach zehn Minuten saß ich mit einem Pulverkaffee, den ich aus der hintersten Ecke von Steffens Küchenschrank befreit und mit Hilfe eines asthmatischen Wasserkochers zubereitet hatte, am Tisch und rührte ihn kalt.

Nach dreißig Minuten hatte ich Steffen einen Kuss auf die geschlossenen Lider gedrückt, einen Zettel mit meinen Plänen für die nächsten zwei Stunden auf den Kühlschrank geklebt und meinen Käfer in Richtung Mechernich gelenkt.

»Unverantwortlich!«, tönte Thomas mir entgegen, als ich sein Sprechzimmer betrat. »Du weißt, dass du keinen Versicherungsschutz, kein gar nichts hast, wenn du ohne Entlassungspapiere das Krankenhaus verlässt!« Er kam auf mich zu, sein Stethoskop wie eine Waffe erhoben. »Herrgott, Ina, du kannst eine Blutvergiftung bekommen!«

»Wie geht es Hermann? Kann ich gleich zu ihm?«, ignorierte ich seine Schimpftirade und krempelte meine Jogginghose hoch. »Meine Beine sind schon so gut wie neu.«

»Das entscheide ich, wie deine Beine sind.« Er rollte mit seinem Stuhl vor die Behandlungsliege und streifte ein paar Gummihandschuhe über. »Wie geht es dem Kreislauf?«

»Heute Morgen hat er sich gefreut, dass ich mich noch mal hingelegt habe.« Ich grinste ihn an.

»In Ordnung«, sagte er, nachdem er fertig war. »Nimm die hier und komm jeden Tag her. Ich möchte selbst ein Auge darauf haben.«

»Danke schön.« Ich steckte die Packung mit dem Antibiotikum ein.

»Du hast was gut bei mir, Thomas.«

»Eben habe ich deinen Vater untersucht. Er ist auf dem Weg der Besserung, aber es braucht Zeit.« Thomas schrieb einige Zeilen auf die Rückseite eines Rezeptblockes. »Hier. Er wird eine Reha brauchen. Dort leisten sie gute Arbeit, und es ist nicht so weit weg.« Er gab mir die Adresse. »Kümmere dich früh genug, damit ihr einen Platz bekommt.«

Hermann schlief. Ich stand neben seinem Bett, streichelte seine Hand und musste an all die Momente und Situationen in meinem Leben denken, in denen er mich getröstet hatte.

»Du fehlst mir, Hermann.«

Er rührte sich nicht. Wirkte wie tot. Aber er atmete.

»Thomas hat gesagt, es wird wieder. Hörst du? Halte dich dran!« Ich beugte mich vor und küsste ihn auf die Wange. Als ich ging, drehte ich mich nicht um. »Was nützt es ihm, wenn ich mir Sorgen mache«, murmelte ich und musste schlucken. Die alte Frau im Bett neben meinem Vater folgte mir mit ihren Blicken. Ihr Mund verzog sich zu einem leisen Lächeln.

»Kommens erinn, Kind. Kommens erinn.« Frau Rostler drehte mir den Rücken zu und verschwand im Dunkel ihres Hausflurs. Ich hörte Geschirr klappern und einen Wasserkessel pfeifen.

»Kaffee?« Ihr Kopf erschien in einer Türöffnung. Vermutlich die Küche. Ich nickte.

»Danke, gerne.« Wenn ich so weitermachen würde mit dem unkontrollierten Koffeinkonsum, würde mein Blutdruck bald verrückt spielen. Aber es gehörte einfach dazu. Kaffee und …

»Conjäcksche?« Frau Rostler zog zwei Gläser aus der Anrichte. Richtig. Der fehlte noch.

»Nein, nur den Kaffee, bitte.«

»Wie, nix zu trinken?«

»Darf ich Sie was fragen, Frau Rostler?«, lenkte ich vom hochprozentigen Thema ab, in der Hoffnung, sie durch meine Ablehnung nicht zu beleidigen.

Die Nachbarin meines Vaters setzte sich auf einen Küchenstuhl, zog Tasse und Cognacschwenker zu sich und wedelte sich mit der Hand das Aroma der beiden Getränke zu.

»Hach, herrlich«, sagte sie, ließ aber beide Getränke stehen. »Wat kann isch für disch tun, Kindschen?«

»Sie können mir bei meinen Nachforschungen helfen.« Ich beugte mich zu ihr und senkte die Stimme. »Aber das muss unter uns bleiben. Verstehen Sie?«

Sie blickte sich in der Küche um, als ob hinter ihrem Kühlschrank eine Horde Spitzel versteckt sei, rückte mit ihrem Stuhl näher an den Tisch und nickte stumm. Ihre blond gefärbten Kurzhaarlöckchen wippten unternehmungslustig.

»Sie erinnern sich doch an das Mordopfer, Peter Prutschik?«

Nicken.

»Sie kennen ihn doch bestimmt von früher, oder?«

Die Löckchen tanzten.

»Können Sie mir erzählen, was Sie wissen?«

»Dat iss lang her, Ina.« Mit einem verschwörerischen Schmunzeln öffnete sie die Zuckerdose. »Eigentlisch darf isch dat ja nitt, wegen demm Diabetis hat die Frau Doktor jesacht, abber …« Zwei Stücke Würfelzucker plumpsten in die Tasse. »Man kann halt nich immer verzischten.« Sie seufzte.

»Die Familie Prutschik«, unterbrach ich sie. »Kannten Sie sie?«

»Ne, isch weiß nur, wat man so jeredet hat.« Diesmal kam der Cognac an die Reihe. Pur. Zusätze blieben ihm erspart.

Ich blickte sie aufmerksam an und lächelte ermunternd.

»Der hatte wohl eine Freundin! Deswegen ist er weggegangen damals.« Sie wechselte ins Hochdeutsche. Das Thema erforderte es anscheinend. »So ein ganz junges Ding! Dat muss man sich mal vorstellen! Der war doch schon mindestens …« Sie stellte das Glas auf den Tisch und starrte an die Decke. »Warte mal, der Prutschik ist so alt wie meiner Cousine Käthe sein Sohn Walter, die waren zusammen in der Schule, und der ist von 53, also muss der Prutschik jetzt auch sechsundfünfzig sein. Und als der Knall auf Fall weg ist, da hatte gerade Müllersch Franz seinen Anbau …« Sie verstummte, aber ich konnte sehen, wie ihre Gedanken weitersprangen. Schließlich nickte sie und verkündete: »Vierzig. Der muss so vierzig gewesen sein. Das Mädchen war höchstens fünfzehn oder sechzehn.«

»Und seine Frau, wie hat die reagiert?«

»Gar nicht. Zumindest nicht, dass man es gemerkt hätte. Sie hat die Augen zugemacht. Wollte das gar nicht sehen!«

»Hat ihn niemand angezeigt? Das Mädchen war ja immerhin noch minderjährig.«

Frau Rostler lachte. »Minderjährig schon. Aber das sah man ihr nicht an, und sie benahm sich auch nicht so. Ich glaube noch nicht mal, dass das dem Prutschik klar war. Ein Luder war das, die Maria. Der Prutschik war nicht der Erste, der was mit ihr hatte. Aber die anderen kamen nicht von hier.«

»Sie wissen, wie das Mädchen hieß?«

Mein Handy klingelte. Ich zog es aus der Tasche. Das Display zeigte vier Sternchen – Symbol für eine anonyme Nummer. Ich drückte den Anruf weg und wandte mich wieder Frau Rostler zu.

»Entschuldigen Sie bitte.« Ich überlegte kurz, wo wir unterbrochen worden waren. »Also, Sie wissen, wie das Mädchen heißt?

»Sischer, weiß ich dat. Henke Schorsch sein Maria. Janz wie die Mutter. Die iss auch auf und davon mit einem aus Düsseldorf. Dat iss abber noch länger her.«

»Gibt es noch andere Verwandte hier in Gemünd?«

»Henke Schorsch ist vor ein paar Jahren gestorben. Aber ihr Bruder Paul lebt noch hier.« Sie stand auf, ging in eine Ecke der Küche und kramte in einem Weidenkorb. »Hier.« Sie blätterte die Kölnische Rundschau vor mir auf. Ein Mann mit dunklen Haaren, grünem Hut und Kinnbart blickte ernst in die Kamera. Die Frau neben ihm lächelte angestrengt unter ihrem Diadem hervor. Für ihr Alter, das ich auf Mitte dreißig schätzte, gruben sich zu viele Falten um ihre Mundwinkel ein.

»Alt-Schützenkönig von 2008 Paul Henk und seine Frau Irene«, stand unter dem Bild. Frau Rostler schob die Zeitung zu mir und schüttelte den Kopf. »Die Henke Männ haben kein Glück mit ihren Frauen. Die iss auch tritschen jejangen. Eines Tages war sie einfach weg. Nur ein paar Wochen nach dem Schützenfest im letzten Jahr. Wenigstens haben die beiden keine Kinder.«

»Wissen Sie, was aus Maria Henk geworden ist?«

»Ne, dat weiß ich nitt.« Noch einmal stand sie auf und huschte in den Flur, um gleich darauf wieder mit einem Telefonbuch der Stadt Schleiden wiederzukommen. »Der Paul wohnt doch hier, dann müsste auch die Nummer drinstehen. Du kannst ihn ja mal fragen.« Sie schlug die Seiten auf und fuhr mit dem Finger über die Reihen von Namen. »Henk, Henk«, murmelte sie. Dann sah sie mich an: »Da!« Sie spuckte das Wort aus, als ob sie den armen Paul Henk damit festnageln wollte. »Da isser ja.«

»Bruchstraße 89a«, las ich laut vor. »Ich weiß, wo das ist.« Die Adresse lag in Malsbenden. Ich speicherte die Nummer in meinem Handy und beschloss, es gleich nach dem Besuch bei

Frau Rostler bei Paul Henk zu versuchen. »Und die Prutschiks sind dann weggezogen?«

»Wie man sich erzählte, hatte er eine neue Stelle, irgendwo im Süddeutschen. Nach drei Jahren war sie dann ohne ihn wieder hier, mit dem Jungen. Der war aber nur kurz da und ist dann wieder zum Vater.«

»Und dann hat Monika Berkel wieder geheiratet?«

»Och, iss dat verhieroot mit demm Klaes?«

Ich spitzte die Lippen. Bisher hatte ich mir die Frage nicht gestellt. Noch ein Punkt auf meiner Liste. So langsam sollte ich es mir aufschreiben.

Ich trank den letzten Schluck des mittlerweile kalt gewordenen Kaffees und stand auf.

»Sie haben mir wirklich sehr geholfen, Frau Rostler. Danke schön.«

»Ach, dat bissjen, Kind. Isch weiß ja nitt vill, aber dat sach isch dir jerne.« Sie stellte sich dicht neben mich und fasste an meinen Arm. »Son richtijer Mordfall iss doch wat Aufrejendes! Da hilft mer doch jern!«

Ich beugte mich auf ihre eins fünfundfünfzig hinunter und flüsterte: »Das haben Sie der Polizei doch sicher auch schon alles erzählt, oder?«

Entrüstet rückte sie von mir ab.

»Nee, Kind. Die kenn isch doch nicht. Außerdem …« Sie reckte ihr Kinn in die Höhe. Diesmal zitterten die Lockenspitzen. »… haben die mich nicht gefragt!«

Ich nickte, ging zur Haustür und legte die Hand auf die Klinke.

»Tschüs, Frau Rostler. Danke noch mal.«

»Du kannst immer kommen, Kind. Isch krisch ja nur selten Besuch.«

ZEHN

Als ich über die Straße zu meinem Käfer ging, stand sie hinter den Gardinen und winkte mir. Ich winkte zurück und fühlte mich ein bisschen schlecht.

»Kommst du wieder nach Hause?«

»Was?« Ich drehte mich um. Michelle stand auf den Stufen von Hermanns Haus. Ihre riesige schwarze Lacktasche baumelte an der einen, ein roter Mantel hing über der anderen Hand.

»Ich dachte, du wolltest wieder zu uns kommen.«

»Uns?«

Sie stellte die Tasche ab und legte den Mantel darüber. Dann verschränkte sie ihre Hände und sah mich unsicher an.

»Ich hoffe, du hast nichts dagegen, aber Olaf und ich …«

»Nein, nein, ist schon in Ordnung so«, beeilte ich mich zu erwidern. »Ich war nur einen Augenblick verwirrt. Geht das nicht ein bisschen schnell?«

Jetzt strahlte sie.

»Eigentlich kann es uns gar nicht schnell genug gehen!«

»Und deine Arbeit in Düsseldorf?«

»Es wird sich eine Lösung finden.«

»Ja.« Ich nickte und versuchte ein zaghaftes Lächeln, das meine Zweifel an der ganzen Sache verdecken würde.

»Kommst du denn jetzt wieder nach Hause?«

»Nein.« Nicht bevor Olaf sich bei mir entschuldigt hat oder zumindest versucht, mit mir darüber zu reden, dachte ich, verkniff es mir aber, die Worte laut auszusprechen. Michelle war sympathisch, aber einen zu tiefen Einblick in die Beziehung zu meinem Bruder wollte ich ihr dann doch nicht gewähren. Zumindest noch nicht. »Ich fühle mich bei Steffen sehr wohl.« Dafür hatte sie sicher Verständnis.

Michelle sah mich an, strich eine Ponysträhne aus dem Gesicht und lächelte abwartend.

»Ich war bei der Nachbarin.«

»Aha.« Michelle fragte nicht nach, aber ich sah, dass sie neugierig war.

»Ein bisschen über die Vergangenheit erzählen.«

»Auch über den Mordfall?«

»Ja, auch über den Mordfall.«

Sie senkte die Lider, seufzte theatralisch, und als sie mich ansah, schlich ein Grinsen über ihr Gesicht.

»Du bist gemein, Ina! Ich platze vor Neugierde, und du lässt mich am langen Arm vertrocknen.«

»Frau Rostler hat mir ein bisschen über die Familie Prutschik erzählt.« Das musste genügen.

»Ah.« Sie nickte und schwieg einen Moment. Wieder strich sie sich die Haare aus der Stirn. »Soll ich Olaf etwas von dir ausrichten?«, wechselte sie das Thema.

»Hermann geht es unverändert. Wir werden sehen, wie es mit den Sprachstörungen weitergeht. Ich war heute Morgen dort, aber er schlief.«

»Das ist gut«, murmelte sie. »Das ist gut, wenn er sich gesund schläft!« Sie kramte in ihrer Handtasche und zog einen Schlüsselbund heraus. Ich erkannte ihn. Es war meiner. Schmunzelnd drückte sie ihn mir in die Hand.

»Der lag im Gästezimmer. Vielleicht brauchst du ihn ja doch noch in den nächsten Tagen.« Dann stöckelte sie zu ihrem Wagen, öffnete die Tür und glitt auf den Fahrersitz. »Ich würde mich freuen.«

Der Motor des kleinen Wagens heulte auf, und sie brauste davon.

Beim Anblick ihrer Heckscheibe fiel mir ein, dass sie nicht gesagt hatte, wohin sie fuhr. Ich hatte aber auch nicht gefragt.

Wenn ich schon einmal hier war, konnte ich genauso gut ein paar Kleider und meine Bücher einpacken und mit zu Steffen nehmen. Paul Henk konnte noch eine halbe Stunde auf meinen Überraschungsbesuch warten. Ich ging über die Straße zum Haus meines Vaters und klingelte. Nichts rührte sich.

Olaf beriet vermutlich schon seit Stunden die fleißigen Gemünder in der Bankfiliale, wie sie ihr Geld gewinnbringend anlegen konnten.

Der Schlüssel klemmte, als ich die Haustür öffnen wollte. Ich versuchte es ein zweites Mal. Erst beim dritten Anlauf dämmerte es mir, dass der Schlüssel an meinem Bund nicht zu dem Schloss an meines Vaters Haus passte. Was nur bedeuten konnte, dass Olaf Fakten geschaffen und die Schlösser ausgetauscht hatte.

»Mistkerl!«, fluchte ich leise und überlegte.

Michelle wusste davon anscheinend nichts, sonst hätte sie mir den Schlüssel ja nicht wiedergegeben. Es gab eine Hintertür. Und der Sesam-öffne-dich für diese Tür lag gut versteckt unter einem Stein am Gartenteich. Sicher hatte Olaf den vergessen.

Ich löste den Haken des Zauntors, das den Vorgarten vom größeren Teil des Grundstücks abteilte und in der Hauptsache die Funktion hatte, die Rehe, die nachts über Rosenbeete und Obststräucher herfielen, auf Abstand zu halten. Meine Füße versanken im hochstehenden Gras wie in einem Teppich.

Rasenmähen war Hermanns Aufgabe. Sollte er wirklich so lange nicht einsatzfähig sein, wie Thomas es angekündigt hatte, musste Olaf entweder selbst zur Graspflegeausrüstung greifen oder über eine baldige Heuernte nachdenken. Die dritte Möglichkeit, mich selbst als Gärtnerin zu betätigen, verwarf ich sehr schnell. Schon als Kind hatte ich es gehasst, die schwere Maschine über das Grundstück zu ziehen und zu zerren, dabei den Benzingestank einzuatmen und später kleine grüne Halme aus allen Falten meiner Kleidung herauszupulen. Die zwei Mark, die es nach verrichteter Arbeit gab, hatte ich großzügig zuerst an einen Nachbarsjungen und später, als er groß genug war, an Olaf abgetreten.

Die einzige Arbeit, die mich faszinierte, war das Abfischen der toten Blätter aus dem Gartenteich. Den Kescher einzutauchen, in langsamen und gleichmäßigen Bewegungen durch das

Wasser zu ziehen, glich einer Meditation, machte mich ruhig und meine Gedanken frei. Schon als Kind. Es war meine Idee gewesen, den Schlüssel zur Hintertür unter einem Stein zu verstecken, der im Wasser lag. Ich hatte zwei Wochen an einer dichten Hülle getüftelt, die sich wieder öffnen ließ. Das Ergebnis konnte sich immer noch sehen lassen. Der Mechanismus funktionierte, und der Plastikbehälter tauchte auf.

Aber meine Hoffnung trog mich. Mein Bruder war gründlicher und systematischer vorgegangen, als ich ihm zugetraut hatte. Wider Willen musste ich grinsen. »Wir müssen reden, Ina«, stand auf dem kleinen Zettel, der zusammengerollt in der Hülse lag.

Olaf kannte mich besser als ich ihn. Das Gefühl, meinen Bruder nicht zu kennen, nicht zu wissen, was und wie er dachte, wie er fühlte und wie es ihm ging, überrannte mich mit aller Wucht. Seit diesem Tag, als er hinter der Gardine gestanden und mich hatte wegfahren sehen, war der Bruch in unserer Verbindung nie wieder geheilt.

Es war Zeit, das zu ändern. Ich hoffte, dass er das auch so sehen würde, und drehte nachdenklich das Papierstück zwischen meinen Fingern.

»In Ordnung«, sagte ich zu den Goldfischen, ohne auf ihre stumme Bitte um Futter zu achten. »Wir müssen reden, Olaf!«, grummelte ich und ging um die andere Hausseite herum in Richtung meines Wagens.

Die Leiter lag dort, wo Michelle sie hingeschoben hatte. Fünf Meter Aluminium glänzten matt in der Sonne. Olaf hatte seinen Plan, die Leiter auf die Müllkippe zu bringen, noch nicht umsetzen können. So einfach ließ sich das gute Stück ja auch nicht transportieren. Bis Hermann aus dem Krankenhaus entlassen würde, musste sie allerdings verschwunden sein. Sonst käme er womöglich noch auf die Idee, sie weiterhin zu benutzen, sparsam, wie er war. Ich seufzte. Hoffentlich war er bald wieder in der Lage, sich über solche Fragen den Kopf zu zerbrechen.

An einer der unteren Stufen konnte ich deutlich den Knick

im Seitenteil sehen, der Hermann zu Fall gebracht hatte. Wie eine Streichholzdose war das Metall zusammengestaucht, hatte unter dem Ungleichgewicht nachgegeben und meinen Vater buchstäblich ins Unglück gestürzt. Ich trat näher, um genauer sehen zu können. Mit den Fingern fuhr ich den inneren Winkel des Knickes entlang, fühlte eine Metallkante. Nicht gewellt oder eingedrückt, sondern glatt, gerade und scharf, wie von einem Schnitt. An meinem Finger erschien ein kleiner Tropfen Blut. War die Leiter manipuliert worden? Ich war mir nicht sicher. Vielleicht war es so bei diesem Metall, wenn es brach. Ich schüttelte den Kopf. Jetzt wirst du paranoid, Ina, schimpfte ich mich in Gedanken aus und leckte das Blut von meiner Haut. Wer sollte so was machen? Und warum?

Ich schüttelte den Kopf und betrachtete nachdenklich die Leiter. Ich sollte die Kollegen benachrichtigen und eine vernünftige Spurensicherung anleiern. Sauerbier würde begeistert sein, von mir zu hören. Ich richtete mich auf und wollte gerade zu meinem Auto gehen, als es mir einfiel. Sauerbier hatte mich vorgeladen. Zur Zeugenaussage. Für gestern Morgen! Und ich war nicht erschienen. Hatte ihn völlig vergessen.

Ein Kreislaufzusammenbruch und vereiterte Wunden an beiden Beinen waren vielleicht eine Entschuldigung. Aber nur vielleicht. Bei Sauerbier war ich mir da nicht so sicher. Mein Handy. Ich musste ihn sofort anrufen und ihm die Sache erklären.

Ich riss die Wagentür auf und klappte den Fahrersitz nach vorne. Meine Handtasche lag auf dem Rücksitz. Ich kippte den gesamten Inhalt auf die Polster und wischte mit den Händen darüber. Kalender, Brillenetuis, meine aktuelle Lektüre über den »Vampir von Melaten«, eine Broschüre der VHS, aber kein Handy.

»Also doch die direkte Gegenüberstellung!«, sagte ich zu mir selbst, rastete den Sitz wieder ein und ließ mich darauf fallen.

Es dauerte eine Weile, bis ich den Zündschlüssel umdrehen und losfahren konnte. »Er wird dich festnehmen, Ina. Und weißt du was?« Schneller Blick in die Augen im Rückspiegel. »Er ist absolut im Recht.«

»Ich werde Sie jetzt festnehmen, Frau Weinz. Und wissen Sie was? Ich bin absolut im Recht!«

Sauerbiers schwarz gepunktete Krawatte baumelte locker unter seinem weißen Kragen hervor. Der oberste Knopf des Hemdes stand offen, und die unter der grau melierten Weste hervorquellenden Brusthaare zerstörten jeglichen Anschein von Seriosität. »Ich hatte Sie gewarnt, sich nicht mehr einzumischen. Ich hatte Sie vorgeladen. Und was machen Sie?«

Er schlug die Tür hinter mir zu, durch die ich vor einigen Sekunden sein Büro betreten hatte, stampfte zum Fenster und verschränkte die Arme. »Sie rennen durch die Gegend, stellen Fragen und erscheinen einfach nicht!« Er lachte ungläubig. »Eine Ina Weinz hat es wohl nicht nötig?« Er fuhr herum, legte die kurze Strecke zwischen uns in einem erstaunlichen Tempo zurück und blieb dicht vor mir stehen. Ich konnte sein Rasierwasser riechen. Seine Augenbrauen tanzten wie kleine Mäuse auf seiner Stirn. »Sie können froh sein, dass ich Sie nicht habe abholen lassen!«

»Herr Sauerbier, …«, versuchte ich seine Schimpftirade zu stoppen, »ich …«

»Jetzt kommen Sie mir bloß nicht mit Ausreden.«

»Ich war im Krankenhaus.«

»Ja und? Nur weil Sie ihren Vater besuchen wollten, haben Sie die Vorladung vergessen?«

»Nein. Ich war im Krankenhaus. Als Patientin. Nicht als Besucherin.«

»Was hatten Sie, zeitweise Verwirrung oder eskalierende Impertinenz?«

»Kreislaufkollaps und fast eine Blutvergiftung.«

Sauerbier trat endlich einen Schritt zurück. Der Duft nach Pitralon ließ nach.

»Können Sie das nachweisen? Haben Sie ein Attest?«

»Nein, aber …«

»Und dann soll ich Ihnen das einfach so glauben, Frau Weinz? Einfach so?«

Ich ging zu seinem Besucherstuhl, zog ihn zu mir heran und setzte mich darauf.

»Wir können jetzt gemeinsam im Mechernicher Krankenhaus anrufen und nachfragen. Dr. Thomas Breitenbach – mein behandelnder Arzt – wird meine Aussage sicher gerne bestätigen.« Ich wühlte in meiner Handtasche und suchte den Zettel mit Thomas' Telefonnummern. »Hier, bitte.«

Er rupfte mir das Papier aus der Hand, ging um den Schreibtisch herum und tippte die Nummer in sein Telefon. Während er den Hörer ans Ohr hielt und dem Freizeichen lauschte, musterte er mich von oben bis unten. Als sich jemand meldete, bellte er seine Fragen in den Hörer, runzelte die Stirn, nickte und legte wieder auf.

»Gut«, murmelte er und setzte sich mir gegenüber. Im Gegenlicht des Fensters bildete sich ein Kranz aus Sonnenstrahlen um seinen Körper. Ich blinzelte und rückte meinen Sessel ein Stück zur Seite.

»Stört Sie das Licht?«, fragte er übertrieben freundlich. Mir ging auf, dass es seine Absicht gewesen war, mich zu blenden.

Ich reagierte nicht, sondern ging zum Gegenangriff über. »Wussten Sie von Prutschiks Geliebter in den Achtzigern?«

Sauerbier rückte auf die Kante seines Stuhls vor, verschränkte die Arme über dem Bauch und räuspertc sich. Ich hattc ihn. Er wusste nichts von Maria Henk. Ich beschloss, ihn eine Weile zappeln zu lassen, und verstummte.

Sauerbier zog eine Schreibtischschublade auf, lehnte sich wieder zurück und drehte seinen Stuhl. Dann stellte er beide Füße auf die Schublade. Ich bin ganz locker, sollte mir diese Körperhaltung wohl mitteilen, aber die blitzenden Augen sprachen eine andere Sprache.

Ich schwieg und zog eine Augenbraue hoch.

»Wenn Sie mir ermittlungsrelevante Tatsachen unterschlagen, Frau Kollegin …«, bauschte er sich auf.

»Sie war minderjährig.« Immerhin waren wir wieder bei

»Frau Kollegin« angelangt. »Wegen des drohenden Skandals ist er mit seiner Familie weggezogen damals.«

»Und die Frau ist ein paar Jahre später wieder in Gemünd aufgetaucht.«

Ich nickte. »Mit dem Jungen, den Prutschik aber später wieder auf seine Seite gezogen hat.«

»Wann war das?«

»Das muss so 92, 93 gewesen sein. Genau kann ich es noch nicht sagen.«

»Ist diese, diese …?«

»Maria Henk.«

»Diese Maria Henk jemals wieder in Erscheinung getreten hier?«

Ich schüttelte den Kopf. »Nein. Sie ist ebenfalls verschwunden. Ihr Ruf war nicht der beste.«

»Ich denke, wir können die Geliebte aus der Vergangenheit zunächst einmal vernachlässigen. Es gibt genügend Motive in der Gegenwart. Er hatte nicht viele Freunde, unser Herr Professor.«

Das war auch mein Eindruck, aber ich wollte ihn kommen lassen. »Sie sind hier der leitende Kommissar, Herr Sauerbier.«

»Das sollten Sie auch tunlichst nicht vergessen, Frau Weinz!« Er stand auf, ging zum Fenster und sah hinaus. Ohne sich umzudrehen, sagte er: »Sie werden mir alles berichten, was Sie herausfinden. Sie werden sich nicht als Kommissarin im Dienst ausgeben, denn das sind Sie nicht. Keine Anwendung von Polizeirechten. Sobald Sie Ihre Kompetenzen überschreiten, ist Schluss!« Er stützte sich mit beiden Händen auf das Fensterbrett. Noch immer blickte er mich nicht an. »Ist das klar? Habe ich mich deutlich genug ausgedrückt, Frau Weinz?«

Ich erhob mich ebenfalls und schulterte meine Handtasche.

»Klar. Und deutlich.« Ich ging zur Tür, öffnete sie und machte einen Schritt in den Flur. Dann wandte ich mich um und sah, dass er seinen Platz am Fenster aufgegeben hatte und wieder an seinem Schreibtisch stand.

»Danke.« Ich nickte ihm zu.

»Bitte.« Täuschte ich mich, oder hatte ich gerade ein Grinsen über sein Gesicht huschen sehen?

**

Es tat weh. Es tat so verdammt weh. Wäre sie nicht so angestrengt darum bemüht gewesen, ihr Schreien zu unterdrücken, hätte sie sich vielleicht gewundert. Bisher hatte sie nie Schmerzen dabei gespürt. Bisher hatte sie nie irgendetwas gespürt. Bisher waren es aber auch immer Jungen gewesen, fast Kinder noch, wie sie selbst. Schamhaft. Scheu. Mit Angst im Blick und dem Erschrecken vor der eigenen Gier.

Der Mann über ihr stöhnte und bewegte sich ächzend in ihr. Er schwitzte, und kleine Schweißperlen tropften von seiner Stirn auf ihre Brust, auf den Bauch und liefen an ihrem Hals hinunter. Sie öffnete die Augen und beobachtete ihn, während er sich auf ihr abmühte. Unter ihrem Hintern fühlte sie die rauen Bohlen der Holzbank, auf die er sie gedrückt hatte, bevor er seine Hose geöffnet und sich über sie geschoben hatte.

An einen anderen Ort konnten sie nicht gehen. Der Park war öffentlich. Einsehbar. Aber um diese Zeit ausgestorben. Niemand durfte wissen, dass sie zusammen waren, wie sie zusammen waren, was er mit ihr machte, wenn sie zusammen waren.

Er war viel älter als sie. Sie spreizte die Beine und hob sich ihm entgegen. Um ihn anzutreiben. Um ihn schneller ans Ziel zu bringen. Um dem Schmerz zu entrinnen, der nicht ihr Schmerz war. Er stöhnte wieder. Sein Rhythmus wurde schneller, sein Atem heftiger. In der Dunkelheit erkannte sie die verzerrten Züge seines Mundes. Er biss die Zähne aufeinander, krallte die Finger in das Fleisch ihrer Hüften und hinterließ Kratzspuren auf ihrer Haut.

Glcich würde es vorbei sein. Dann würde er sich von ihr lösen, sich aufrichten und wieder zu dem seriösen, erfolgreichen Familienvater werden, den er in der Öffentlichkeit darstellte.

»Du warst toll«, hauchte sie mit heiserer Stimme in sein Ohr, als er schließlich über ihr zusammenfiel.

Mit kalten Augen und eisigen Händen schob sie ihn von sich. Den aufkommenden Ekel übergab sie einem anderen Teil ihres Selbst. Er war verrückt nach ihr. Fanatisch. Er brauchte sie. Er würde sie nie verlassen. Sie war seine Königin. Ein kalter Lufthauch strich über ihren entblößten Unterleib und trug seinen Schweiß mit sich fort. Sie lächelte. Sie war glücklich.

**

Die Zeiger auf meiner Armbanduhr bewegten sich auf die Vier zu, als ich den Käfer vom Parkplatz der Polizeistation auf die B 258 rollen ließ und in Richtung Gemünd lenkte. Wenn ich Matthias noch an seinem Arbeitsplatz mit der freudigen Nachricht über die stattgefundene Versöhnung der verfeindeten Kommissare beglücken wollte, musste ich ihn jetzt anrufen. Wo war nur das verflixte Handy?

Ich überlegte. Ging in Gedanken meinen Tagesablauf durch: Steffens Wohnung. Ich erinnerte mich genau, wie ich es aus der Ladestation genommen und in meine Tasche gepackt hatte. Beim Verlassen der Intensivstation hatte ich es wieder angestellt. Wann hatte ich später telefoniert? Im Auto? Nein. Bei Frau Rostler – der anonyme Anruf, und ich hatte Paul Henks Nummer einprogrammiert. Das war es. Vermutlich lag es noch bei der alten Dame auf dem Wohnzimmertisch.

Fünfzehn Minuten später hob ich den Wochenspiegel von Frau Rostlers Fußmatte auf und klingelte zum zweiten Mal an diesem Tag bei der Nachbarin meines Vaters. Niemand öffnete.

Bestimmt war sie einkaufen. Ich schmunzelte. Alte Leute

gehen gerne nach Feierabend einkaufen, und Frau Rostler bildete da bestimmt keine Ausnahme. Je später sie gehen, umso höher ist die Chance, jemanden zu treffen, der Zeit für ein kleines Schwätzchen hat. Ich würde es einfach später noch einmal versuchen. Oder morgen. Den Wochenspiegel stopfte ich halb in den Briefkasten. Dann musste sie sich wenigstens nicht bücken.

»Was hältst du davon, heute Abend, anstatt ins Theater in der Stadthalle zu gehen, mit mir nach Köln zu fahren? Ich muss dringend einige Sachen aus meiner Wohnung holen.«

Ich lümmelte auf Steffens Sofa und beobachtete ihn dabei, wie er sich von Indiana Jones in einen eleganten Herrn mit weißem Hemd, Jackett und Anzughose verwandelte.

»Die Sachen kannst du gleich anbehalten«, grinste ich. »Genau das Richtige für Köln bei Nacht.«

Steffen wog die Krawatte in seiner Hand, warf sie in den Kleiderschrank und löste den obersten Knopf seines Hemdes.

»Wie könnte ich da widerstehen. Obwohl«, nachdenklich betrachtete er die Eintrittskarte auf dem Bücherbord, »das Stück mich ja schon interessieren würde.«

»Gilt Travestietheater auch?« Mit leichtem Bedauern wuchtete ich mich aus den weichen Polstern hoch und reckte mich. »Ich kenne einen der Darsteller und würde mir gerne einmal ansehen, womit der junge Herr sein Geld verdient. Wie wär's? Erst kurz zu Mattes, dann zur Glamourshow und danach die Stadt unsicher machen.«

»Immerhin hat die Karte Geld gekostet. Sollten wir nicht lieber versuchen, für dich auch noch eine zu bekommen, und dann morgen nach Köln fahren?«

»Ich möchte Jonas Prutschik zu gerne auf die lackierten Fingerchen schauen. Und ich muss mit Mattes reden.« Ich streifte meine Strickjacke, die ich achtlos über den Sessel geworfen hatte, über. »Aber kein Problem. Ich kann auch alleine dahin gehen.«

Ich war enttäuscht, hatte aber nicht die Absicht, ihn das

merken zu lassen. »Es geht auch nur um einen Freund von mir, der unter Mordverdacht steht. Er hat zwar ein falsches Alibi bekommen und kann deswegen überlegen, ob er ins Theater will oder nicht, aber nee du, ist schon in Ordnung – ich kann da auch alleine hin.«

Gut, so viel zum Thema »Nichts anmerken lassen«.

Steffen lachte laut auf. »Hallo, Miss Holzhammer – schon kapiert!« Er zupfte die Theaterkarte aus dem Regal, seufzte einmal theatralisch auf und zerriss sie in kleine Stücke.

Dann kam er auf mich zu und umarmte mich. Ich legte den Kopf in den Nacken und blickte ihn von unten herauf an. Wenn unsere Beziehung von Dauer sein würde, würde ich irgendwann Nackenprobleme bekommen. Als ob er meine Gedanken gelesen hätte, hob Steffen mich hoch, küsste mich und trug mich zum Sofa zurück.

ELF

Kleine weiße Schäfchen und sehr grünes Gras zierten das Schild aus Salzteig an der Haustür meines Kollegen. »Hier wohnen erta und Matthias Driesch«, stand in verschnörkelter Schrift darauf. Ich wusste, dass vor dem »erta« ein »H« fehlte. Herta hieß Matthias' vor fünf Jahren verstorbene Mutter. Er hatte mit ihr zusammen in dem Haus gelebt und bewohnte es seitdem alleine. Seltsam, dass es oft die Söhne waren, die bei den Eltern blieben.

Genau wie Olaf hatte Mattes ebenfalls eine große Schwester. Die mit den Tassen. Vera. Genau wie ich hatte Vera nach der Schule ihr Elternhaus verlassen und war ihren eigenen Weg gegangen. Auch wenn ihrer mit Keramiktassen und meiner mit Leichen gepflastert war, ähnelten wir uns vermutlich doch sehr. Vielleicht funktionierten Matthias und ich deshalb so gut als Ermittlerteam. Ich in der Rolle der großen Schwester und er als kleiner Bruder. Gerade aber funktionierte gar nichts, denn Matthias öffnete nicht.

»Er ist nicht da, Ina, sonst wäre er schon lange an der Tür erschienen.« Steffen stand einige Schritte von der Haustür entfernt zwischen Gartentor und Eingangsstufen.

»Vielleicht hat er die Klingel nicht gehört!« Ich presste den Daumen auf den kleinen Bronzeknopf in der Hauswand und drückte meine Nase an die Facettenscheibe.

»Selbst die Nachbarin hat dein Klingelfeuer mitbekommen und nachgesehen, was los ist. Er ist nicht da. Sieh es ein.«

»Die schaut immer, was los ist. Das ist hier nicht anders als in Gemünd.«

»Und ich dachte immer, die Großstadt wäre so anonym?« Steffen grinste.

»Die Großstadt ja. Köln nicht. Und Rondorf erst recht nicht. Das ist hier wie auf dem Dorf. Jeder kennt jeden. Jeder weiß über jeden Bescheid.« Ich gab auf, sprang die beiden Stufen hinunter und ging zu Steffen. »Deswegen komme ich ja auch so gut klar hier.«

»Leg ihm doch einen Zettel hin, dass du da bist, dann kann er dich anrufen.«

»Mein Handy befindet sich aber immer noch auf Frau Rostlers Küchentisch. Wenn sie es nicht mittlerweile für eine Wanze oder so was gehalten und entsorgt hat.«

»Dann schreib ihm halt meine Nummer auf.« Steffen hielt sein Handy hoch und drehte das Display so, dass ich es lesen konnte.

Ich nickte, suchte und fand ein kleines Stück Papier in meiner Handtasche, auf das ich Steffens Nummer notierte. Vorwahl und dann »36377837«.

»Es ist schrecklich – ich kann mir diese Nummern nie merken. Die Vorwahl geht ja noch. Ist wie meine eigene, aber der Rest!«

»Förster mit ›oe‹«, sagte Steffen.

Ich sah ihn verwundert an.

»Meine Nummer. Förster mit ›oe‹. Auf den Telefonen sind unter den Zahlen Buchstaben. Schreib ›Foerster‹ und du hast meine Nummer.«

»Schön – so geht's.«

»Auch mit ›oe‹«

»Was?«

»Schön.«

»Blödmann.«

»Auch mit …«

Ich küsste ihn mitten in Mattes' Vorgarten und winkte dann fröhlich der Nachbarin hinter ihrer Gardine zu.

Der mannshohe Bauzaun versperrte nicht nur den Blick, sondern auch den Zugang zum Travestietheater. Zwischen halb zerfledderten Werbeplakaten für Bands, die schon seit zwei Wochen wieder von den Kölner Bühnen verschwunden waren, Katzensuchanzeigen und den üblichen »Baustelle betreten verboten«- Schildern hing ein Hinweis des Theaters zu den Öffnungszeiten.

»Jonas Prutschik hat mich belogen!«, sagte ich und zeigte auf den kleinen, rot gedruckten Satz unter den Zahlenkolonnen. »Hier steht, dass das Theater seit drei Wochen geschlossen ist und sie sich freuen, uns nächsten Monat nach dem Umbau wieder begrüßen zu dürfen.«

»Vielleicht treten sie woanders auf?«

»Dann stünde das hier. Nein. Prutschik junior lügt.« Ich kratzte vorsichtig an einer Ecke des festgeklebten Hinweisschildes. Das Papier löste sich, und ich riss es vollständig ab. »Die Telefonnummer! Da werde ich mal nachfragen!«

»Gibt es denn hier nur dieses eine Theater mit Travestie?«

»In der Altstadt gibt es noch eines.«

»Auf geht's, Frau Kommissarin. Du hattest mir Köln bei Nacht versprochen.«

»Aber nicht dieses Köln.« Ich faltete den Zettel zusammen und steckte ihn in meine Handtasche. »Wir werden trotzdem nachfragen, ob sie Jonas dort kennen.«

»Was hast du gegen ›dieses‹ Köln?« Steffen wies auf den Theatereingang hinter sich.

»Nichts!« Ich stapfte los. »Ich habe nichts gegen ›dieses‹ Köln. Aber für mich sind es andere Dinge, die es ausmachen.«

»Was zum Beispiel?«

»Wart's ab.« Ich ging einfach weiter.

Steffen war mir gefolgt, aber jetzt blieb er stehen. »Halt, Ina.« Ich stoppte ebenfalls, drehte mich zu ihm um und verschränkte die Arme.

»Du bittest mich, mit nach Köln zu kommen, weil du Verdächtige überprüfen, deinen Kollegen besuchen und dir im Anschluss einen netten Abend machen willst. Ich zerreiße meine Theaterkarten, werfe meine eigenen Pläne über den Haufen und mache alles mit, weil deine Aktivitäten ja dazu dienen, meine Unschuld zu beweisen. So weit, so gut. Aber, Ina …« Er kam auf mich zu und stellte sich dicht vor mich. »Ich bin kein Hündchen, das folgsam hinter dir hertrabt.«

Die Schärfe in seiner Stimme war nicht zu überhören. Vielleicht war es doch keine so gute Idee gewesen, ihn mit hierhin zu nehmen.

»Du hast recht, Steffen.« Der Klang meiner Stimme überraschte mich selbst. Ich hörte mich an wie in einer Lagebesprechung im Präsidium. Sachlich. Nüchtern. Kalt. »Eine Vermischung von Dienstlichem und Privatem ist keine Option. Wenn du möchtest, bringe ich dich zum Bahnhof. Dann kannst du nach Gemünd zurückfahren. Deine Karte ersetze ich dir selbstverständlich. Ich werde Jonas Prutschiks Alibi überprüfen und morgen früh in die Eifel fahren.«

Steffen stand immer noch dicht vor mir. Ich starrte in Rippenhöhe auf seine Hemdbrust. Ich wollte ihm nicht in die Augen sehen. Eine Weile rührte sich keiner von uns beiden. Dann öffnete er seine Arme, zog mich zu sich und legte sein Kinn auf meinen Scheitel.

»Hör mal, Kommissarin. Was ich wollte, war ein bisschen Information über das, was du mit mir vorhast. Nicht mehr und nicht weniger.«

»Und ich wollte dich überraschen, Oberförster. Nicht mehr und nicht weniger.«

Wir standen immer noch und bewegten uns nicht.

»In Ordnung«, sagte Steffen.

»In Ordnung«, sagte ich. Trotzdem wurde ich das Gefühl nicht los, dass wir uns gerade von »in Ordnung« ein ganzes Stück wegbewegt hatten.

»Nette Kollegin! Habe ich auch schon mal auf der Bühne gesehen, aber hier bei uns arbeitet die nicht. Und ich weiß nicht, wo Sie sie finden könnten.« In ihrem Kassenhäuschen schüttelte die Dame, die ebenfalls ein Herr war, den Kopf, als ich ihr ein Foto von Jonas Prutschik unter die gepuderte Nase hielt.

Bevor wir nach Köln aufgebrochen waren, hatte ich mir noch schnell die Ausdrucke eingesteckt, die ich mir aus dem Internet gezogen hatte.

»Das tut mir sehr leid«, sagte sie mit einem Bedauern in der tiefen Stimme, von dem ich nicht sagen konnte, ob es sich auf ihr Nichtwissen oder auf die Tatsache bezog, dass Jonas nicht in ihrem Hause auftrat.

»Danke«, nickte ich ihr zu und ging wieder zu Steffen, der an den Schaukästen des Theaters stehen geblieben und in deren Betrachtung versunken war.

»Und?« Er riss sich los und sah mich an.

»Kein Auftritt von Jonas auf den Brettern dieses ehrenwerten Hauses.«

Ich schmunzelte, als ich sah, wie er den Kopf schief legte und angestrengt auf ein Foto starrte, auf dem einer der Herren in sehr knapper Bekleidung seine beneidenswert langen Beine schwenkte. Ich schnippte mit den Fingern vor seinem Gesicht, aber er ließ sich nicht stören.

»Man sieht es nicht«, murmelte er und ging zum nächsten Bild.

»Komm, du Landei.« Ich ging zum Ausgang und öffnete die Tür. »Ich verspreche dir, dass wir irgendwann in eine Vorstellung gehen werden. Aber nicht heute.«

Nach einem letzten Blick auf die Fotos riss er sich los und folgte mir auf die Straße.

»Wie lange brauchen wir zur Wohnung von Jonas Prutschik?«

Ich zog eine Augenbraue hoch und sah ihn von unten herauf an.

»Du wolltest doch sein Alibi überprüfen, oder nicht?«

»Ich dachte, du …«

»Dann los«, unterbrach er mich und ging los.

***

Es war, als säße sie in einem kalten, dunklen Nichts. Ohne Zeit. Ohne einen Anfang und ohne ein Ende. Der Raum hatte sich verändert, seine Grenzen verschoben. Sie hörte ihr eigenes Wimmern. Leise. Heiser. Sie hatte aufgehört, nach ihm zu rufen. Ihre Kehle tat weh vom Schreien und vom Weinen. Es half nicht. Er würde nicht kommen. Sie war allein.

»Wenn du es anders nicht begreifst, dann eben so!«, hatte Papa gebrüllt, sie an den Armen in den Keller gezerrt und in den leeren Raum geworfen.

Draußen war Sommer.

Sie fror. Bestimmt war es ihre eigene Schuld, dass er sie eingesperrt hatte. Sie versuchte zu verstehen, was sie falsch gemacht hatte. Sie hatte etwas zu der Frau gesagt, und die Frau hatte sich aufgeregt, und als Papa abends nach Hause kam, hatte die Frau mit ihm gesprochen. Nein, nicht gesprochen hatte sie, sie hatte geschrien. Ganz lange und laut. Papa hatte zuerst nichts gesagt und dann auch geschrien. Mit ihr. Sie aus ihrem Zimmer gezerrt, wo sie hinter der Jalousie den Sommer beobachtet hatte. Die Treppe hinunter, durch den Gang in den Abstellraum.

Die Stelle an ihrem Arm, wo sich Papas Finger festgekrallt hatten, brannte. Sie würde lange Ärmel anziehen müssen, damit die anderen die blauen Flecken nicht sahen.

Es roch nach Öl. Und nach Heu. Der Rasenmäher hielt hier seinen Winterschlaf.

Sie war allein, hockte an der Wand und umklammerte ihre Knie. Starrte in die Dunkelheit, die keine Schatten warf.

Es war so still.

Papa hatte sie allein gelassen.

Sie schloss die Augen.

»Ich bin nicht hier«, murmelte sie, »das bin ich nicht. Ich bin in meinem Zimmer, in meinem Bett und schlafe. Ich träume von einem Mädchen im Keller. Das Mädchen ist alleine und hat Angst. Ich habe keine Angst. Ich bin mutig. Das Mädchen weint.«

Tränen liefen über ihr Gesicht, tropften auf ihre Knie und liefen auf den Steinboden. Sie spürte es nicht. Sie hatte es geschafft. Ihren Körper mit seiner Angst und den Schmerzen zurückgelassen an dem dunklen Ort.

Stattdessen fühlte sie die Wärme ihrer Bettdecke und die

Geborgenheit der weichen Kissen. Sie lächelte. Sie war glücklich.

**

»Was für ein Klischee!« Ich grinste. »Studentenwohnung wie aus dem Bilderbuch.«

Vor der Wohnungstür stapelten sich die Bierkästen bis zur Decke. Mit Filzstift, Kugelschreiber und Bleistift standen mehrere Namen auf dem Klingelschild geschrieben, zwei davon waren durchgestrichen. Auf einem Holzregal an der obersten Treppenstufe lagen Schuhe, deren Paare sich sicher erst nach einigem Suchen zusammenstellen lassen würden.

Ich drehte mich zu Steffen um.

»Was wollen wir wetten: Chaos, Spülberge und Putzpläne, an die sich keiner hält!« Meine Befürchtung, am Klingelknopf festzukleben, bewahrheitete sich erstaunlicherweise nicht.

»Ja, bitte?« Der junge Mann hielt einen Putzlappen in der rechten Hand. Mit der linken hatte er uns die Tür geöffnet. »Zu wem wollen Sie?« Er schob einen Eimer ein Stück zur Seite.

»Ist Jonas zu Hause?«

Das Lächeln in seinem Jungengesicht verschwand.

»Wer will das wissen?« Er musterte uns von oben bis unten.

»Ina.« Ich hielt ihm meine Hand hin und machte einen Schritt in den Wohnungsflur. »Und das ist Steffen.« Ich zog ihn ebenfalls in den Flur. »Wir sind aus Gemünd.«

»Jonas ist nicht da.« Er stützte sich auf seinen Schrubber und rührte sich nicht vom Fleck.

»Wann kommt er denn wieder?« Ich ließ meinen Blick über die Wände gleiten. Ein Zettel pinnte über dem anderen. Die eine oder andere Express-Schlagzeile konkurrierte mit Hochglanzfotos aus einschlägigen Herrenmagazinen.

»Weiß nicht. Er hat nix gesagt.« Jonas' Mitbewohner wrang den Lappen aus, packte den Eimer und verschwand in einem der angrenzenden Räume. Wasserrauschen und das Klappern des Toilettendeckels verrieten mir, wo er sich befand. Ich schlenderte den Flur entlang und drückte eine weitere Tür auf. Die Küche. Steffen beugte sich von hinten über meine Schulter und lachte leise.

»Keine Spülberge«, murmelte er. »Doch kein Klischee.«

»Hier ist er auch nicht.« Der junge Mann schob sich zwischen uns und den Türrahmen und starrte mich an. »Ich denke, ihr geht jetzt besser. Jonas kann sich bei euch melden, wenn er wieder da ist.«

»Wie lange ist er denn schon weg?« So leicht wollte ich mich nicht abspeisen lassen.

»Lange genug.« Mit Schwung riss er die Tür zum Hausflur auf und verbeugte sich wie ein Lakai. »Wenn ich euch hinausbegleiten darf.«

Steffen lächelte ihn an. »Kann er uns anrufen, wenn er wieder da ist?«

»Wenn er eure Nummer hat – sicher.« Jetzt standen wir wieder da wie am Anfang unseres Besuches. Steffen und ich im Hausflur, der junge Mann auf seinen Schrubber gestützt. Dann fiel die Tür mit einem leisen Klacken ins Schloss.

»Freundlicher Geselle.« Steffen ging die Treppe hinunter und übersprang dabei zwei Stufen auf einmal. »Ausgesucht höflich.«

»Aber auskunftsfreudiger, als er vermutlich beabsichtigt hatte.« Ich blieb stehen und zog das Papierknäuel aus der Hosentasche. »Putzplan, wie vermutet.«

»Und?« Steffen wandte sich um.

»Hier steht, dass Jonas am Montag Putzdienst hatte. So wie es da drin aussah, nehmen die das erstaunlich ernst. Sein Name ist durchgestrichen und mit einem anderen überschrieben worden.« Ich fuhr mit dem Finger über die Spalten. »›Jo nicht da, tauschen?‹, steht bei dem, der den Dienst dann übernommen hat.«

»Willst du Sauerbier informieren?« Steffen hielt mir sein Handy hin. Ich schüttelte den Kopf.

»Noch nicht. Erst muss ich wissen, warum er uns belügt und wo er zur Tatzeit gewesen ist.«

»Und wo er jetzt ist.«

Ich nickte stumm.

»Sollen wir nach Gemünd zurückfahren?«

»Nein. Wir versuchen es morgen früh noch mal. Vielleicht taucht er ja in seiner WG auf.«

»Dieser Mitbewohner … Meinst du, er deckt Jonas irgendwie?«

»Glaub ich nicht. Eher hatte er keine Lust, irgendwelchen Wildfremden etwas auf die Nase zu binden.« Ich ging zu ihm und legte meinen Arm um seine Hüfte. »Würdest du mir einfach so deine Lebensgeschichte erzählen?«

»Aber klar doch, Kommissarin.« Er gab mir einen Kuss auf die Haare. Als Antwort stieß ich ihn in die Rippen. Dann trabte ich die restlichen Stufen hinunter.

Ich öffnete die Haustür, stockte und ging zurück in den Flur. Eine Reihe Metallbriefkästen hing auf dem Weg zur Hintertür. Ihr Anblick brachte mich auf eine Idee. Der Postbote hatte seinen Job für heute erledigt. Einige weiße und braune Umschläge lagen obenauf.

Ich fischte sie herunter und las die Adressfelder.

»Herr Jonas Prutschik und Frau Monika Berkel, diese Adresse hier«, las ich vor. »Ein Immobilienunternehmen.« Ich hielt Steffen den Brief so, dass er die Anschrift lesen konnte.

»Du wirst jetzt nicht diesen Brief klauen!«

»Nein!« Ich schürzte die Lippen und betrachtete den Umschlag genauer. »Nicht anfassen. Nur gucken.«

Die Gummierung erwies sich als nicht sehr widerstandsfähig. Es würde kein Problem sein, den Umschlag wieder spurenlos zu verschließen. Mit dem Schreiben in der Hand setzte ich mich auf die unterste Treppenstufe und starrte Steffen an.

»Komm her, Oberförster. Das musst du dir ansehen.«

»Und das ist es jetzt?« Steffen stützte sich neben mir auf dem Geländer ab und folgte meinem Blick.

»Hohenzollernbrücke und Dom bei Nacht von der rechten Rheinseite aus. Beleuchtet! Mehr Köln-Feeling geht nicht.« Ein Kälteschauer lief über meine Arme und meinen Rücken, als ich den Dom auf der anderen Seite des Flusses sah.

Steffen legte einen Arm um mich.

»Du musst das nicht tun, Ina. Ich weiß, wie der Dom aussieht.«

Ich schüttelte den Kopf. Als ich sprach, schien es mir, als fielen meine Worte wie Tropfen in das unter mir fließende Wasser und würden mitgetragen. Fort. Weg von mir und weg aus meinen Erinnerungen. Auch wenn ich wusste, dass ich es niemals ganz würde vergessen können.

»Ich kann nicht ewig flüchten. Weder vor meinen Erinnerungen, noch vor meiner Zukunft. Ich muss irgendwann neu anfangen.« Ich wandte mich ihm zu und sah ihn an.

»Ich wollte hierherkommen, Steffen. Mit dir!«

Er blieb bewegungslos stehen, nur sein Blick wanderte über das Panorama, das sich vor uns wie in einem Bildband ausbreitete. Um die Türme des Doms, dessen Mauern ein eigenes Licht auszustrahlen schienen, segelten Hunderte von Vögeln. In nicht endenden Spiralen schraubten sie sich höher und höher, scherten aus, ließen sich fallen, um dann wieder in den Schwarm einzutauchen. Ihre Flügel schimmerten silbrig. Wie riesige Falter beim nächtlichen Tanz.

»Das ist dein Wald, richtig?«

Ich lachte leise. »Ja, das ist mein Wald.«

Steffen antwortete nicht und entfernte sich einige Schritte vom Geländer. »Danke, dass du es mir gezeigt hast«, sagte er nach einer Weile.

Ich folgte ihm langsam, schlenderte durch die Schatten der Metallkonstruktion über mir und betrachtete ihn, wie er, die Hände in den Hosentaschen versenkt, ziellos am Ufer entlangging.

»Wieso will Jonas Prutschik das Haus seines Vaters verkaufen?«, fragte er und blieb unvermittelt stehen.

»Der Brief des Immobilienmaklers bezieht sich auf einen

Anruf vom Donnerstag vor dem Schützenfest. Er hat also schon länger die Absicht«, ging ich auf den plötzlichen Themenwechsel ein. »Was ich mich aber auch frage, ist, wieso er überhaupt das Haus verkaufen kann? Es gehört doch Peter Prutschik.«

»Gehörte. Bis Montag. Nach seinem Tod gehört es den Erben.« Steffen strich sich eine Haarsträhne aus der Stirn und ließ die Hand für einen Moment auf seinem Kopf ruhen. »Das ist sicher Jonas Prutschik. Monika Berkel wird sich keine Hoffnungen machen können. Andere Verwandte gab es nicht.«

»Woher weißt du das?«

»Als Prutschiks Vater, also Jonas' Großvater, vor Jahren starb, waren die beiden und die damalige Frau Prutschik die einzigen Trauergäste. Sehr ungewöhnlich in Gemünd. Meistens gehen zumindest die Nachbarn mit. Das war das Gesprächsthema im Ort für ein paar Tage.«

»Damit ist aber immer noch nicht die Frage geklärt, wieso er es schon vor Prutschiks Tod verkaufen konnte!« Meine Absätze knirschten, als ich mich umdrehte und die Richtung zu meinem Auto einschlug. »Wir müssen uns dieses Früchtchen schnappen und ein bisschen ausquetschen.«

»Hey, warte, Ina.« Steffen lief hinter mir her und hatte mich nach wenigen Schritten eingeholt. »Morgen. Wir quetschen morgen, Ina«, murmelte er und zog mich zu sich heran.

Ich legte meine Arme um seinen Hals und sah ihn an.

»Was jetzt, Oberförster? Ist dein Jagdtrieb schon wieder erloschen?«

Er lächelte und ließ mich los.

»Wie man's nimmt, Kommissarin. Wie man's nimmt.«

Auf der Brühler Autobahn stand der Nebel. Die Türme des Phantasialandhotels ragten wie kleine Bergspitzen aus den dichten Schwaden. Die Morgendämmerung tauchte alles in ein gespenstisches Licht. Der Käfer ratterte brav und fraß die Kilometer der A 1 bis zur Ausfahrt Wißkirchen. Danach wurde es ländlich. Vorbei an Kommern und Mechernich, die Wallenthaler Höhe rauf und wieder runter. Hinter der letzten Kurve tauchte Gemünd auf.

»Meinst du, er ist hier? Bei seiner Mutter?« Steffen gähnte. »Dann hätten wir uns die nächtliche Observation doch sparen können.«

»Er ist die ganze Nacht nicht aufgetaucht in seiner WG. Das ist jetzt die nächstbeste Möglichkeit.«

»Er könnte bei einer Freundin sein.« Steffen reckte sich auf dem Beifahrersitz. »Oder bei einem Freund.«

»Gleich werden wir es wissen«, murmelte ich, setzte den Blinker und bog rechts in die Straße zu dem Haus, in dem Monika Berkel, ihr Mann Klaes und hoffentlich auch ihr Sohn Jonas gerade friedlich schlummerten. Immerhin war es erst halb sechs in der Frühe.

Die Türglocke der Ten Bolders schrillte in einer Lautstärke, dass ich befürchtete, die komplette Nachbarschaft aufzuwecken. Aber im Haus blieb alles ruhig. Auch nach dem dritten Klingeln rührte sich nichts. Nur im Nebenhaus ging ein Licht an, und die Gardine bewegte sich sachte.

»Mist.« Müde und frustriert setzte ich mich auf die Stufen vor Monika Berkels Haus. »Kann nicht mal etwas einfach laufen?«

Steffen streckte mir seine Hand hin. »Lass uns ein paar Stunden schlafen, Ina. Dann überlegen wir weiter.«

Ich umfasste mit beiden Händen meine Stirn und fuhr mir durch die Haare, als ob ich damit die Müdigkeit abstreifen und neue Energie tanken könnte. Dann nickte ich, stand auf und tastete nach Steffens Hand. Er schnappte sich den Autoschlüssel und bugsierte mich auf den Beifahrersitz.

Noch bevor wir an der Kirche vorbeikamen, war ich bereits eingeschlafen.

Die Birke in Steffens Balkonkasten raschelte wie ein ganzer Wald. Durch das gekippte Fenster wehte ein kühler Luftzug und vertrieb die Wärme der letzten Tage aus dem Raum. Ich rollte mich unter dem Plumeau zusammen und rückte näher an Steffen heran. Seine Augen waren geschlossen. Ich ließ meinen Blick über sein Profil wandern und haderte einen Moment mit den Ungerechtigkeiten des Alterns. Falten um die Augen sahen bei Männern allgemein und, wie ich gerade beschlossen hatte, bei Steffen besonders attraktiv aus. Frauen und damit auch mich machten sie eher alt. Wobei ich nicht vergessen durfte, dass meine Falten auch noch neun Jahre älter waren als seine. Irgendwann würde genau das auch Steffen auffallen, da war ich mir sicher. Ich seufzte.

»Irgendwann. Nicht jetzt«, murmelte ich und gab ihm einen Kuss auf die Wange.

»Irgendwann was?« Er lächelte, hielt aber seine Lider geschlossen.

»Ich dachte über Frühstück nach«, flüsterte ich in sein Ohr und begrub die Gedanken an Alter und Falten ganz hinten in meiner persönlichen Beziehungskiste.

»Irgendwann. Nicht jetzt.« Seine Hand wanderte unter der Decke zielstrebig auf meine Hüfte zu. Er zog mich an sich und vergrub sein Gesicht in meiner Halsbeuge. Ich mochte, wie er sich anfühlte. Ich mochte, wie er roch. Ich mochte, wie mir in diesem Augenblick klar wurde, eine ganze Menge Dinge an Steffen. War es das, was ich wollte? Oder verdeckten meine Gefühle für Steffen die Probleme, derentwegen ich hergekommen war, nur?

Ich schwang mich aus dem Bett, angelte nach meinen Jeans und machte mich auf den Weg ins Bad.

»Ich fahre zu Frau Rostler wegen meines Handys. Auf dem Rückweg bringe ich Brötchen mit.« Hinter meinem Rücken tönte nur unverständliches Gebrummel unter der Bettdecke hervor.

»Ich deute das als ein ›Ja‹!«, sagte ich, als ich nach einigen Minuten in den Flur trat und meinen Kopf ins Schlafzimmer steckte. Aber Steffen schlief bereits wieder.

ZWÖLF

Der Wochenspiegel hing noch genau so in Frau Rostlers Briefkasten, wie ich ihn gestern hineingesteckt hatte. Dazu hatte ein fleißiger Postbote so lange Werbeprospekte und Briefumschläge gestopft, bis nichts mehr hineinpasste. Seltsam. Bei unserem Gespräch hatte sie kein Wort über Reisepläne verloren. Aber danach sah es hier aus. Ich stutzte. Die alte Dame würde niemals ihr Haus unbetreut zurücklassen. Etwas stimmte nicht.

Ich drückte meine Nase an der kleinen Butzenglasscheibe, die wie ein Auge zur Außenwelt in der Haustür prangte, platt und versuchte in den Hausflur zu sehen. Nichts. Ich erkannte nur die Deckenlampe, die trotz der hellen Mittagsstunde brannte.

»Frau Rostler?« Ich klopfte an das Glas, legte mein Ohr an die Tür und horchte konzentriert in das Innere des Hauses. Stille antwortete mir.

»Frau Rostler?«, rief ich nun lauter und drückte auf den Klingelknopf. Vielleicht hatte sie sich ja zu einem Mittagsschläfchen hingelegt und hörte das Klopfen nicht.

Wieder nichts.

»Ina?«

Ich fuhr herum.

»Was machst du da?« Der Vorwurf war deutlich aus Olafs Stimme herauszuhören.

»Ich will zu Frau Rostler.« Es gab keinen Grund, Olaf von meinem Besuch und dem vergessenen Handy zu erzählen. Wir hatten immerhin noch Streit.

»Das ist nicht zu überhören. Musst du so einen Krawall machen? Damit weckst du ja Tote auf.«

Ich sah meinen Bruder an. Seine letzten Worte trafen meine schlimmsten Befürchtungen.

»Sie macht nicht auf, Olaf. Sie ist seit gestern Morgen nicht an ihrer Tür gewesen.« Ich wies auf den überquellenden Briefkasten. »Und in ihrem Flur brennt das Licht – um zwölf Uhr mittags. Bei strahlendem Sonnenschein!«

»Statt um andere Leute solltest du dir lieber um deinen eigenen Vater Sorgen machen.« Olaf packte eine Mülltonne, die hinter einem Busch versteckt stand, riss den Deckel auf und warf einen Plastikbeutel mit solcher Wut hinein, dass der am Rand aufplatzte und sein Inhalt sich über den Boden verteilte. Ich seufzte, ging zu ihm und bückte mich, um ihm zu helfen.

»Wie geht es Papa?«, fragte ich ihn leise, obwohl ich es war, die Grund hatte, auf ihn wütend zu sein.

»Unverändert«, kam die Antwort. Olaf vermied jeden Blickkontakt.

»Warst du heute schon bei ihm?«

»Wenn er mich sieht, regt er sich furchtbar auf und versucht mir etwas zu sagen. Aber ich verstehe es nicht.«

»Ich weiß. Ich hatte auch den Eindruck. Thomas meinte, es sei normal und in den nächsten Tagen würde es besser.«

»Hoffentlich hat er recht, dein Doktor.«

»Er ist nicht ›mein Doktor‹, Olaf.« Ich ärgerte mich über Olafs Unterton.

»Was ist mit deinem Förster?«

»Er schläft.«

Ich würde mich nicht provozieren lassen. Ich wollte Frieden mit meinem Bruder schließen, aber ich würde ihm keine Rosenblätter auf den Weg streuen.

Mein Bruder zog eine Augenbraue hoch, schwieg aber ansonsten.

»Wir haben die ganze Nacht in Köln verbracht …«

Die Brauen zuckten.

»… und eine Wohnung observiert«, kam ich der bissigen Bemerkung zuvor, die ich auf seinen Lippen lauern sah. »Jonas Prutschik ist nicht ganz das Unschuldslamm, das er zu sein vorgibt.«

»Weiß Sauerbier davon?«

»Keine Ahnung.«

»Hast du es ihm gesagt?«

»Nein.«

»Was ist mit deinem Kollegen?«

»Noch nicht erreicht.«

»Aber mir das falsche Alibi vorwerfen! Das hat man gerne.« Er packte eine Bananenschale, warf sie in den Mülleimer und knallte den Deckel zu. Dann sah er zum Haus der Nachbarin. »Sollen wir mal nachsehen?«

»Hast du einen Schlüssel?« Daran hatte ich bisher noch nicht gedacht.

»Ich habe einen an meinem Schlüsselbund. Aber der ist gerade einkaufen.«

»Der Schlüsselbund?«

»Mit Michelle. Sie hat ja noch keinen eigenen Schlüssel.«

»Oh.« Ich räusperte mich. »Ja, klar«, fügte ich hinzu, bevor mein Schweigen zu beredt wurde. »Lass uns nachsehen.«

Ich stieg über den flachen Jägerzaun, der Frau Rostlers Garten zur Vorderseite des Hauses hin abgrenzte. Blühende Strauchrosen in Pink und einem dunklen Rot säumten den Weg aus Bürgersteigplatten an der Hauswand entlang. Blasslila Lavendel und Rosmarin füllten die Luft mit der Erinnerung an französische Urlaubsfreuden. Sommerblumen und Stauden. Büsche und Kletterpflanzen. Für Nase und Augen gleichermaßen ein Fest. Alle Beete waren sorgsam geharkt und mit viel Liebe angelegt worden. Im hinteren Teil des Gartens standen die breiten Blätter eines Rhabarbers wie Fächer über der Erde. Von da aus konnten wir durch das große Panoramafenster in das Wohnzimmer sehen. Aber obwohl auch hier alle Lampen brannten, war keine Spur von Frau Rostler zu sehen.

»Das gefällt mir nicht«, sagte Olaf und drückte gegen die Terrassentür. »Frau Rostler?« Er hämmerte gegen die Scheibe.

Von einem ordentlich aufgeschichteten Stapel Holz riss ich ein Scheit herunter und schlug damit gegen das Glas.

»Was soll das bringen?« Olaf betrachtete das Scheit in meiner Hand, dann die Scheibe und schüttelte den Kopf. »Das ist Wärmeschutzglas, das geht nicht so einfach kaputt!«

Mit einer schnellen Bewegung packte er die Axt, die neben dem Stapel in einem Klotz gesteckt hatte, drückte sie unter den Rahmen der Terrassentür und hebelte die Tür aus den Angeln. »Gefahr im Verzug – oder wie nennt ihr das?«, sagte er und trat zur Seite.

»Frau Rostler?« Ich drängte mich an ihm vorbei und stolperte in das Zimmer. Mit einem Blick erkannte ich, dass es leer war. »Vielleicht oben?«

Ich riss die Tür zum Flur auf. Da lag etwas. Ein Schuh. Mit zwei Schritten war ich am Ende der Treppe angelangt.

»Frau Rostler! Olaf! Schnell!« Ich kniete neben der Nachbarin meines Vaters nieder. Wollte helfen. Wollte …

Meine Finger packten in eine klebrige Flüssigkeit. Ich roch es, bevor ich es sah. Dieser metallische Geruch hatte sich in vielen Dienstjahren in mein Gehirn eingebrannt und löste Automatismen aus, die mich wie ein Roboter handeln ließen. Nur handeln, nicht denken. Das kam später.

»Stopp!«, rief ich Olaf zu und breitete meine Arme aus, um ihn daran zu hindern, sich der Toten am Fuß der Treppe zu nähern. Daran, dass sie tot war, bestand kein Zweifel. Ihre Augen starrten in das grelle Licht der Deckenleuchte, die Pupillen zu weichen Ovalen auseinandergelaufen. Unter ihrem rechten Bein, das in einem spitzen Winkel von der Hüfte abstand, hatte das Blut der Hauptarterie das Muster des Teppichs dunkel gefärbt. Quer über ihrer Brust und auf ihren ausgebreiteten Armen lagen die zerbrochenen Rahmen der Fotos, die ich gestern noch an ihrem Treppenaufgang bewundert hatte.

»Ruf die 110 an!«, sagte ich scharf und wies auf das schwarze Scheibentelefon am Ende des Flurs. »Die Kollegen müssen anrücken. Sag ihnen ›Leichensache‹, und sie sollen gleich den Notarzt mitschicken.« Ich sah zu dem leblosen Körper hinüber. »Auch wenn er nicht mehr als sein Kreuz auf dem Formular wird machen können.« Ich bewegte mich vorsichtig zu der Toten hinüber, darum bemüht, auf dieselben Stellen zu treten wie schon zuvor. Ich würde den Kollegen sagen, welchen Pfad ich in dem engen Flur bereits angelegt und begangen hatte. Ich beugte mich zu ihr hinunter und schnupperte.

»Riechst du das?«, fragte ich Olaf und drehte mich zu ihm um. Er hielt den Hörer noch in der Hand. Sein Gesicht hatte alle Farbe verloren. Es verschwand im Weiß der Wand hinter ihm. Stumm schüttelte er den Kopf.

»Apfel. Es riecht nach Apfel.« Noch einmal schnupperte ich. »Und nach Nagellackentferner.«

Wie ein Geräusch aus einer anderen Welt durchschnitt das Klingeln eines Handys die Stille. Meines Handys, wie ich sehr schnell erkannte. Also hatte ich recht gehabt.

Vorsichtig schob ich mich an der Haustür entlang, an der toten Frau Rostler vorbei in die Küche. Da lag es auf der Eckbank. Nach hinten und fast unter ein Kissen gerutscht, so war es kein Wunder, dass Frau Rostler es nicht gesehen und mir Bescheid gegeben hatte. Wenn Sie überhaupt noch jemandem hätte Bescheid geben können. Vielleicht war sie ja schon direkt nach meinem Besuch die Treppe hinuntergestürzt und gestorben.

Als ich gestern nach dem Telefon hatte fragen wollen, hatte sie nicht geöffnet. Ich lehnte mich gegen die Küchenwand. Was, wenn sie da noch gelebt und hätte gerettet werden können? Wenn sie die Treppe hinuntergestürzt und langsam verblutet war, während ich draußen stand. Meine Kehle wurde eng. Tränen krochen unter meine Lider.

»Es tut mir leid!«, flüsterte ich heiser. »Es tut mir so leid!« Jetzt erst bemerkte ich, dass das Klingeln aufgehört hatte. Trotzdem ging ich zu der Eckbank, setzte mich darauf und steckte das Telefon ein, ohne einen Blick auf das Display zu werfen. Egal, wer mich gerade erreichen wollte – es war nicht wichtig genug. Erst beim zweiten Nachdenken fiel mir auf, dass ich damit den Tatort verändert hatte. Zu spät.

»Wie lange dauert es, bis sie kommen?« Olafs Stimme drang wie durch Watte zu mir.

Ich zuckte mit den Schultern und ließ meinen Blick durch die Küche wandern. Die Blumen, die Bilder, die Häkelkissen. Auf der Anrichte lag die aufgeschlagene Zeitung von gestern. Ich erkannte es an der Schlagzeile, die halb über den Rand hing. Auf der Spüle stand das abgewaschene Geschirr, aus dem wir beide gestern noch den Kaffee getrunken hatten – und das »Conjäcksche«.

Ein vages Gefühl kratzte an den äußeren Ecken meines Bewusstseins. Wieder klingelte mein Telefon. Mattes.

»Hallo?«

»Na, wo treibst du dich rum, Landpomeranze?

»Mattes, ich …«

Mein Ton ließ ihn aufhorchen. Ich hörte die kurze Atempause am anderen Ende der Leitung.

»Was ist los, Ina? Bist du in Schwierigkeiten?«

»Nein.« Ich atmete tief ein, bevor ich fortfuhr und ihm die Lage schilderte.

»Ruf Sauerbier an. Sofort!«, befahl er mir.

»Mattes. Sie ist die Treppe runtergefallen. Es geht alles seinen geregelten Gang. Wir müssen auf das Urteil des Arztes warten, bevor wir das KK 11 alarmieren können. Ich werde nicht unnötig die Pferde scheu machen. Sie war weit über siebzig, fast achtzig und hatte einen Unfall.«

»Weißt du das ganz sicher?«

»Ach, Mattes, wer sollte denn einer freundlichen alten Dame etwas antun wollen. Gestern hat sie sich noch bei mir beklagt, dass sie kaum Besuch bekam. Wie sollte eine solche Frau sich denn Feinde …?« Ich verstummte.

»Ina?«, quäkte es aus dem Hörer, aber ich achtete nicht darauf. Jetzt wusste ich, was ich eben nur als ein Gefühl wahrgenommen hatte. Auf der Spüle standen drei Tassen, nicht zwei. Jemand musste nach mir bei Frau Rostler gewesen sein.

»Ich leg jetzt auf, Mattes! Ich muss Sauerbier anrufen.«

Olaf starrte mich verständnislos an.

»Kommissar Sauerbier?«, fragte ich die Stimme, die sich am anderen Ende der Leitung nach dem fünften Freizeichen meldete. »Hier ist Ina Weinz. Mein Bruder und ich haben gerade die Nachbarin unseres Vaters tot aufgefunden. 110 ist bereits alarmiert. Aber auch ohne Arzt kann ich Ihnen definitiv sagen, dass es sich hier um eine ungeklärte Todesursache handelt.«

***

Die Welt teilte sich auf in Gut und Böse. Luft und Erde. Feuer und Wasser. Schwarz und Weiß. Der Horizont dazwischen war schon lange verschwunden. Es gab kein Grau. Es gab nur eine Grenze, die sie niemals überschreiten durfte. Sie hatte nur das Gute in ihr Leben gelassen, hatte immer die feine Linie beachtet, die alles im Gleichgewicht hielt.

Das Böse, das war die andere, das Kellerkind. Das Mädchen, das immer noch an der kalten Wand lehnte und die Angst in der Einsamkeit suchte.

Aber jetzt kam das Böse näher, und es brachte die Stille mit sich. Die feuchten Wände. Die Dunkelheit. Die Angst.

Taubheit kroch ihr ins Fleisch.

Sie musste das Böse daran hindern, ihr Glück zu stehlen. Die Barriere sichern. Sie blinzelte, tastete nach dem Messer und schnitt die Grenze zwischen Gut und Böse neu in ihre Haut.

Das gleichmäßige Tropfen des Blutes auf den Rand der Spüle beruhigte sie, machte ihren Geist wach und ihre Gedanken klar. Sie schnappte nach Luft. Die Welt teilte sich auf in Gut und Böse. Luft und Erde. Feuer und Wasser. Schwarz und Weiß. Es gab kein Grau.

Alles war wieder, wie es sein musste.

***

»Ist dir etwas aufgefallen, als du die Leiche gefunden hast?« Thomas kam auf mich zu und zog sich die Gummihandschuhe von den Händen.

Er war der diensthabende Notarzt an diesem Abend und hatte die Leichenschau durchgeführt. Keine schöne Aufgabe. Von der Überprüfung der äußeren Vitalzeichen bis hin zum Aufschneiden der Kleidung. Die Sichtprüfung hatte keine weiteren äußeren Verletzungen ergeben, die auf Gewaltanwendung Dritter hätten schließen lassen.

»Der Geruch.«

Wieder zückte er sein Klemmbrett und den Kuli. »Ich höre!«

»Es roch nach Apfel und Nagellackentferner.«

»Hyperglykämie. Überzuckerung. Dazu passen der azetonische Atem und das Erbrochene auf dem Fußboden am oberen Treppenabsatz. Viele ältere Leute wissen nicht, dass sie Diabetiker sind.« Thomas nickte. »Sehr bedauerlich. Vermutlich ist ihr übel oder schwindelig geworden, sie hat das Gleichgewicht verloren und ist die Treppe hinuntergefallen. Die Todesursache, so wie es sich jetzt darstellt, ist Verbluten. Sie hat sich beim Sturz den Oberschenkel gebrochen und dabei die Hauptschlagader im Bein verletzt. Das kommt sehr häufig vor.«

»Aber sie wusste von ihrem Diabetes«, wandte ich ein. »Sie ging zwar sehr lasch damit um, aber sie wäre nicht unvorsichtig gewesen. Sie ging regelmäßig schwimmen.«

»Wir werden uns nach Diabetesmedikamenten umsehen, Ina. Sobald die Ergebnisse der Untersuchungen vorliegen, wissen wir mehr.«

»Ich habe kein gutes Gefühl dabei, Thomas.«

»Ich kreuze ›ungeklärte Todesursache‹ an.« Thomas klappte das untere Ende des Totenscheins herunter und setzte sein Kreuz in der rechten Spalte. Dann wandte er sich an den Schutzpolizisten: »Rufen Sie mal Ihre Kollegen von der KK 11.«

»Sauerbier ist schon informiert, aber ich weiß nicht, ob er meiner Bitte gefolgt ist.« Ich lächelte den Kollegen in Uniform an. »Es schadet nicht, wenn Sie es noch einmal machen.«

»Es ist tragisch. Aber es ist ein Unfall, Frau Weinz.« Sauerbier würdigte mich keines Blickes, verschränkte seine Arme über seinem stattlichen Bauch und starrte durch das Wohnzimmerfenster in Frau Rostlers Haus.

Die Terrassentür war wieder eingehängt worden, stand aber noch offen. Drinnen waren die Bestatter gerade dabei, die Leiche der alten Dame in den Transportbehälter zu legen, in dem sie in die Gerichtsmedizin gebracht werden würde. Thomas stand daneben und füllte auf einem Klemmbrett Formulare aus. Eine stumme Frage, durch die Scheiben nur an den Mundbewegungen zu erkennen, ein Nicken des Spurensicherers im weißen Overall, dann trugen sie Frau Rostler hinaus. Thomas faltete die Formulare zusammen, schob den Kugelschreiber in seine Jackentasche und kam durch das Wohnzimmer auf uns zu.

Sauerbier nickte. »In Ordnung.« Er reichte dem Arzt die Hand. »Ich danke Ihnen, Herr Doktor.«

»Das war kein Unfall, Herr Sauerbier. Jemand ist bei ihr gewesen. Jemand, mit dem sie Kaffee getrunken und etwas gegessen hat.« Ich würde nicht lockerlassen.

»Wieso sind Sie so fest davon überzeugt, Frau Weinz? Sagt Ihnen das wieder Ihr Gefühl?«

Endlich drehte er mir sein Gesicht zu und sah mir in die Augen.

Ich überhörte die Ironie in seiner Stimme, schluckte meine aufkeimende Wut hinunter und bemühte mich um Sachlichkeit.

»Nein, nicht mein Gefühl, sondern das Geschirr auf der Spüle in der Küche.«

Ich trat drei Schritte zurück, um Abstand zwischen uns zu bringen, wenn er gleich wieder einen seiner Wutanfälle zum Besten geben würde.

»Gestern Morgen habe ich mit Frau Rostler über ein junges Mädchen gesprochen.«

Sauerbier fasste sich mit Daumen und Zeigefinger an die Nasenwurzel und schob seine Stirn in Falten, ohne etwas zu sagen.

»Sie war der Grund für Prutschiks Verschwinden damals.«

Der Kommissar verharrte in seiner Pose und sah mich über seinen Handrücken hinweg an.

»Sie war fünfzehn Jahre alt.«

»Und Prutschik?«

»Ein erwachsener Mann von vierzig Jahren mit Familie.«

»Was ist mit ihr passiert, als er ging?« Sauerbier löste seine verkrampfte Haltung und versenkte seine Hände in den Taschen seines Trenchcoats.

»Frau Rostler wusste es nicht. Sie meinte, das Mädchen wäre ebenfalls weggegangen.«

»Wissen Sie, wie sie hieß?«

»Maria. Maria Henk.«

»Ein häufiger Name hier in der Gegend. Wird die Sache nicht einfacher machen.« Er stockte. »Was hat das nun mit dem Geschirr zu tun?«

Ich überlegte kurz, ob ich ihm den Namen von Marias Bruder nennen sollte. Dann müsste ich nicht mehr selbst zu ihm fahren. Auf der anderen Seite hatte Sauerbier mir deutlich zu verstehen gegeben, dass ich ihm zwar auskunftspflichtig war, er mir hingegen keinesfalls.

»Wir haben Kaffee getrunken. Frau Rostler noch einen Cognac. Als ich ging, stellte sie die benutzten Tassen auf die Spüle.« Ich wollte die Erste sein, die Paul Henk zur Sache befragte.

»Sie kann später noch einen Kaffee getrunken haben?«

»Sie benutzte ihre Tasse vom Frühstück noch einmal, als sie mit mir …«

»Und essen musste sie auch irgendwann.«

»Von zwei Tellern?« Ich schüttelte den Kopf. »Außerdem sind es Kuchen-, keine Speiseteller.«

»Und das heißt in Ihren Augen, Frau Weinz?«

»Dass sie noch weiteren Besuch bekommen hat, nachdem ich weg war.«

»Ist das verboten?«

»Nein. Ungewöhnlich.« Ich sah wieder den Gesichtsausdruck der alten Frau vor mir, als ich mich von ihr verabschiedete. »Sie war einsam. Mit ihrer Freundin traf sie sich nur beim Schwimmen. Sie bekam keinen Besuch.«

»Frau Weinz, ich denke, Sie steigern sich da in Theorien hinein, die uns nicht weiterbringen.« Er befingerte den Stoff seines Mantelrevers. »Wir verfolgen in dem Mordfall Spuren, die uns sehr aufschlussreich erscheinen.«

Ich nickte und sah ihn an.

»Ich bin Ihnen keine Auskunft schuldig.« Er lachte, schlug die Hände an seine Flanken und wandte sich Richtung Gartentor. »Aber Sie mir schon.«

Er trat auf die Straße und betrachtete einen Moment nachdenklich das Haus meines Vaters. »Vergessen Sie das nicht, Frau Weinz. Das wäre nicht gut für Sie!«

DREIZEHN

»So ein Ignorant!« Der Stuhl krachte über den Boden, als ich ihn zu mir zog und mich rittlings niederließ. »Irgendwann wird er daran ersticken!«

»Meinst du nicht, dass er seinen Job beherrscht?« Olaf kauerte auf der Küchenbank, die Beine hochgezogen und immer noch so bleich im Gesicht wie vor einer Stunde.

»Ich koche uns jetzt erst mal einen Kaffee. Sonst kann ich nicht denken«, murmelte ich. Die Beschäftigung mit einer banalen Tätigkeit würde mir helfen, meine Gedanken und die Bilder in meinem Kopf zu ordnen.

Olaf nickte stumm und starrte vor sich auf die Tischplatte.

Wir beide schreckten hoch, als eine Stimme die Stille zerschnitt und Michelle mit einem Schwung die Tür zur Küche aufstieß. In jeder Hand hielt sie mehrere Plastiktüten, deren Material und Aufdrucke die edle Herkunft bezeugten.

»Schau, Schatz, ich war einkaufen.« Sie kramte in einer der Tüten. Violettes Lackpapier und die goldene Aufschrift »Gulci et Gulci« ließen den Beutel so wertvoll erscheinen wie die Bluse aus dünnem Stoff, die Michelle nun durch ihre Finger gleiten ließ. »Und hier – tadahh!« Andere Tüte in anderer Farbe mit anderer Aufschrift und ein anderes Kleidungsstück. Ein Rock diesmal. Nicht weniger edel als die Bluse. »Das sieht bestimmt super aus, Olaf.«

Sie küsste ihn auf die Wange und zwitscherte in einem fort. »Dir habe ich auch etwas mitgebracht.« Eine Krawatte und ein Hemd in einer Farbkombination, die meinen Bruder eigentlich hätte blind machen müssen, folgten einer Reihe kleinerer Schächtelchen, deren Inhalt ich nicht erkennen konnte. »Und jetzt das Beste!«, strahlte sie und wuchtete die größte der Tüten auf den Tisch. Mit einem geheimnisvollen Lächeln versenkte sie ihre Hände darin, hob eine schwarz lackierte Hochglanzschachtel hoch und lüpfte behutsam den Deckel.

Ich schluckte. Die ganze Situation war absurd. Im Nebenhaus war gerade eine freundliche alte Dame unter sehr seltsamen Umständen zu Tode gekommen, und die Freundin meines Bruders hatte keine anderen Sorgen als ihre neuesten Errungenschaften.

»Michelle, ich muss …«, setzte ich an, um sie in ihrem Elan zu bremsen.

»Stopp! Keine Widerrede!« Michelle hob die Hand, sah mich eindringlich an und legte ihren Finger auf die Lippen. »Macht die Augen zu. – Nein, warte!« Sie flatterte um mich herum, reichte mir mein Handy, das vor uns auf dem Tisch gelegen hatte, und presste auf einige Knöpfe, während sie sich zu mir hinüberbeugte. »Mach ein Foto von uns, wenn ich es dir sage.« Sie drückte mir das Telefon in die Hand, stellte sich neben mich und schielte auf das Display, um das Objektiv auszurichten. »So wird es gehen. Jetzt schließt die Augen.«

Müde folgte ich ihrer Anweisung. Irgendwann würde sie wieder runterkommen von ihrer Shoppingeuphorie. Und wenn nicht, würde ich sie runterholen müssen.

Es raschelte, ich hörte ein gemurmeltes »Halt doch mal still, du Spielverderber!« und dann wieder Rascheln.

»Jetzt, Ina!«

Automatisch drückte ich den Auslöser, ohne vorher auf das Display zu sehen, und ließ das Handy sinken. Ich ging zu Michelle und berührte sie so, wie man einen Schlafenden weckt, den man nur behutsam aus seinem schönen Traum holen möchte.

»Unsere Nachbarin Frau Rostler ist tot. Sie ist die Treppe hinuntergestürzt und hat sich dabei den Oberschenkel gebrochen.« Es reichte mir. »Sie ist verblutet.«

Michelle richtete sich auf und berührte mit ihren schlanken Fingern die breite Krempe des Hutes. Wie eine Filmdiva nahm sie den Hut ab, schüttelte ihre Haare aus und legte ihn wieder in die Hutschachtel. Dann fasste sie Olafs schwarzen Stetson und wickelte ihn in das Seidenpapier, bevor sie auch ihn in seiner Kiste versenkte. Das alles in Zeitlupe.

Ihre Absätze klackerten auf dem Linoleum des Küchenfußbodens, und ein Hauch edlen Parfüms stieg in meine Nase, als sie um den Tisch herumging und sich auf den freien Stuhl am Tischende setzte. Sie starrte wortlos vor sich hin. Nur in ihrem rechten Augenlid zuckte es.

»Die arme Frau.« Michelle legte beide Hände vor sich, als ob sie beten wollte. »Wann ist das passiert?«

»Zwischen gestern Nachmittag und heute Nacht. Genaueres wissen sie erst nach der Obduktion.«

»Gestern Nachmittag und Abend waren wir in der Sauna, Olaf. Richtig?« Sie hob den Kopf und sah mich an. Zum ersten Mal bemerkte ich, dass ihre Augen zwei verschiedene Farben hatten. Eines war blau, das andere braun. Ich stutzte. Waren ihre Augen nicht beide blau gewesen?

»Vielleicht hätten wir ihr noch helfen können, Olaf!« Sie schüttelte den Kopf und schlang die Arme um sich.

»Der Arzt hat gemeint, sie hätte einen Zuckerschock bekommen, wäre bewusstlos geworden und die Treppe hinuntergefallen«, sagte Olaf mit brüchiger Stimme. »Ina meint aber, da hätte jemand nachgeholfen. Vermutlich eine Berufskrankheit von ihr.«

Ich runzelte die Stirn. Olaf hatte die Leiche zwar mit mir gemeinsam gefunden, aber das gab ihm nicht das Recht, Einzelheiten hinauszuposaunen, solange nicht klar war, was mit der alten Dame passiert war.

Meinen Ärger hinunterschluckend ging ich zur Kaffeemaschine, die ihre Arbeit in der Zwischenzeit beendet und uns starken, heißen Kaffee bereitet hatte. Im Hängeschrank oberhalb der Maschine standen die Tassen. Ich zog drei auf einmal nach vorne und hob sie vom Regalbrett.

Ein winziger Gegenstand fiel mir entgegen, rollte über die Ablagefläche und kullerte in die Spüle. Ich stelle die Tassen ab und fing das silbrige Teilchen, bevor es im Abfluss verschwinden konnte. Ein Ohrring lag in meiner Hand. Silberne Fassung, glänzender Stein. Ich schob den Schmuck über meine Handfläche und betrachtete ihn von allen Seiten. Kein Zweifel.

»Wo ist das Gegenstück?«, fragte ich Michelle und hielt den Stein ins Gegenlicht.

»Wenn ich das mal wüsste.« Sie strich sich eine Strähne aus der Stirn. »Ich muss ihn verloren haben. Aber ich kann mich nicht erinnern, wo das gewesen sein soll.«

»Im Schwimmbad vielleicht? Ich habe dort so einen Ohrring gefunden und ihn bei der Dame im Kassenhäuschen abgeliefert.«

»Im Schwimmbad?« Michelle lachte. »Nein, ganz bestimmt ist es dann nicht meiner.« Sie schüttelte den Kopf. »Meine Haut ist so empfindlich gegen die Sonne. Nie würde ich ins Schwimmbad gehen.«

»Ist ja auch jetzt nicht wichtig.« Ich legte den Ohrring auf die Ablage.

Durch das Küchenfenster schien die Sonne warm in den Raum. Ihre Strahlen brachen sich an den Facetten des Steins und brachten ihn zum Funkeln. Ich kniff die Augen zusammen und legte meine Hand über das Schmuckstück. Dann seufzte ich.

»Wichtig ist, was mit Frau Rostler passiert ist. Die Obduktion wird etwa einen Tag dauern. So lange brauchen sie auch, um etwaige DNA-Spuren auszuwerten.«

»Mein Vater war auch zuckerkrank. Er unterzuckerte ständig«, unterbrach Michelle meinen Gedankengang. »Im Ergebnis ist es wohl das Gleiche: Wenn man nichts dagegen unternimmt, fallen sie ins Koma.« Sie strich mit der flachen Hand über den Tisch und wischte ein imaginäres Staubkorn weg. »Mein Bruder und ich waren in ständiger Alarmbereitschaft und Sorge um Papa.«

»Meine Schwester ist da anders.«

Olaf, der die ganze Zeit stumm auf seinem Platz gesessen hatte, sprang auf und stützte die Fäuste ab. Sein Stuhl kippte nach hinten weg und schlug mit einem Knall auf dem Boden auf. Schwarze Schatten unter seinen Augen ließen ihn müde und alt aussehen.

»Sie sorgt sich nicht um ihren Vater!«

Ich schnappte nach Luft. Was war das denn jetzt?

»Und auch nicht darum, ob ich bei der Pflege des Hauses, das ja immerhin auch ihr Erbe ist, Unterstützung brauchen könnte.« Die Wut in seiner Stimme war nicht zu überhören.

Ich war sprachlos.

»Guck nicht so, Ina. Oder hast du schon einmal hinterm Haus den Rasen gemäht? Hast du dich um einen Reha-Platz für Hermann erkundigt? Warst du überhaupt bei ihm, heute oder gestern?« Er ging zu Michelle und nahm demonstrativ den Platz an ihrer Seite ein. »Nein, du kümmerst dich lieber um fremde alte Frauen und kurvst mit deinem Förster durch Köln.«

»Olaf, es reicht.« Selbst in meinen Ohren klang meine Stimme eisig.

Für einen Moment lagen mir alle Argumente auf der Zunge, die ich ihm hätte entgegenschleudern können – dass er mich gebeten hatte, Steffen zu helfen, dass ich kurz vor ihrem Tod noch zu Besuch bei Frau Rostler gewesen war, dass ich mich sehr wohl um Hermann kümmerte, dass er, Olaf, mich aus dem Haus geeckelt hatte – aber ich schluckte sie hinunter. Unser Streit würde nur noch mehr eskalieren, als es ohnehin schon der Fall war.

Als wir heute Morgen gemeinschaftlich in Frau Rostlers Haus eingedrungen waren und sie gefunden hatten, hatte ich für eine kurze Zeit das Gefühl gehabt, zwischen Olaf und mir sei wieder alles eingerenkt. Ich hatte mich geirrt.

Sein Zorn und seine Enttäuschung über was auch immer waren viel größer, als ich vermutet hatte. Ich sah meinen Bruder und seine Freundin an.

Olaf stand hinter ihr, beide Hände auf ihren Schultern, Schutz und Stütze zugleich. Er würde alles für sie tun. Michelle lächelte zu ihm auf. Zusammen bildeten sie ein Bollwerk an Einigkeit und Vertrautheit, in dem für mich kein Platz sein würde.

Sehr langsam stellte ich meine Tasse ab. Ich hatte keinen Schluck davon getrunken. Meine Finger umschlossen den kleinen Gegenstand unter meiner anderen Hand und hielten ihn fest, bevor ich zur Wohnungstür ging.

»Auf Wiedersehen, Olaf. Auf Wiedersehen.«

Beide Männer lauschten gespannt, bis ich meinen Bericht beendet hatte. Mattes fiel gegen die Rückenlehne des Sofas, legte die Hände auf seine Oberschenkel und rieb über den Stoff seiner Jeans, als ob er einen nur für ihn sichtbaren Flecken verreiben wollte.

Steffen stand am Fenster, die Hände in den Hosentaschen versenkt, und schaute in den Garten hinter dem Haus.

»Es tut mir sehr leid für Frau Rostler. So eine freundliche Frau.« Steffen sah mich an und kniff die Lippen zusammen.

Für eine Weile sagte keiner von uns ein Wort. Draußen fuhr ein Auto vorbei. Ich konnte hören, wie es vor der Kurve abstoppte und dann wieder Gas gab. Von der Wohnung unter uns drangen Kinderlachen und der Duft nach Waffeln hoch. Ein Ritual zum fröhlichen Start ins Wochenende. Auch in heutigen Kindheiten.

»Du meinst, jemand hat sie umgebracht?«, unterbrach Steffen schließlich das Schweigen, drehte sich um und setzte sich zu Mattes auf das Sofa, als ob beide schon seit Langem die besten Freunde wären und sich nicht noch vor einigen Stunden wie Kampfhähne aufgeplustert hätten.

So hatte ich sie vor einer halben Stunde auch angetroffen. Einen Korb Brötchen, Marmelade, Aufschnitt und alles, was zu einer vernünftigen Brotzeit dazugehörte, vor und ein anscheinend klärendes Gespräch hinter sich.

»Es standen mehr Tassen in der Spüle, als sie gebraucht haben kann. Nicht zu vergessen die Teller.«

»War das Geschirr sauber?«, warf Mattes ein.

Ich nickte. »Blitzblank und quietschsauber. Keine Chance mehr auf eine brauchbare DNA-Spur.«

»Welche Möglichkeiten hat die Polizei dann, einen potenziellen Mörder zu identifizieren?« Steffen sah Mattes von der Seite her an.

Mattes lächelte geknickt. »Nicht viele. Im Haus werden unzählige DNA-Spuren zu finden sein …«

»Nicht unbedingt«, unterbrach ich ihn. »Sie hat mir erzählt, dass sie so gut wie nie Besuch bekam. Meine und Olafs Spuren werden sicher vorhanden sein. Vielleicht hatte sie auch noch eine Putzfrau, das weiß ich nicht. Aber darüber hinaus …« Ich spitzte den Mund und biss mir von innen in die Wange. »Es dürfte überschaubar bleiben.«

»Andere DNAs bringen nur etwas, wenn wir sie auch in der Kartei haben«, ergänzte Mattes meinen Redeschwall.

»Und wenn Sauerbier sich darauf einlässt, gezielt danach zu suchen.« Wieder wurde ich wütend über die Ignoranz meines Fastkollegen.

»Reg dich ab, Ina. Die Obduktionsergebnisse werden ihn schon auf Trab bringen.«

»Wenn es dann nicht zu spät ist.«

Mein Magen knurrte. Der Duft des frischen Backwerks und der Anblick von Rührei und Aufschnitt erinnerten mich daran, dass ich heute noch nichts gegessen hatte. Für meine Figur wunderbar, für mein Nervenkostüm und meine Denkfähigkeit weniger. Ich beugte mich vor, schnappte mir einen Teller, ein benutztes Messer und ein Brötchen.

»Warum bist du eigentlich hier?«, fragte ich Mattes, während ich meinen Hunger stillte.

Er zog die Augenbraue hoch und strich sich fast zärtlich über das orangefarbene Batikseidenhemd, mit dem er sich heute entstellte.

»Liebste Kollegin.« Er räusperte sich, und nach einem Seitenblick auf Steffen, in dem ich eine Mischung aus Resignation, Amüsement und Schalk entdeckte, fuhr er fort: »Ich habe nicht meine Arbeitsstelle bereits zur frühen Morgenstunde verlassen und eine Dienstfahrt in die Eifel angetreten, um mich hier unnützen Fragen zu stellen: Zum einen batest du mich darum, die Person des Jonas Prutschik zu überprüfen. Des Weiteren telefonierten wir in den früheren Morgenstunden miteinander, just in diesem Moment, als du eine Leiche fandest, deren Ursprung zwar personell, aber keineswegs ursächlich geklärt war. Dies alles zusammen weckte meine Neugierde und den Wunsch, dir von Angesicht zu Angesicht gegenüberzustehen.«

»Was hast du herausgefunden?« Ich rückte an die Kante des Sessels und hielt den Teller unter meinen Mund, damit die Krümelkaskaden sich nicht weiterhin auf Steffens Teppich ergossen.

»Wir waren in seiner Wohnung.«

Steffen blickte zwischen mir und Mattes hin und her.

»Ach.« Mein Kollege zog eine Augenbraue hoch und sah mich an. »Hast du mir was zu sagen, Ina?« Mr. Spock im Hippiehemd.

»Wie es aussieht, war er am Tatabend nicht, wie er gesagt hat, in Köln und ist dort aufgetreten.«

Matthias nickte, unterbrach mich aber nicht. Er hatte offenbar gründlich recherchiert.

»Wir haben einen Brief gefunden, den ein Immobilienmakler an Jonas und seine Mutter geschickt hatte. An die Kölner Adresse.«

Wieder nickte Mattes.

»Leider konnten wir ihn noch nicht zur Rede stellen.«

»Was ich mich die ganze Zeit frage, ist, warum Sauerbier noch nicht darauf gekommen ist?«, warf Steffen ein.

»Ich habe mir Zugang zur Aktenlage verschafft. Es gibt einen alten Fall mit einem von Jonas Prutschiks Mitbewohnern, der einen wunderbaren Vorwand abgab.« Mattes grinste. »Laut dieser Aktenlage hat Prutschik junior ein Alibi. Seine Mitbewohner schwören Stein und Bein, dass er an diesem Abend zu Hause gewesen sei.«

»Uns hat der freundliche junge Herr mit dem Schrubber nichts Derartiges gesagt«, murmelte Steffen.

»Brauchte er ja auch nicht. Der Putzplan sprach ja für sich.« Ich stand auf, glättete den verknitterten Zettel aus meiner Handtasche und hielt ihn Mattes hin.

Nicken zum Dritten. Er verschränkte die Arme über dem Kopf und starrte aus dem Fenster.

»Peter Prutschik hat schon vor Jahren das Haus auf den Jungen überschreiben lassen. Vermutlich aus steuer- und erbtechnischen Gründen. Es gab so viel Bargeld, dass Jonas mit Sicherheit einen schönen Batzen an Vater Staat hätte abführen müssen, wenn der Erblasser erblasste.«

»Also konnte er es schon vor dem Tod des Vaters verkaufen!«, warf ich ein.

»Und er wollte es verkaufen«, ergänzte Steffen.

»Jaha, aber andersherum wird ein Schuh draus. Ihr müsst mich schon«, Mattes öffnete die Thermoskanne, goss sich frischen Kaffee ein und gab umständlich zwei Würfelzucker und einen Schuss Milch hinein, »zu Ende reden lassen.«

Mit der Tasse in der Hand lehnte er sich wieder in die Kissen und genoss augenscheinlich die ungeteilte Aufmerksamkeit, die Steffen und ich ihm in diesem Augenblick zuteilwerden ließen.

Ich biss mir auf die Lippen. Ich kannte meinen Kollegen. Wenn ich ihn jetzt unterbrechen würde, würde er mich ewig zappeln lassen.

»Prutschik senior wollte sein Testament ändern. Den Junior sogar vom Pflichtteil ausnehmen. Und er machte Anstalten, die Überschreibung rückgängig zu machen.«

Ich wunderte mich, woher Mattes diese Information so schnell herbekommen hatte, hielt mich aber weiterhin zurück. Er hatte seine Quellen, die ich nicht immer gutheißen konnte. Die hübschen Statuen aus seiner Bildhauerhobbywerkstatt verschönerten mittlerweile den ein oder anderen Garten des ein oder anderen Entscheidungsträgers.

»Geht das so einfach?«, wollte Steffen wissen.

»Gehen: ja. Einfach: nein.« Mattes rührte demonstrativ in seinem Kaffee.

Ich legte Steffen eine Hand auf den Unterarm und schüttelte den Kopf. Er verstand meine Geste, verstummte und wandte seine Aufmerksamkeit wieder Mattes zu.

»Man muss schon sehr gewichtige Gründe nennen, um jemanden komplett vom Erbe auszuschließen. Im Normalfall ist das nahezu unmöglich. Es sei denn …« Wieder brach er ab und trank einen Schluck aus seiner Tasse. »Es sei denn, der Erbe würde dem Erblasser nach dem Leben trachten, ihn misshandeln oder grob gegen Sitten und Anstand verstoßen.«

»Gegen Sitte und Anstand war das Treiben des Sohnes in Peter Prutschiks Augen allemal.« Ich erinnerte mich an Jonas' Äußerungen. »Jonas wusste, dass sein Vater ihn enterben wollte?«

»Das konnte ich nicht herausfinden.« Mattes schüttelte bedauernd den Kopf. »Aber eine neue Klage gegen Monika Berkel hatte er erst vor Kurzem wieder erhoben.«

»Noch ein Ordner im Regal«, murmelte ich.

Zwei Augenpaare schauten mich verwundert an.

»Jonas hat mir die Aktenlage gezeigt.« Ich lachte trocken auf. »Ein ganzer Kellerraum voller Aktenregale, alles Klagen des netten Herrn Prutschik gegen seine Exfrau.«

»Diesmal ging es um die Aberkennung der Rentenansprüche, die Frau Berkel gegen ihn hatte.«

In meinem Kopf ordneten sich die Gedanken zu einem Bild, dessen Titel »Das Mordmotiv« lautete.

»Wir müssen versuchen, ihn festzunageln, unseren feinen Herrn Prutschik junior«, beschloss ich und stand auf.

»Kommt, ihr Herren und wackren Ritter, auf ins Gefecht!« Ich grinste die beiden Männer auf dem Sofa an. Steffen machte Anstalten, sich zu erheben, doch Mattes hielt ihn zurück.

»Setz dich, Ina.«

»Aber wir sollten keine Zeit …«

»Setz dich, Ina, und hör mir zu. Ich bin immer noch nicht fertig mit dem, was ich dir zu sagen habe.«

Mehr noch als seine Worte machte mir seine Miene den Ernst dessen klar, was er mir nun eröffnete:

»Es gibt noch jemanden mit einem möglichen Motiv.«

Ich versuchte, ruhig zu bleiben und ihn nicht zu unterbrechen.

»Prutschik hat ein Gutachten geschrieben zum Bau der neuen Brücke über der Urft im Nationalparkgebiet.« Mattes seufzte. »Das stieß nicht überall auf Gegenliebe.«

Steffen nickte. »Der BUND und einige andere Naturschutzverbände sehen die Brücke als technisches Bauwerk im Naturschutzgebiet sehr kritisch. Sie überlegen sogar, der Eröffnungsfeier Ende September fernzubleiben.«

»Das kratzte Prutschik wohl nicht so sehr. Aber die Leserbriefe einiger Bürger, die gingen ihm so richtig gegen den Strich und …«

»… er schmiss mit Klagen um sich!«, beendete ich den Satz.

»Nein, diesmal nur eine Klage wegen Verleumdung, Amtsbeleidigung und Unterstellung einer Vorteilsnahme. Für den Beklagten eine Katastrophe, wenn Prutschik gewonnen hätte.«

»Warum?«

»Weil man als Kassierer einer Bank nicht vorbestraft sein darf.« Mattes sah mich an.

Es dauerte einige Sekunden, bis ich es begriff.

»Olaf!«, flüsterte ich und schloss die Augen.

VIERZEHN

Noch immer in meiner Erstarrung gefangen, stand ich mit Steffen auf der Straße vor seiner Wohnung und verabschiedete Mattes nach Köln. Die Männer unterhielten sich, sahen von Zeit zu Zeit zu mir hinüber und steckten dann wieder die Köpfe zusammen, wie kleine Mädels auf dem Pausenhof. Wachablösung, wie es schien. Mattes übergab Steffen die Obhut über mein Wohl und Wehe. Ach, was sollte es. Steffen würde schon früh genug bemerken, dass ich keinen Ritter auf dem weißen Pferd wollte.

»Ach, und ganz wichtig noch, Steffen!« Mattes zeigte auf Steffens Füße, die in Outdoorsandalen steckten. »Niemals weiße Socken zu Sandalen und kurzen Hosen anziehen. Das ist total stillos.« Mit diesen Worten stieg er in seinen Wagen und brauste los.

»Wo er recht hat, hat er recht, unser Mattes.« Wider Willen musste ich grinsen. Schnell drehte ich mich um und ging ins Haus.

»Ich werde die Tabletten mit ins Krankenhaus nehmen und sie Thomas zeigen.« Die Blisterpackung knisterte, als ich sie aus meiner Handtasche zog, in deren Tiefen sie verschwunden war. »In den letzten Tagen ist Olaf aggressiv, ungerecht und extrem impulsiv. Er greift mich an, wo er nur eine Gelegenheit dazu findet. Ich habe gedacht, es läge an den Sorgen, die er sich um dich macht, aber das ist es nicht.«

Steffen runzelte die Stirn. »Mit mir hat er fast gar kein Wort gewechselt. Ich dachte: Klar zieht er die neue Freundin dem alten Kumpel vor.« Er lächelte. »Mach ich doch nicht anders!«

Er streckte die Hände nach mir aus, zog mich in die Arme und wollte mir einen Kuss geben. Ich erwiderte die Zärtlichkeit, war aber in Gedanken völlig woanders.

»Hey, Kommissarin!« Steffen wedelte mit den Fingern seiner linken Hand vor meiner Nase herum.

Ich schüttelte den Kopf und löste mich aus seiner Umarmung.

»Ich muss auch wissen, wie es Hermann geht.«

»Und du solltest Thomas noch einmal auf deine Beine sehen lassen.«

»Was?« Ich vertiefte die Falten auf meiner Stirn, dann fiel es mir wieder ein. Die Wunden an meinen Schienbeinen. »Die habe ich komplett vergessen. Das kann ja nur bedeuten, dass sie verheilen.«

»Trotzdem.«

Ich lächelte und nickte. »Ja, oh edler Ritter mit dem weißen Strumpf, ich werde mein Leibeswohl nicht vernachlässigen.«

»Und ich kümmere mich in der Zeit ein wenig um die Waldesruh«, gab Steffen zurück. »Bei diesem Wetter sind viele Touristen auf der Dreiborner Höhe unterwegs. Da muss der Ritter achtgeben, damit die Wanderer nicht vom rechten Pfade abkommen.«

Wieder nahm er mich in den Arm und küsste mich. Diesmal genoss ich es.

»Pass auf dich auf, Kommissarin. Die Welt ist gefährlich«, murmelte Steffen, als wir uns schließlich voneinander lösten.

»Verlauf dich nicht, Förster. Der Wald ist groß«, gab ich zurück, holte den Autoschlüssel aus meiner Handtasche und ging die Stufen hinunter zur Haustür.

»Kommissarin?«

Ich blieb auf dem Treppenabsatz stehen und drehte mich um. »Ja?«

»Vertrau deinem Bruder! Er ist kein Mörder. Er ist mein bester Freund.«

»Genau das Gleiche hat er auch von dir gesagt.«

Steffen grinste. »Sag ich doch.«

✶✶✶

Das Fell des Kätzchens glitt weich durch ihre Finger. Sie fühlte die Rippen, die Wirbelsäule, den Schädelknochen. So dünn. So klein. Und so kalt. Es atmete nicht mehr, war ganz steif. Es lag vor der Gartenmauer. Ein dünnes Rinnsal Blut lief aus der Nase des Tiers. Die blauen Augen mit einem milchigen Schleier überzogen.

Sie wollte so gerne weinen.

»Jetzt wirf das Vieh auf den Komposthaufen und komm schon.« Papa wartete auf sie. Im schwarzen Anzug bereit für den Kirchgang.

Sie hatte es gefunden vor drei Tagen. Es war so klein. Und so allein. Wie sie. Keine Mama. Sie wollte es füttern und wärmen und lieb haben. Hatte es gestreichelt und auf sein leises Atmen gelauscht, wenn es sich unter ihrer Decke an sie geschmiegt hatte.

Die Frau wollte keine Tiere, das wusste sie. Keine Tiere, keinen Dreck.

Sie hatte es versteckt vor der Frau, heimlich die Milch und die Wurst aus dem Kühlschrank genommen. Nachts, wenn sie dachte, die Frau würde schlafen. Aber sie hatte sie trotzdem entdeckt. Hatte getobt. Geschrien.

Sie wusste, dass es keinen Sinn hatte, sich gegen die Frau zu wehren, und so hatte sie nur stumm dagestanden und dem Kätzchen hinterhergesehen, als Papa es nach draußen brachte, an die Gartenmauer.

Sie wollte so gerne weinen.

Ihre Kiefer schmerzten. Ihre Kehle brannte. Sie zitterte. Sie hatte das Gefühl, dass ihre Seele schrumpfen und ein Loch in ihrer Brust hinterlassen würde. Sie streifte ihre Strickjacke ab, bettete das Kätzchen hinein und trug es behutsam in eine andere Ecke des Gartens, da, wo die Erde weich und warm war. Sie kniete nieder und begann, mit den Händen ein Loch in die Erde zu graben. Dicke Klumpen braunen Lehms hingen an ihren Fingernägeln, zogen Schlieren über ihr helles Kleid und färbten es dunkel. Als ihr das Loch tief genug erschien, senkte sie das tote Kätzchen hinein, bedeckte es mit dem Stoff ihrer Jacke und schob die feuchte Erde darüber.

Sie stand auf, ging zu dem Rosenbeet hinüber und knickte eine große Blüte ab. Dornen bohrten sich tief in ihre Haut, der Schmerz trieb ihr die Tränen in die Augen, und endlich weinte sie.

**

Meine Stimmung befand sich auf dem definitiven Nullpunkt. Warum hatte Olaf die Klage Prutschiks gegen ihn mit keinem Wort erwähnt? Vertraute er mir nicht? Wenn er unschuldig war, warum bat er mich dann nicht, es für ihn zu beweisen? Um seinen Freund Steffen von dem Verdacht zu befreien, hatte er alle Hebel in Bewegung gesetzt.

Er glaubte fest an Steffens Unschuld. Weil er wusste, wer der Schuldige war?

Weil er wusste, was in der Nacht zu Montag passiert war, nachdem Steffen und ich das Fest verlassen hatten? War mein Bruder Prutschik gefolgt und hatte ihn umgebracht? Oder war er ihm nur zufällig begegnet und hatte die Gelegenheit beim Schopf gepackt, sich des lästigen Klägers zu entledigen?

Ich versuchte mich zu erinnern. Prutschik hatte den Festsaal verlassen, wir drei redeten noch für eine Weile. Dann verschwanden Steffen und ich. Olaf blieb. Nach seiner Schilderung des Abends hatte er dann Michelle kennengelernt. Ich seufzte. Sie würde sagen können, wie lange Olaf auf dem Fest geblieben war. Ein kleiner Hoffnungsschimmer erhellte meine Stimmung. Vielleicht war es doch nicht so schlimm, wie ich befürchtete.

Die Schranke des Krankenhausparkhauses öffnete sich lautlos und ließ mich und den Käfer hinein. Zu meinem Erstaunen fand ich nah am Ausgang einen freien Platz, direkt neben der Auffahrrampe. Der Motor verstummte. Ich saß wie festgeklebt auf dem Sitz und starrte mir selbst im Rückspiegel entgegen. Ich hätte schwören können, dass mindestens drei

Falten mehr um meine Augen turnten als noch vor ein paar Tagen.

»Dass ist derr Wuahrheit, Baby«, knödelte ich und klappte mit Schwung den Spiegel weg. »Derr Wuahrheit« konnte auch mal warten. Sie würde auch morgen noch da sein. Und übermorgen. Leider.

»Tolain.« Thomas kramte einen dicken roten Wälzer hervor, dessen hellgelbe dünne Blätter bei jeder Berührung knisterten. Aber auch der Wälzer hatte keine neueren Erkenntnisse zu bieten als die, die ich schon von der Apothekerin mitgeteilt bekommen hatte. »Hier: Anwendungsgebiet – Schizophrenie, reduziert Wahnvorstellungen …« Er murmelte unverständliche Dinge vor sich hin, während er mit dem Finger an den Zeilen entlangglitt. »Hochpotentes atypisches Neuroleptikum, geringere Nebenwirkungen.« Er nickte, dann sah er mich an. Ich stand vor der Behandlungsliege, die er zum Schreibtisch umfunktioniert hatte, und versuchte, seinen Aussagen zu folgen.

»Und du bist sicher, dass dieses Medikament deinem Bruder gehört?«

»Warum sollte es sonst in seinem Apothekenschrank liegen?«

Thomas kratzte sich an der Nasenwurzel. »Hast du Veränderungen an seinem Verhalten bemerkt?«

»Er reagiert sehr unbeherrscht und ist vor allem mir gegenüber oft aggressiv.«

»Hattest du das Gefühl, dass er unter Depressionen leidet? Auch bevor das alles passierte?«

»Nach der Sache mit Jan wollte ich nichts mehr sehen und nichts mehr hören. Ehrlich gesagt, habe ich nicht auf Olaf geachtet.« Meine Finger glitten über das Kunstleder der Behandlungsliege. Mein Blick folgte den Rillen, die die Nägel in der Oberfläche hinterließen. Nach einer Weile plusterte sich der Schaumstoff unter dem Leder wieder auf, und die Spuren verschwanden. »Ich war zu sehr mit mir selbst beschäftigt, um auf ihn zu achten.«

»Was ist passiert?«

Ich hob den Kopf und sah ihn an. »Ich habe mich in einen Mörder verliebt. Meine Erfahrungen, mein Können und meine Instinkte haben auf der ganzen Linie versagt. Erst als er mit zertrümmerten Gliedern auf der Domplatte lag, erkannte ich den Wahnsinn hinter seinem Genie.« Tränen schossen in meine Augen. Die Wunde schmerzte immer noch. Aber anders jetzt. Sie brannte nicht mehr. Sie pochte nur leise.

»Ich bin nicht sicher, ob ich jemals wieder als Kommissarin bei der Kriminalwache arbeiten werde. Vielleicht wechsele ich einfach die Nummer hinter dem KK oder mache etwas ganz anderes.«

Thomas nickte. »So etwas braucht Zeit. Nimm sie dir.« Er klappte den roten Wälzer zu und schob ihn wieder ins Regal zurück. »Ich habe auch oft gezweifelt an dem, was ich hier tue.« Er lachte bitter auf. »Aber dann geht es doch weiter. Irgendwie.«

Wir schwiegen. Durch die angelehnte Tür des Behandlungsraums drang der Alltag des Krankenhausbetriebs. Absätze klapperten, Geschirrwagen wurden den Flur entlanggeschoben und hinterließen eine Duftspur nach Blumenkohl und Früchtetee.

»Olaf hätte ein Motiv, Prutschik umzubringen«, durchbrach ich schließlich die Stille.

»Traust du ihm einen Mord zu?«

»Ich weiß es nicht, Thomas. Er ist mein Bruder. Ich kenne ihn. Aber kenne ich ihn gut genug?«

»Was sagt dir dein Gefühl?«

»Mein Gefühl sagt mir, mich bloß nicht darauf zu verlassen, sondern die reinen Fakten zu sehen, zu sammeln und zu analysieren.«

»Sprich mit ihm, Ina!«

»Soll ich zu ihm gehen, ihm die Hand geben und sagen: ›Hey Brüderlein, warum hast du mir nicht gesagt, dass du Prutschik aus dem Weg geräumt hast?‹, und er wird sagen: ›Ach Schwesterlein, entschuldige bitte, aber ich bin noch nicht dazu gekommen‹?«

»So ähnlich.«

Ich setzte mich auf die Liege, ließ die Hände in meinen Schoß sinken und schüttelte den Kopf.

»Wenn er nicht mein Bruder wäre, sondern ein ganz normaler Verdächtiger, würde ich ihn nicht so direkt damit konfrontieren.«

»Sondern?«

»Ich würde nach Anzeichen suchen, die meine Theorie bestätigen oder verwerfen.«

»Dann mach es so.«

»Aber er ist mein Bruder.«

»Vertrau einfach auf deine Erfahrungen, dein Können und deine Instinkte.« Thomas grinste. »Aber bevor du das tust, lass mich bitte einen Blick auf deine Wunden werfen. Es wäre zu schrecklich, wenn sie hässliche Narben auf deinen hübschen Beinen hinterlassen und mich damit wieder in tiefe ärztliche Zweifel stürzen würden.«

Die Gegensprechanlage an der Schleuse zur Intensivstation brummte und knackte, bevor ich die Stimme der Krankenschwester hörte, die mich ins Wartezimmer schickte und mich bat, einen Moment zu warten.

Durch das kleine Fenster schien die Sonne und heizte den Raum auf. Ich fühlte mich wie in einer Sauna. Ein Schluck von dem bereitstehenden Sprudel schmeckte schal, obwohl ich die Flasche frisch geöffnet hatte. Vielleicht kam es mir auch nur so vor.

Eine Schwester öffnete die Tür, stellte sich als »Schwester Maria« vor und bat mich, ihr zu folgen.

»Ihrem Vater geht es deutlich besser. Er hat bereits Besuch. Ihr Bruder und seine Freundin sind bei ihm«, sagte sie zu mir. »Es dürfen maximal zwei Besucher bei einem Patienten sein. Sie sollten sich mit Ihrem Bruder absprechen.«

»Ich werde mit ihm reden. Wir werden das klären«, erwiderte ich, während ich ihr entlang der Wandschränke durch den winkeligen Flur folgte und schließlich vor Hermanns Bett stand.

Die alte Dame aus dem Nebenbett war verschwunden. Der Platz war leer. Nur die Apparate schwebten zum nächsten Einsatz bereit an Haken und Schwenkarmen.

Michelle wandte den Kopf und lächelte mir zu, als ich näher trat. Olaf rührte sich nicht. Es saß neben dem Bett auf einem Stuhl, hielt Hermanns Hand und streichelte sie. Für mich erübrigte er nicht einen Blick.

»Hallo, Olaf«, versuchte ich es und nickte Michelle freundlich zu.

»Hallo.« Immer noch starrte er unverwandt auf unseren Vater, dessen geschlossene Lider und regelmäßigen Atemzüge einen tiefen Schlaf vermuten ließen.

»Ich muss mit dir reden, Olaf.«

Schweigen.

»Ich möchte dich gerne einige Dinge fragen.«

Er schluckte.

»Persönliche Dinge.«

Endlich wandte er den Kopf und sah mich an. Sein Blick war voller Hass.

»Dann frag die Dinge, die du fragen musst.«

Ich blickte auf Michelle und zog eine Augenbraue hoch.

»Michelle kann bleiben. Vor ihr habe ich keine Geheimnisse.«

»Aber vor mir schon«, platzte es aus mir heraus. Er hatte es wieder geschafft. Ich konnte mich nicht beherrschen.

»Und?«

»Du hast einen Leserbrief geschrieben.«

»Ist das verboten?«

»Natürlich nicht.« Ich ging um Hermanns Bett herum, sodass ich Olaf genau gegenüberstand und sein Gesicht sehen konnte. »Aber Prutschik hat es nicht gefallen, und er hat dich verklagt.«

»Das ist ein freies Land. Wenn er meint, er müsse das tun …«

»Olaf, wenn er meinte, er müsse das tun, und damit Erfolg gehabt hätte, wärest du deinen Job los gewesen.«

»Du deutest jetzt nicht das an, was ich glaube, oder?« Olaf

stand auf und baute sich drohend vor mir auf. Michelle, die die ganze Zeit still in einer Ecke gestanden und unserem Gespräch gefolgt war, erhob sich ebenfalls. Sie legte Olaf die Hand auf den Arm. Ihre feingliedrigen Finger zuckten leicht, als sie sich zum ihm beugte und ihm einen Kuss auf die Wange hauchte.

»Ich lasse euch allein, Schatz.« Ihr Blick fixierte mich. »Es ist besser, ihr klärt das. Man sollte nicht im Streit auseinandergehen.« Wieder dieses Blitzen in ihren Augen. Machte sie mich für das Gelingen des Gesprächs verantwortlich?

Ich biss mir auf die Unterlippe, um eine Bemerkung zu unterdrücken, die mit Sicherheit nicht zur Entspannung der Lage beigetragen hätte.

Michelle sah noch einmal zwischen Olaf und mir hin und her, fischte ihre Handtasche von der Fensterbank und ließ uns allein.

»Olaf …«, setzte ich an.

»Was?«, brüllte er los.

Ich schluckte, rang um Fassung und versuchte sachlich zu bleiben. »Wir müssen das klären.«

»Pass mal gut auf, Ina. Ich bin jahrelang gut ohne dich ausgekommen. Deine Hilfe brauche ich nicht. Ist das klar?« Seine Stimme dröhnte durch den Raum.

Ich merkte, wie mir die Tränen in die Augen schossen. Vor Wut. Vor Enttäuschung. Vor Schmerz und vor Angst.

»Jetzt kommt wieder *die* Nummer.« Er verdrehte die Augen, wandte sich ab und starrte aus dem Fenster. Es knallte, als er seine Hände auf das Fensterbrett schlug und herumfuhr.

»Prutschik war ein …«, begann er in einer Lautstärke, die durch die ganze Station hallte.

»Herr Stein!« Schwester Maria stand auf der Schwelle zu Hermanns Zimmer. »Geht das auch leiser? Wir sind hier auf einer Intensivstation, nicht auf der Kirmes.« Die Autorität ihrer gestärkten Kittelschürze erfüllte den Raum und brachte Olaf zum Schweigen. Er klappte den Mund zu und ballte die Hände zu Fäusten, bis das Weiße an den Knöcheln zutage trat.

Schwester Marias Nasenflügel bebten. Wie Kampfhirsche standen sich die beiden gegenüber. Keiner bereit, nur einen Schritt zu weichen und dem anderen Territorium zu überlassen.

»Maria ist böse!« Die brüchige, leise Stimme kam aus dem Bett. Hermann.

»Maria ist böse!«, wiederholte er mit großen Augen und blinzelte im Licht der Deckenleuchte.

»Nein, Herr Stein, ich bin nicht böse. Seien Sie nicht beunruhigt.« Schwester Maria ging zu ihm, kontrollierte einige Anzeigen über seinem Kopf und strich dann über seine Finger. »Nein, Herr Stein, ich bin nicht böse.«

Sie bedachte uns mit einem Gesichtsausdruck, der so viel bedeutete wie »Seht, was ihr angerichtet habt«.

»Maria ist böse!« Tränen liefen über Hermanns Wangen. Dann wurde sein Blick wieder trübe.

»Pap!« Ich ging zu ihm, legte meine Finger an seine Wange und versuchte, sein Gesicht zu mir hinzudrehen. »Pap!«

Er stöhnte und schloss die Augen.

»Lass ihn in Ruhe, Ina.«

»Aber er spricht wieder!«

»Du hast schon genug angerichtet.«

»Wie kannst du …!«

»Besser, Sie gehen jetzt. Das war genug Aufregung für Ihren Vater«, unterbrach mich die Schwester.

Ich wusste nicht, wen von uns beiden sie meinte. Trotzdem packte ich meine Tasche und verließ wortlos den Raum. Die Gräben zwischen Olaf und mir wurden immer tiefer, und ich hatte keinen Schimmer, wie ich sie zuschütten sollte. Meine Schritte hallten von den Wänden wider. Ich fühlte mich allein. Und schuldig.

Vor dem Eingang lungerten die immer gleichen grauen Gesichter, versteckt hinter dem Qualm ihrer Zigaretten, und erzählten sich ihre Leidensgeschichten. Von Krankheit und Tod. Von Schmerzen und Hoffnungen. Ihren eigenen und denen der Menschen, die sie kannten und liebten. Ich suchte mir einen freien Platz auf den Bänken, setzte mich zu ihnen und atmete die Wortfetzen ein wie kleine Tropfen Trost.

»Wat äss, Mädscher? Jeiht et nimmie?« Eine Frau mit Bademantel, Rollator und Infusionsständer hockte auf der äußersten Kante der Bank und wippte mit ihren blauen Plüschpantoffeln. Ihre vergoldete Zigarettenspitze glänzte, und dunkelrot lackierte Nägel klebten an den Fingerspitzen der mit Falten und Altersflecken übersäten Hand.

Strahlend blaue Augen forschten in meinem Gesicht, und ich hatte das Gefühl, als ob sie alles darin lesen könnte, was mich bedrückte.

»Doch, danke. Es geht schon.«

Ihre Mundwinkel zuckten. Dann hob sie die Zigarettenspitze, sog daran und blies mit pumpenden Lippen Rauchkringel in die Luft. Unter dem Pergament ihrer Haut versteckte sich die Schönheit vergangener Jahre. Stärke und Mut. Klugheit. Sie nickte.

»Et jeiht at immer esu.«

»Ja. Das tut es.«

Ich lächelte sie an. Sie hatte recht. Es ging immer. Irgendwie.

FÜNFZEHN

Der Traktor vor meinem Auto quälte sich und mich durch die Anliegerstraßen von Roggendorf. An der Ampel der Johann-Baptist-Straße bog er nach links ab und beraubte mich damit aller Hoffnung, in den nächsten fünfzehn Minuten in Gemünd zu sein. Erst kurz hinter der Einfahrt zur Mülldeponie schlug er die Richtung nach Hergarten ein.

Die Wagen der Kolonne, die sich gebildet hatte, zogen einer nach dem anderen an mir vorbei. Die vierzig PS meines neunundsechziger Käfers konnten es mit ihnen nicht aufnehmen. Zumal es jetzt steil die Wallenthaler Höhe hinaufging. Der Motor zwitscherte in seinem Versteck hinter der Rückbank, und der Wagen beschleunigte langsam, aber stetig. Ich überholte vorsichtig einen Lkw mit fremdem Kennzeichen, der sich auf der rechten Spur eingeordnet hatte. Zu oft hatte ich es schon erlebt, dass die Fahrer erst in der letzten Sekunde die Abbiegespur nach Kall erkannten und versuchten, ihren Fehler zu korrigieren. Ein Schlag im Lenkrad riss mich aus den Gedanken. Der Lkw setzte zum Spurwechsel an. Ich hupte, aber er reagierte nicht. Toter Winkel? Ich gab Gas, und mit einem Aufheulen des malträtierten Motors quetschte ich mich knapp vor ihm an der Verkehrsinsel vorbei in die Spur. Ein Ruck in meinem Lenkrad. Hatte er mich doch noch erwischt. Der Blick in den Rückspiegel überzeugte mich vom Gegenteil. Mindestens zehn Meter Abstand zwischen uns. Trotzdem blendete der Fahrer des Lkws auf.

»Hey, du Blindfisch – nicht ich habe dich abgedrängt!«, schnauzte ich ihn ungehört an und trieb den Käfer die abschüssige Straße hinunter. Hier schaffte er es manchmal auf hundertdreißig Stundenkilometer. Ich musste grinsen. Die kleinen Freuden einer Oldtimerfahrerin. Selten, aber dafür umso mehr genossen.

Die Lichter des Lkws flackerten wie Stroboskope in einer Diskothek. Meine Blicke verfingen sich immer wieder im Rückspiegel. Was wollte er? Stimmte etwas nicht mit dem Käfer? Ich bremste ab.

Noch zweihundert Meter bis zu der Kurve, an deren Rand einige Holzkreuze daran gemahnten, die rot-weißen Pfeile an der Leitplanke ernst zu nehmen. Das Lenkrad zitterte. Täuschte ich mich, oder schwamm der Wagen auf der Fahrbahn? Hundert Meter. Jetzt hörte ich es.

Ein regelmäßiges Klacken, als ob sich ein dicker Stein in meinen Reifen verfangen hätte. Ich bremste wieder. Fünfzig Meter. Das Holzschild mit dem Symbol des Nationalparks rauschte rechts an mir vorbei.

Der Wagen sprang vorne links in die Höhe, es knallte, dann knickte er ein, wie ein angeschossenes Tier. Ich schrie. Keine Kontrolle mehr. Die scharfe Kurve näherte sich in Zeitlupe. Meine Finger umkrallten das Lenkrad. Wild pumpte ich abwechselnd auf Gaspedal und Bremse. Wollte den Wagen in der Spur halten. Zwanzig. Zehn. Keine Chance.

Wie ein Schlitten schoss der Käfer auf die gegenüberliegende Leitplanke zu. Schreie tobten durch meinen Kopf. Wieder ein ohrenbetäubender Knall. Die gesamte untere linke Seite des Wagens schlidderte über den Asphalt, schrammte, einen Funkenregen hinterlassend, an der Leitplanke der Gegenfahrbahn entlang. Ich war wie in einen Nebel gehüllt und trotzdem in der Lage, jeden meiner Gedanken klar und gestochen scharf zu analysieren.

Dann sah ich den Bus auf mich zukommen und riss die Augen auf. Das grünbeige Logo des Gemünder Busunternehmers brannte sich in mein Gehirn. Ich sah die entsetzten Blicke des Fahrers. Ich kannte ihn. Als Kinder hatten wir zusammen gespielt. Er tat mir leid. Was würde bleiben? Ein weiteres Holzkreuz an dieser Stelle?

Sekunden. Augenblicke. Bremsen quietschen. Atemstille. *Nein!*

Mit aller Kraft riss ich das Lenkrad nach rechts, drückte auf das Gaspedal und brüllte. Adrenalin tobte durch meine Adern. Mein Herz spürte ich nicht mehr. Kalter Schweiß auf der Haut. Ich hatte nur diese eine Chance. Aus den Augenwinkeln sah ich, wie der Bus schwankend und stockend die Abzweigung nach Kall hinunterpreschte. Der Käfer schleuderte herum, schoss nach vorne quer über die Straße und bohrte sich mit der Front in die Böschung einer kleinen Parkbucht. Es wurde dunkel.

»Ina?« Jemand schüttelte mich behutsam. »Ina?«

Ich öffnete die Augen. Die Dunkelheit verschwand, und ich sah durch mein zerbrochenes Seitenfenster in zwei besorgte Gesichter.

»Ina?« Der Busfahrer. Er hatte mich erkannt.

»Hallo, Frank«, murmelte ich benommen und bewegte nacheinander meine Hände, Arme, Füße, Beine. Komplettcheck.

»Bist du verletzt?«

»Nein.« Ich schüttelte den Kopf. Auch das ging. Nichts schmerzte.

»Ich hab versucht, Sie zu warnen, aber Sie ham mich nich jesehen!« Der Mann trug eine Baseballkappe mit FC-Köln-Logo, ein weißes Hemd und darunter weite Shorts. Der Lkw-Fahrer vermutlich. »Ihr Vorderrad hat jeeiert wie eine alte Sackkarre. Hamse dat nich jemerkt?«

»Doch, aber so wie es aussieht, zu spät!«

Frank ging um die Reste dessen herum, was einmal mein Käfer gewesen war, und öffnete die Beifahrertür. »Kannst du rausklettern?«

Statt einer Antwort löste ich den Sicherheitsgurt, schwang meine Beine in den Fußraum des Nebensitzes und rutschte hinüber. Frank half mir auf und stützte mich unter den Armen, als er mich zu dem Stapel Baumstämme führte, der am äußersten Rand der Böschung lag.

»Setz dich. Ich rufe Polizei und Notdienst.«

Ich wollte protestieren, aber er ließ keinen Widerspruch zu.

Als er sich abwandte und in sein Handy sprach, stand ich auf und ging zum Wagen zurück. Die linke Seite war vollkommen zerstört. Die Reifen wie Luftpolster eines Autoskooters quer unter der Karosserie eingeklemmt, nur Löcher dort, wo Chromleisten und Türgriffe einmal befestigt waren. Das Trittbrett hatte sich aus seiner vorderen Verankerung gerissen und lag ebenfalls halb auf dem Boden.

Ich angelte meine Handtasche aus dem Wageninneren, suchte das Telefon und drückte die Kurzwahl von Steffens Handynummer.

Er meldete sich, und ich erklärte ihm in kurzen Worten, was passiert war.

Seine Reaktion war kurz und knapp: »Ich bin schon da.«

»Sie sind auf dem Weg.« Frank stand neben dem Wagen und begutachtete das zerbeulte Blech. »Du hast einen Schutzengel gehabt, da eben.«

Ich nickte und spürte, wie ich zitterte.

»Richtig Schwein gehabt.«

»Du auch.« Meine Stimme fühlte sich rau an. »Wie geht es dem Bus?«

»Der steht unten an der Haltestelle. Dem ist nichts passiert.« Frank beäugte mich misstrauisch.

»Du bist sicher, dass du in Ordnung bist?«

Ich nickte wieder schmerzfrei. »Ganz sicher.«

Das Jaulen der Sirenen wurde lauter, kam näher und verstummte. Polizei und Notarzt kündigten ihr Kommen an.

Diesen Arzt kannte ich nicht. Er untersuchte mich, lauschte an meiner Lunge, testete meine Pupillen, drehte und wendete meine Arme und Beine. Seiner eindringlichen Bitte, mich im Krankenhaus untersuchen zu lassen, entzog ich mich höflich, aber sehr bestimmt. Auch das Schleudertrauma, mit dem er mir für den morgigen Tag drohte, konnte mich nicht abschrecken. Es wäre nicht das erste seiner Art, das ich mit heißem Badewasser und Rheumapflastern in den Griff bekommen würde. Das Letzte, was ich jetzt brauchen könnte, war ein weiterer Aufenthalt im Krankenhaus.

Ein Abschleppwagen traf gleichzeitig mit Steffen an der Unfallstelle ein.

»Ich habe ihn angerufen«, sagte Frank. »Der Wagen sieht nicht so aus, als ob er den Weg bis nach Gemünd alleine schaffen könnte.«

»Danke«, erwiderte ich und ging langsam zu Steffen. Der sprach mit dem Mechaniker und drückte ihm eine Visitenkarte in die Hand. Der zierliche Mann im blauen Kittel nickte und widmete sich mit besorgter Kennermiene meinem Käfer.

»Du solltest doch auf dich aufpassen, Kommissarin!« Steffen räusperte sich, streckte seine Hand aus und strich mir eine Strähne aus der Stirn.

»Du hast dich ja nicht verlaufen, wie es aussieht. Eins von zwei. Ist doch kein schlechter Durchschnitt!«, versuchte ich zu grinsen.

Steffen schwieg und sah mich an. »Was ist passiert, Ina?«

»Ich weiß es nicht.« Meine Augen füllten sich mit Tränen, und ich merkte, wie meine Knie nachgaben. »Der Käfer ist Schrott«, jammerte ich und begann zu weinen. Steffen ließ mich. Er blieb ein kleines Stück von mir entfernt still stehen. Weit genug, um mich nicht einzuengen. Nah genug, um mich seine Nähe spüren zu lassen.

Irgendwann standen nur noch wir beide in der Parkbucht.

»Möchtest du nach Hause?«, fragte er leise.

»Ja.«

»Nein«, sagte ich auf Höhe der Brabanter Straße, »ich will doch nicht nach Hause. Lass uns noch einmal bei Monika Berkel und ihrem Sohnemann vorbeischauen.« Ich spürte den Blick, den Steffen mir zuwarf, sah aber starr geradeaus.

Steffen riss den Lenker herum und bog in die Zufahrtsstraße der ehemaligen Belgischen Siedlung ein.

»Wie du meinst, Ina.« Vor der bunten Skulptur hielt er an. »Soll ich mitkommen?«

»Sehr wahrscheinlich sind sie sowieso nicht da«, erwiderte ich und stieg aus dem Wagen. Im selben Moment öffnete sich die Haustür, und Monika Berkel trat vor die Tür. Als sie mich sah, zuckte sie leicht zusammen. Dann fiel ihre straffe Körperhaltung in sich zusammen.

»Frau Weinz?« Sie blickte mich mit einer Mischung aus Hoffnung und Mutlosigkeit an.

»Ja, die bin ich.« Ich wies auf Steffen. »Dürfen wir reinkommen?«

Sie nickte, hielt uns die Tür auf und bat uns ins Haus.

»Ich rufe Jonas«, sagte sie und wandte sich zur Treppe. »Gehen Sie doch schon einmal ins Wohnzimmer.« Sie sah mich an. »Sie wissen ja, wo es ist.«

Ich nickte. Anscheinend hatte ihr Jonas von meinem Besuch berichtet. Trotzdem standen wir unschlüssig in der Mitte des Raumes, bis sich Monika Berkel und ihr Sohn zu uns gesellten.

»Setzen Sie sich doch«, bat sie uns, aber ich schüttelte den Kopf. Ob es das immer noch in meinen Adern tobende Adrenalin war oder meine Enttäuschung darüber, nicht früh genug gemerkt zu haben, dass die beiden uns ein Spiel vorgespielt hatten, dessen Regeln wir nur langsam verstanden, was mich dazu trieb, mit der Tür ins Haus zu fallen, wusste ich nicht. Aber es zeigte Wirkung.

»Warum haben Sie uns belogen, Herr Prutschik? Sie hatten weder einen Auftritt, noch waren Sie überhaupt in Köln!« Ich fixierte ihn mit Blicken. »Wer hätte gedacht, dass Ordnung und Sauberkeit in einer Wohngemeinschaft mal so negative Auswirkungen haben könnten, was?«

Jonas Prutschik verzog das Gesicht. Seine linke Augenbraue fuhr in die Höhe, und plötzlich schien es, als ob Peter Prutschik persönlich vor uns stehen würde. Arroganz, Hochmut und eine ungeheure Selbstsicherheit strahlten von dem jungen Mann aus.

»Mein Mitbewohner wird bezeugen, dass ich in der Wohnung war, an diesem Montagabend.«

Ich lachte kurz auf. »Bei der Polizei hat er das wohl auch gemäß Ihrer Anweisung getan. Uns gegenüber nicht. Da hat er es vorgezogen, nichts zu sagen.« Ich ging einen Schritt auf ihn zu. »Brauchte er ja auch nicht – wir hatten ja das!« Ich zog den zusammengefalteten Putzplan aus meiner Handtasche. »Ja, ja. Ohne sorgfältige Planung läuft heute gar nichts mehr im Studium, gelle?« Das Lächeln zuckte auf meinen Lippen.

»Das sagt nichts«, setzte er an, doch seine Mutter trat neben ihn und legte ihm eine Hand auf den Arm.

»Lass mal, Jonas. Das bringt doch nichts. Das macht die Sache doch nur noch schlimmer. Wollen wir ihr nicht einfach reinen Wein einschenken?«

»Damit sie nichts Besseres zu tun hat, als zu dem dämlichen Kommissar zu rennen und ihn uns festnehmen zu lassen, weil wir ihm ein Motiv auf dem Silbertablett servieren?«

»Irgendwann kommt es ja doch raus.«

»Wir haben nichts Unrechtes getan, Mama.«

»Nein, das haben wir nicht.« Monika Berkel senkte den Kopf. »Auch wenn dein Vater es geschafft hat, uns wieder und wieder das Gefühl zu geben, wir hätten.«

Ich lauschte fasziniert dem Dialog, der sich zwischen den beiden entspann, und wartete darauf, dass sie sich wieder mir zuwenden und mit mir sprechen würden. Meine Erfahrung sagte, dass dies der Augenblick für ein Geständnis war.

Und so war es auch. Aber anders, als ich dachte.

»Wir haben Peter Prutschik nicht umgebracht«, sagte Jonas mit fester Stimme. »Weder ich noch meine Mutter.«

Mir fiel auf, dass er von seinem Vater als Peter Prutschik sprach, von Monika Berkel aber als seiner Mutter. Die kleinen, aber feinen Unterschiede im Beziehungsgeflecht einer Familie, die oft mehr besagten als eine ganze Reihe Fakten.

Er ging zum Büfettschrank, wählte vier zierliche Teetassen und stellte sie vor uns auf den Wohnzimmertisch. Das Milchkännchen und die Zuckerdose auf einem glänzenden Silbertablett komplettierten das Arrangement. Feinste Sammlerstücke, jedes ein anderes Rosenmuster.

Ich konnte seinen Atem hören. Er rang mit sich.

Ich wartete.

Steffen hatte sich nicht von der Stelle neben der großen Windsoruhr gerührt, wo er seit unserem Eintreffen gestanden hatte. Nur seine Augen folgten gespannt den Bewegungen des jungen Mannes. Plötzlich hatte ich ein Bild von Steffen vor mir, wie er auf der Jagd liegt. Geduldig. Still. Exakt abwägend. Sich der Konsequenzen seines Tuns bewusst. Leben oder Tod.

»Wir hätten allen Grund dazu gehabt, glauben Sie mir.« Jonas lachte auf mit einer Stimme, die zu einem alten, verbitterten Mann gehörte. »Aber wir haben es nicht getan.«

»Was haben Sie denn getan, was den Aufwand des Versteckens und Belügens wert war?«, fragte Steffen beinahe beiläufig.

»Wir wollten uns an ihm rächen.« In Monika Berkels Stimme erkannte ich blanken Hass. Mit einer Kraft, wie sie Frauen aus jahrelang ertragenen Demütigungen ziehen können, wenn sie endlich erkennen, dass nicht sie die Schwachen sind, sondern derjenige, der sie abwertet und unterdrückt. Aber genau diese Kraft war es auch, die den nackten Hass zügelte, ihn kanalisierte und zu einem machtvollen Werkzeug werden ließ, nicht zu einer Waffe.

»Ihn da aushebeln, wo es am meisten schmerzt.« Sie sah mich an.

Ich verstand und nickte. »Ansehen und Geld.«

Sie lächelte ein kleines Lächeln, sah uns alle nacheinander an und ging dann in die Küche.

»Tee?«, fragte sie, als sie nach einigen Sekunden wiederkam. So als ob nichts wäre. Als ob dieses Gespräch ebenso gut über das Wetter oder Börsenkurse geführt werden könnte.

»Ihr Vater hatte Ihnen das Haus schon vor längerer Zeit überschrieben. Verstanden Sie sich damals noch gut mit ihm?«

Jonas Prutschik schüttelte den Kopf. »Sie haben es immer noch nicht verstanden, Frau Weinz. Nie ging es ihm um den Nutzen anderer, immer nur um den Nutzen, den andere für ihn haben könnten. Mit der Überschreibung konnte er

Steuern sparen, sich arm rechnen, was weiß ich. Darin war er groß!«

Er ging zu seiner Mutter, die mittlerweile auf einem der Sessel Platz genommen hatte, und hockte sich auf die Lehne. »Fragen Sie mal meine Mutter, wie arm er war, als es daranging, Unterhalt für sie zu bezahlen! Seine Seminare, die er außerhalb der Akademie gegeben hat, hat er über befreundete Kollegen abgerechnet, nur damit er meiner Mutter nichts zahlen musste. Er hat seine Vollzeitstelle aufgegeben und nur noch halbe Stundenzahl gearbeitet, damit seine Versorgungsbezüge sanken. Nicht einen Cent hat er für mich und meine Mutter bezahlt, solange ich noch bei ihr war. Und als ich schließlich zu ihm gezogen bin, hat er sie auch noch auf Unterhaltszahlungen verklagt, die sie sich von ihrem kleinen Gehalt abzweigen musste.«

»Und er hat mir den Umgang mit dir immer mehr eingeschränkt«, murmelte Monika Berkel leise. »Das war für mich viel schlimmer als die Sache mit dem Geld.«

»Es tut mit leid, Mama.« Jonas Prutschik umarmte seine Mutter und zog sie zu sich heran. »Er hat es lange geschafft, mich zu blenden, aber nicht lange genug, um mich dir endgültig wegzunehmen.«

»Was hatten Sie vor?«, fragte ich die beiden.

»Wir wollten ihm das Haus unterm Hintern wegverkaufen, wie man so schön sagt. Am besten an jemanden, den er selbst nie als Käufer in Erwägung gezogen hätte. Und für einen Spottpreis, sodass, selbst wenn er uns auf Zahlung des Kaufpreises hätte verklagen wollen, und das hätte er mit Sicherheit, wir ihm nur eine lächerliche Summe auszahlen müssten.«

»Geld und Ansehen und Macht.«

»Ja, die auch. Wir wollten ihm beweisen, dass er keine Macht mehr über uns besaß, mit seinen Klagen und Prozessen und Schikanen.«

»Wo waren Sie denn an dem Abend des Mordes, Herr Prutschik?«

»Wir waren in Holland bei einem Verwandten meines Mannes«, antwortete Monika an der Stelle ihres Sohnes. »Eine entfernte Cousine interessierte sich für das Haus. Sie ist erst seit Kurzem mit ihrem Mann, einem Indonesier, wieder in Europa. Er ist Ingenieur und hat eine Stelle in Euskirchen angetreten. Schon seit Längerem fahre ich mit ihnen regelmäßig zu Hausbesichtigungen hier in der Gegend.«

»Immer dann, wenn Ihr Mann seine Mutter in Holland besucht?«

»Meine Schwiegermutter freut sich darüber, wie sehr ich mich für die Familie engagiere.«

»Eine Verwandte Ihres jetzigen Mannes und ein hoch qualifizierter Nichteuropäer. In der Tat eine schmerzhafte Mischung für Peter Prutschik«, warf Steffen ein und griemelte in stillem Vergnügen.

Erstaunt sah ich ihn an. Er bemerkte meinen fragenden Blick und nickte. »Peter Prutschik war an der FH für seine, wie soll ich sagen, selektive Wahrnehmung von Leistungsdifferenzen bei Studenten unterschiedlicher Hautfarbe bekannt.«

»Du meinst, auf seinem braunen Auge war er alles andere als blind?«

»So kann man es ausdrücken, ja.«

Ich setzte mich, schob den Tropfenfänger der Teekanne nach unten und schenkte mir eine Tasse ein. Ich musste nachdenken. Noch nie in meiner ganzen Laufbahn als Kommissarin des KK 11 hatte ich ein Mordopfer gefunden, das weniger bemitleidenswert war als Peter Prutschik. Ein Unsympath auf der ganzen Linie. Und trotzdem. Jemand hatte ihn ermordet oder, wie es so schön heißt, gewaltsam vom Leben zum Tode befördert.

Und diesen Jemand zu finden war meine Aufgabe. Nein, halt. Nicht meine, sondern die Aufgabe der Polizei. Ich war nur Gast in diesem Spiel.

»Kann Ihre Cousine Ihre Aussagen bestätigen, Frau Berkel?«

»Ja, natürlich, kann sie das.«

»Gehen Sie zu Sauerbier und klären Sie die Sache mit ihm. Es hat doch keinen Sinn, Versteck zu spielen, wenn Sie beide nichts mit dem Mord zu tun haben.« Ich lehnte mich in die weichen Kissen des Sofas zurück und betrachtete Mutter und Sohn auf ihrem Sessel. Ein Bild großer Vertrautheit und ehrlicher Verbundenheit. Wie sie sagten, war das dank Peter Prutschik nicht immer so gewesen. Aber jetzt war es so. Und das zählte. Sonst nichts.

»Was wird er dann tun?« Jonas stand auf, ging zum Fenster und wandte sich an mich.

»Er wird sich weiter auf die Suche nach dem Mörder machen.«

Jonas sah Steffen an. »Sie hatte er auch im Visier, richtig?« Steffen nickte.

»Dann wünsche ich Ihnen viel Glück, Herr Ettelscheid.«

Ich atmete den Duft des Tees ein und schloss für einen Moment die Augen. Wer kam noch als Mörder in Frage, nachdem Jonas und seine Mutter aus dem Rennen waren?

Olaf. Ich weigerte mich, in dieser Richtung weiterzudenken, wusste aber, dass ich mich dem nicht verschließen durfte. Aber hatte er auch Frau Rostler umgebracht? Welchen Grund sollte er dafür haben? Gab es überhaupt einen Zusammenhang zwischen dem Mord an Peter Prutschik und dem Mord an der Nachbarin meines Vaters? Wenn ja, welchen? Und wo war das Verbindungsglied?

Durch meinen Hinterkopf schwirrte leise der Name Maria. Maria Henk. Geliebte Prutschiks vor vielen Jahren. Eine Gemünderin. Verschwunden. Aber wenn sie verschwunden war, wie sollte sie dann zur Mörderin werden?

Ich legte den Kopf in den Nacken. Ein kleiner Schmerz breitete sich vom letzten Wirbel über meinen Schädel bis zur Stirn aus. Es wurde Zeit für ein heißes Bad und Rheumapflaster.

»Das bringt doch alles nichts!« Ich presste meine Lippen zusammen, schloss die Augen und ließ mich langsam unter den Schaumberg in Steffens Badewanne sinken.

Meine Muskeln entspannten sich in der Wärme, und die Verkrampfung in meinem Nacken und an den Schultern wurde schwächer. Wenn das nicht reichen würde, gab es immer noch den Notnagel für gestresste Kommissarinnen, die sich auf der Verbrecherjagd mal wieder überschätzt und versucht hatten, über wörtlich genommen zu hohe Zäune zu springen. Seit einem Vorfall mit einem Verdächtigen, der nicht nur zwanzig Jahre jünger gewesen war als ich, sondern auch deutlich besser in Form, trug ich die kleinen Helferlein mit mir herum. Muskelrelaxanzien. Aber noch nicht. Ich hatte einen Heidenrespekt vor den kleinen weißen Pillen.

»Was bringt nichts?« Steffens Stimme drang gedämpft durch das Wasser zu mir durch.

Ich kam hoch, wischte mir Haare und Badeschaum aus dem Gesicht und betrachtete meine Fingernägel. »Ich bin nun mal beurlaubt. Und das aus gutem Grund. Meine Ermittlungen sind chaotisch, unkoordiniert und uneffektiv. Ich renne idiotischen Theorien hinterher, ohne nach links oder rechts zu schauen. Traue meinem Gefühl und nicht den Fakten. Lasse mich täuschen. Kurz: Am besten mähe ich doch den Rasen hinter Hermanns Haus. Und zwar für den Rest meines Lebens.«

»Lass uns mal zusammenfassen.« Steffen klemmte sich einen Hocker zwischen die Beine, setzte sich neben die Wanne und stützte seine Arme auf den Wannenrand. »Ich bin nicht der Mörder Peter Prutschiks.«

Ich nickte.

»Sein Sohn und seine Exfrau sind ebenfalls aus dem Rennen.«

»Japp.«

»Wer bleibt?«

»Olaf.« Ich pustete in den Schaumberg vor mir. Eine kleine Höhle entstand. So wie die oben auf dem Salzberg, in der wir als Kinder immer Räuber und Gendarm gespielt hatten.

»Nein.«

»Willst du es nicht, weil er dein Freund ist, oder glaubst du es nicht?«

»Beides.«

»Maria Henk.«

»Die große Unbekannte.«

»Die große abwesende Unbekannte.«

Das Telefon klingelte. Steffen stand auf und ging ins Wohnzimmer.

»Die Autowerkstatt!« Er zeigte auf den Hörer und nickte. Dann lauschte er. Außer einigen »Hmms«, »Ahahs« und »Weiß nicht« kam von seiner Seite nicht viel. Ich versank wieder in den warmen Fluten. Mein Käfer war sowieso nur noch Schrott. Da wollte ich mir die Details ersparen.

Unverständliche, dumpfe Worte drangen zu mir auf den Grund der Wanne. Steffen fasste mich unterm Kinn und zog mich an die Luft.

»Hast du in den letzten Tagen neue Reifen auf den Wagen ziehen lassen?« Er hielt den Hörer noch in der Hand.

Ich schüttelte den Kopf.

»Nein, hat sie nicht, Herr Kauffmann.«

Es quäkte im Hörer.

»Hattest du einen Platten und musstest das Rad wechseln?«

»Nein, auch nicht«, gab er mein erneutes Kopfschütteln weiter.

Wieder quäkte es, diesmal länger.

»Ja, danke. Ich sag es ihr. Sie wird Sie am Montag anrufen und sagen, was mit dem Wagen passieren soll, in Ordnung?«

Steffen bedankte und verabschiedete sich bei dem Automechaniker. Dann legte er auf und starrte mit gerunzelter Stirn auf den Hörer in seiner Hand.

»Er hat drei Radmuttern unter der vorderen Radkappe gefunden. Die vierte Schraube war abgebrochen. Am hinteren Reifen war es ähnlich. Zwei lose Schrauben, zwei abgebrochene.«

Die Erkenntnis, die sich langsam in mir ausbreitete, wollte sich nicht verdrängen lassen. Ich fuhr mit gespreizten Fingern durch mein nasses Haar und ging wieder auf Tauchstation.

Manipulation. Jemand hatte sich an meinem Wagen zu schaffen gemacht. Auch wenn der Käfer ein altes Schätzchen war – die Wahrscheinlichkeit, dass sich so viele Schrauben auf einmal lockern, abfallen und abbrechen, ging gegen null.

Der Gedanke stieß in meinem Gehirn eine Frage nach der anderen an, wie eine Reihe Dominosteine. Eine vielleicht angesägte Leiter, die zum Unfall meines Vaters führte. Der tödliche Sturz Frau Rostlers. Und jetzt die Reifen. Alles, seitdem ich versuchte, den Mörder Peter Prutschiks zu finden. Und immer war da eine Gemeinsamkeit, für die ich bisher blind gewesen war.

»Ina!«

Ich öffnete die Augen und sah Steffens Gesicht durch die Wasseroberfläche hindurch an. In seinem Blick konnte ich die gleichen Gedanken lesen.

Ich schnappte mir ein Handtuch, stand auf und kletterte aus dem Wasser. Meine Füße hinterließen kleine Pfützen auf dem Badezimmerboden und bildeten einen Pfad bis zum Schlafzimmer. Wütend schrubbte ich Arme und Beine trocken, schlüpfte in meine Jeans und zog mir ein T-Shirt an.

»Jemand will mir schaden, Steffen. Mich aufhalten. Fast wäre es ihm gelungen. Aber nur fast.« Die Bürste riss an meinen zerzausten Haaren. Ich spürte es nicht.

»Was willst du tun, Ina?«

»Denjenigen daran hindern, noch mehr Unheil anzurichten.«

»Aber nicht alleine?« Er schnappte seine Jacke und schlüpfte hinein.

»Nein. Warte hier.« Ich war mir schon einmal zu sicher gewesen und hatte damit falschgelegen.

Jan könnte noch leben, wenn ich … Stopp! Ich war nicht an Jans Selbstmord schuld. Er war der Mörder. Er war gesprungen.

Trotzdem. *Mir* war ich es schuldig – und sonst niemandem. Ich wand ihm die Autoschlüssel aus der Hand, stopfte sie in meine Handtasche und blieb vor Steffen stehen. »Ganz sicher bin ich mir nicht. Erst muss ich etwas überprüfen. Ich melde mich bei dir, sobald ich es weiß.«

»Verdammt, Ina! Musst du dich unbedingt zur Heldin aufschwingen?«

»Nein, nicht zur Heldin. Ich muss mir nur sicher sein, dass mein Gefühl mich diesmal nicht trügt.«

Fünf Minuten später stand ich vor der verschlossenen Schwimmbadtür. »Mist!«, fluchte ich still vor mich hin und starrte durch die Glastür ins Innere. Kein Mensch mehr zu sehen. Ich wandte mich um und ging über die Brücke durch den Kurpark zurück zu den Parkplätzen hinter dem Finanzamt, auf denen ich Steffens Geländewagen abgestellt hatte. Im »Haus des Gastes« brannte noch Licht, aber es war die Putzfrau, die die letzten Spuren der Besucher in der Nationalparkausstellung beseitigte. Hier konnte mir auch niemand helfen.

»Kurparkstraße«, stand auf dem Straßenschild. Hatte nicht Katja Sahtmanns bei ihrer »Mein Haus, mein Auto, mein Pferdepfleger«-Orgie von »meinem Haus in der Kurparkstraße« gesprochen? Zielstrebig ging ich auf die edelste Jugendstilvilla der Straße zu und drückte auf die Klingel.

Ein Gong hallte durch das Innere des Hauses, direkt gefolgt vom rhythmischen Klackern hoher Absätze.

Eine Frau öffnete die Haustür einen Spaltbreit. Dicke schwarze Sonnenbrillengläser verdeckten nur unzureichend den blauen Fleck, dessen gelbviolette Ausläufer unter den Rändern der Brille zu sehen waren. Die schwere Tür verdeckte ihren Körper, sodass es schien, als schwebe der Kopf über dem glatten Marmorboden.

»Ina?«

»Katja!«

»Komm rein.« Sie ließ die Tür los, drehte sich um und ging in die kühle Dunkelheit des Hausflurs, ohne sich darum zu kümmern, ob ich ihr nachging oder nicht.

Die Gummisohlen meiner Sandalen quietschten im Takt meiner Schritte, als ich ihr in den hinteren Teil des Hauses folgte.

»Ich wollte dich eigentlich nur kurz darum bitten, einen

Blick in dein Telefonbuch werfen zu dürfen«, rief ich ihr hinterher.

»Bedien dich!« Katja stand an einer dieser Kochinseln, die ich nur aus Wohnzeitschriften kannte, und zog den Bademantel enger um ihren Leib. Mit dem Kopf zeigte sie auf ein Holzregal, in dem Kochbücher, Krimis und Zeitschriften lagen. »Es muss da irgendwo sein.«

»Hast du einen Unfall gehabt?«, fragte ich sie, während ich das kleine gelbe Buch aus dem Stapel zerrte und die Adresse suchte und fand: Malsbenden, in der Nähe des Reitstalles.

»Ein Golfschläger«, murmelte sie.

Ich zögerte. Zu oft hatte ich Frauen gesehen, die »die Treppe hinuntergefallen«, »in einen Besenstiel gestolpert« oder sich auf eine ähnliche Weise verletzt hatten. Katja Sahtmanns war einmal meine Freundin gewesen. Sie jetzt einfach hier stehen zu lassen ging mir gegen den Strich.

Ich nickte ihr zu. »Danke für die Auskunft.« Langsam ging ich durch die Eingangshalle wieder zur Tür. Dann drehte ich mich noch einmal um.

»Wenn Andreas noch einmal mit dir Golf spielen gehen will, ruf mich bitte an. Ich habe ein sehr gutes Handicap und kann ihm mit Sicherheit noch die ein oder andere Überraschung bereiten.«

»Ich werde es mir überlegen«, erwiderte sie. Und lächelte.

Die Straße war schnell gefunden. Auf einer Anhöhe gelegen, boten die Lücken zwischen den Einfamilienhäusern einen phantastischen Ausblick über das Dorf, den ich zu jeder anderen Gelegenheit sehr genossen hätte. Jetzt blieb dafür keine Zeit mehr.

»Haben Sie den Ohrring, den ich im Schwimmbad gefunden habe, hier?«, überfiel ich Frau Angler, als sie die verglaste Haustür öffnete, durch die sie mich bereits erkannt hatte.

Sie schüttelte den Kopf. »Leider nein. Den habe ich im Schwimmbad gelassen, für den Fall, dass meine Kollegen danach gefragt werden.«

Ich streckte ihr Michelles Ohrring auf der flachen Hand entgegen. »Was meinen Sie? Ist es der passende?«

Frau Angler spitzte die Lippen und lugte über den Rand ihrer Brille auf das Schmuckstück.

»Er sieht dem anderen sehr ähnlich, aber ich bin mir nicht sicher.«

»Könnten wir jetzt direkt nachsehen?«

Sie zog eine Augenbraue hoch.

»Haben Sie einen Schlüssel zum Schwimmbad?«

Sie nickte.

»Bitte!« Ich packte den Ohrring wieder in mein Portemonnaie. »Können wir dorthin fahren? Es ist wirklich wichtig.«

Wieder nickte sie und schloss ihre Schuhe. »Worauf warten wir noch?«

Das Licht der kleinen Schreibtischlampe funzelte vor sich hin und schaffte es kaum, das Kassenhäuschen zu erhellen. Aber das war egal. Wir erkannten es auch im Dämmerlicht. Die Ohrringe waren sich sehr ähnlich. Der gleiche Schliff, die gleiche Fassung, der gleiche Prägestempel. Aber waren es die passenden Gegenstücke? Der aus dem Schwimmbad war dunkler, wie angelaufen.

»Sie sagt, sie wäre nie im Schwimmbad gewesen. Sie vertrüge die Sonne nicht.« Ich starrte ratlos auf den Schmuck.

»Wie heißt ›sie‹ denn?«, fragte Frau Angler.

»Michelle Steuwen.«

Sie zog einen blauen Ringhefter unter der Theke hervor, blätterte ihn auf und fuhr mit dem Finger die Namensreihen hinunter. Hier standen alle Jahreskarteninhaber, mit Namen der Kinder und sonstigen Berechtigten. Als sie sich wieder aufrichtete und mich ansah, schüttelte sie bedauernd den Kopf.

»Es tut mir leid, Frau Weinz. Der Name steht hier nicht drin. Wenn ich sie sehen würde, dann vielleicht …«

Mir fiel Michelles Shoppingorgie ein. Ich kramte mein Handy hervor und zeigte Frau Angler das Foto von Olaf und Michelle.

»War sie hier im Schwimmbad?«

»Nein.« Frau Angler legte den Kopf schief und blinzelte. »Bei mir nicht. Schade, dass ich Ihnen nicht helfen kann.«

Wir packten Ringbuch und Wertkassette außer Sichtweite und schlossen die Tür hinter uns ab. Schweigend überquerten wir die Brücke zum Kurpark. Auf dem Parkplatz verabschiedeten wir uns und stiegen in unsere Wagen.

»Mist. Mist. Mist. Verrannt in eine blöde Idee. Wie eine Anfängerin«, schimpfte ich leise vor mich hin. Am besten würde ich mich nach der Beurlaubung nahtlos aus dem Polizeidienst entlassen. Trotzdem blieb die Frage, wie Michelles Ohrring ins Schwimmbad gekommen war. Wenn es denn tatsächlich das Gegenstück sein sollte. Ich starrte durch die Windschutzscheibe ins Leere.

Als es an der Scheibe klopfte, zuckte ich zusammen. Auf meinen Knopfdruck hin versank das Glas mit einem leisen Surren in der Fahrertür.

»Mir geht da was nicht aus dem Kopf!« Frau Angler wirkte aufgeregt. »Kann ich das Bild noch mal sehen?«

»Sicher, ich …«, meine Finger wühlten sich durch die Tasche, »hier, bitte.« Gespannt schaute ich sie an.

Auf ihrer Stirn erschien eine steile Falte.

»Haben Sie ein bisschen mehr Licht für mich?«, fragte sie und zog die Brauen zusammen. »Diese Bilder sind so klein, und meine Augen sind nicht mehr so, wie ich sie gerne hätte.«

Ich knipste die Innenraumleuchte an.

»Ja, so ist es besser.« Frau Angler beugte sich durch das Fenster zu mir hinüber, näher an den Lichtschein heran.

»Obwohl«, sie schüttelte den Kopf, »ich … doch! Die Haare sind anders und die Nase, aber wenn …« Sie verstummte wieder und verdeckte mit zwei Fingern Michelles Frisur auf dem Bild. Dann nickte sie. »Genau wie die Mutter sieht sie aus. Dem Schorsch sein Helga.«

Ich atmete tief ein und versuchte die Ungeduld in der Stimme zu unterdrücken, die meinen Herzschlag zum Rasen brachte.

»Sie kennen Michelle?«

»Ja. Es ist zwar lange her, aber: Ja, ich bin mir sicher.« Sie drückte mir das Telefon in die Hand. »Aber diese Frau heißt nicht Michelle oder wie Sie sie nennen, Frau Weinz. Sie heißt Maria. Zumindest hieß sie so, als sie vor vielen Jahren hier in Gemünd wohnte.«

Obwohl es im Wageninneren über zwanzig Grad waren, kroch Kälte durch meine Knochen und arbeitete sich nach außen bis auf meine Haut vor.

»Maria Henk?« Eine Frage? Eine Feststellung.

Frau Angler nickte.

Eine Welle der Genugtuung rollte durch meinen Körper, stieß den letzten Dominostein um. Die Lücke schloss sich.

Die abwesende Unbekannte. Alles passte. Ich hatte mich nicht getäuscht. Mein Gefühl hatte mich nicht getrogen.

Die Leiter. Wenn Michelle Olaf noch nicht angespornt hatte, sie auf die Müllkippe zu bringen, würde die Spurensicherung erfreut sein. Frau Rostler, der Käfer. Immer war Michelle in der Nähe gewesen. Sie hatte die Gelegenheit. Sie hatte die Möglichkeit. Aber hatte sie ein Motiv? Hatte Maria Henk ein Motiv? Und welche Rolle spielte Olaf in diesem Spiel? Mein Magen klumpte zusammen. Mein kleiner Bruder – ein Mitwisser? Ein Mittäter? Ein Mörder?

Meine Finger zitterten, als ich das Handy aufhob. Kannte er die Wahrheit über die neue Frau in seinem Leben? War das der Grund für sein aggressives Verhalten? Wollte er sie schützen?

Das Display blieb dunkel. Ich drückte auf den Startknopf. Vergeblich. Der Akku war leer.

Ich schloss die Augen. Ich musste eine Entscheidung treffen. Steckte Olaf mit Michelle unter einer Decke, wären sie gewarnt, sobald ich nur einen Hinweis in diese Richtung geben würde. Ahnte Michelle, wie dicht ich ihr auf den Fersen war? Wenn ja, würde Sie nicht davor zurückschrecken, auch Olaf etwas anzutun. Davon war ich jetzt überzeugt.

Welche Rolle spielte Olaf? Das musste ich herausfinden.

»Rufen Sie die Polizei an und geben Sie ihnen die Adresse meines Vaters durch. Sie sollen sich beeilen!«, instruierte ich Frau Angler und setzte Steffens schweren Geländewagen in Bewegung.

Alle Lichter in Olafs Wohnung brannten, als ich in einiger Entfernung parkte und auf das Haus zuging. Die Straße war menschenleer. Schon von Weitem sah ich die Haustür. Sie stand einen Spaltbreit offen und ließ den Blick frei auf das hell erleuchtete Treppenhaus dahinter. Kam ich zu spät? Ich lauschte. Nichts war zu hören. Keine Stimmen. Kein Geschrei. Stille. Und durch die Stille kroch die Angst. Sie kam auf mich zu. Ließ mir keinen Ausweg.

Die Gedanken wirbelten wild durcheinander, raubten mir jede Möglichkeit, mich zu bewegen, mich zu entscheiden. Ich stand wieder auf dem Dach des Doms. Weit unter mir der Boden. Weit. Weit. Weit. In mir schlug eine Trommel einen schnellen Takt. Ich spürte sie mit meinem Gehör. Lauschte und ertastete sie. Schwankte. Mit offenen Augen blind. Meine Finger suchten nach einem Halt, packten zu, umklammerten, krallten sich fest.

Schmerz fraß sich in meine Hand, stoppte den Gedankensturm und zwang meine Aufmerksamkeit aus dem Gefängnis der Angst in die Wirklichkeit zurück. Ein Rosenstock, unter Frau Rostlers Obhut zu einem kräftigen Stamm herangewachsen, hatte mir seine Dornen in die Handfläche gebohrt. Olaf. Michelle. Maria. Ich war hier. An keinem anderen Platz. Hier. Jetzt. Hier. Jetzt. Atmen. Jetzt. Ich schaffe es. Einen Schritt nach dem anderen.

Langsam betrat ich den Hausflur. Auch die Wohnungstür war nicht verschlossen. Sie knarrte, als ich sie aufschob und eintrat. Der Fernseher lief ohne Ton. Die Bilder warfen flackernde Lichter auf die Wand hinter dem Sofa. Die Tür zum Garten stand offen.

Eine Teekanne auf dem Tisch, zwei Tassen. Eine der Tassen war umgestürzt. Die Flüssigkeit lief in kleinen Bächen über die Glasoberfläche des Tisches. Der Tee in der anderen Tasse war noch warm. Eine Kerze auf der Anrichte leckte mit müden Flammen am Rest ihres Dochtes.

Ich legte meine Hand auf die Kuhle des Sitzpolsters von Olafs Stammplatz, um einen Hauch der hinterlassenen Wärme zu fühlen. Sie konnten noch nicht lange fort sein. Olafs Auto stand vor der Einfahrt. Michelles Wagen hatte ich nicht gesehen. Aber wenn sie in Richtung Gemünd gefahren wären, hätten sie mir begegnen müssen. Die Küche war ebenso leer und verlassen wie das Badezimmer, das Gästezimmer so, wie ich es in Erinnerung hatte.

Die Tür zu Olafs Schlafzimmer stand weit offen. Eine Reisetasche aus schwarzem Leder lag auf einer Kommode neben dem Fenster. Ich kannte sie nicht. Es musste Michelles sein. Hastig wühlten sich meine Finger durch die Wäschestücke und wurden fündig. Ein Blisterpack Tolain. Unangetastet.

Jetzt schaute ich genauer hin. Ganz unten, verdeckt von T-Shirts und Pullovern, lag eine Aktenmappe. Sie war verschlossen. Ich zerrte und drückte daran herum, ohne Erfolg. Mein Blick fiel auf eine Nagelschere, und ich zögerte nicht lange. Das Lederband gab jeden Widerstand auf, und ein Stapel Papiere flatterte auf den Boden. Zeitungsausschnitte, Artikel, Berichte, Fotos. Peter Prutschik. Immer und immer wieder.

Das Papier einiger Ausschnitte war im Laufe der Jahre dünn und brüchig geworden. Die ältesten Texte trugen Daten von vor zwanzig Jahren, als Prutschik noch mit seiner Frau und seinem Sohn hier in Gemünd gewohnt hatte. Leserbriefe, die Prutschik geschrieben hatte. Private Bilder – von Sohn und Frau nur noch die Umrisse. Den Rest herausgeschnitten. Todesanzeigen. »Irene Henk, geliebte Ehefrau, Schwiegertochter und Schwägerin« – mit Lippenstift ein Kreuz quer über die Buchstaben gezogen.

Ich schnappte nach Luft. Wem war ich hier auf der Spur? Was hatte diese Frau getan? Wo blieb Sauerbier? Verdammt! Ich erhob mich, um Olafs Telefon zu suchen, fand es aber nicht. Ratlos stand ich im Wohnzimmer und sah mich um. Zweimal glitt mein Blick daran vorbei, bis es mir auffiel: In Frau Rostlers Haus bewegte sich ein Lichtschein, wie von einer Taschenlampe. Schatten von Körpern glitten über die Gardinen, führten ein gespenstisches Stück auf. Ein Mann und eine Frau. Im Tanz? Im Liebesspiel? Das Licht verschwand.

Dann hörte ich den Schrei eines Mannes. Laut. Zornig. Verzweifelt. Aber schlimmer als der Schrei selbst war sein Verstummen. Abrupt. So als hätte man auf einen Notschalter geschlagen und alle Energie mit einem Mal abgeschaltet. Es war Olaf, der geschrien hatte. Es war Olaf, der plötzlich schwieg. Meine Beine wurden weich. Ich klammerte mich an den kalten Kunststoffrahmen der Terrassentür. Gedanken jagten durch meinen Kopf. Ich musste ihm helfen. So oder so. Er war mein Bruder. Ich liebte ihn. Ich durfte ihn nicht im Stich lassen.

Geduckt schlich ich über den Rasen. An den Halmen hing die Feuchtigkeit der Nacht. Ich spürte, wie die Nässe meine Sandalen durchweichte. Der Geruch von nassem Leder stieg in meine Nase, und ich musste an die vielen Cowboy- und Indianerabenteuer denken, die Olaf und ich miteinander erlebt hatten. Ich ließ mich von meinem kleinen Bruder an den Marterpfahl fesseln, immer in dem Vertrauen, dass er mich auch wieder befreien würde. Vertrauen.

Konnte ich ihm jetzt vertrauen? Dies war kein Spiel. Wenn ich in Frau Rostlers Haus eindrang, wie viele Gegner warteten dort auf mich? An der Grenzhecke stoppte ich, bog die harten Zweige auseinander und zwängte mich hindurch.

Drei Schritte und ich stand auf den Stufen, die zum Kellereingang hinunterführten. Die Holztür war nur angelehnt. Michelle und Olaf mussten denselben Weg gegangen sein. Das Polizeisiegel war aufgebrochen, am Metallschloss glänzten Kratzspuren.

Die Räume hinter der Tür lagen im Dunkeln, und es dauerte einige Sekunden, bis meine Augen sich darauf eingestellt hatten und ich die Umrisse erkennen konnte. Ein Rasenmäher stand mitten im Raum. Spaten, Harken und andere Gartenutensilien hingen ordentlich aufgereiht an den Wänden.

Ich stolperte über einen Blecheimer, der mit Getöse umfiel und krachend über den Betonboden rollte. Ich erstarrte in der Bewegung. Jetzt wusste Michelle, dass jemand im Haus war. Das würde sie nicht freundlich stimmen. Ich war unbewaffnet.

Hastig suchte ich nach etwas, das mir zur Verteidigung dienen konnte. Meine Hände fühlten kaltes Metall. Rund. Klein. Handlich. Eine Spraydose. Die Aufschrift war im Dämmerlicht nicht zu lesen. Egal. Sie war groß genug, um damit zuzuschlagen. Ich schüttelte sie. Und voll genug, um ihr eine Ladung damit ins Gesicht zu verpassen. Wie einen Knüppel umklammerte ich die Dose und schlich durch den Kellerflur.

Ein Stöhnen war zu hören. Dann wieder Stille. Ich fuhr herum. Wo kam es her? Wieder ein Laut. Es klang wie das Scharren von Absätzen. Langsam folgte ich den Geräuschen. Ein weiterer Kellerraum. Durch das hoch gelegene Fenster fiel das dumpfe Licht einer Sommernacht. Unter dem Fenster lag Olaf. Mit Kabelbinder an Händen und Füßen gefesselt und mit alten Lumpen geknebelt. Die Augen weit aufgerissen, starrte er mich an und wand sich hin und her.

Mit ein paar Schritten war ich bei ihm. Stellte die Spraydose ab und zerrte ihm den Stofffetzen aus dem Mund. Schnappend rang er nach Luft. Meine Finger zerrten und zogen an den Plastikfesseln. Ohne Erfolg.

»Was ist passiert?«, fragte ich ihn.

»Sie hat versucht mich …«, krächzte Olaf mit wunder Stimme.

»Was hab ich dich, mein Schatz?«

Ich schnellte herum. Michelle stand im Türrahmen, ein freundliches Lächeln auf den Lippen. Sie stützte eine Hand in die Taille und kam mit wiegenden Hüften auf uns zu.

»Hallo, Ina.« Wieder dieses Lächeln. Ihre Zähne blitzten und strahlten, aber ihre Augen blieben ohne jede Regung.

»Hallo, Maria.«

»Schau mal, ich habe die neue Bluse an, Schatz.« Sie glitt mit den Händen über ihre Brüste und ihren Bauch. Der dünne Stoff spannte sich. Wie ein Pin-up-Girl rekelte sie sich vor Olaf. »Gefällt sie dir?« Sie drehte sich einmal um ihre eigene Achse. »Gefall ich dir?«

Olaf starrte sie an. Die Ader an seinem Hals pochte, und ich sah, wie er mühsam schluckte. Aber er blieb stumm.

»Die Bluse steht dir sehr gut, Maria«, sagte ich leise und ging einen Schritt auf die Stelle zu, an der meine Spraydose auf dem Boden stand.

»Dich hab ich nicht gefragt, Ina!«, zischte sie, und ihre schönen Züge verzerrten sich. »Du bist nicht wichtig.«

Sie trippelte zu Olaf, ließ sich auf die Knie sinken und schlich wie eine Katze auf ihn zu. »Mein Liebster. Sag doch, wie schön du mich findest!«

Olaf biss sich auf die Lippen. Auf seiner Stirn erschienen Schweißtropfen. Er versuchte zu sprechen, aber nur ein heiseres Räuspern kam aus seiner Kehle.

Ich hatte die Spraydose fast erreicht und streckte vorsichtig meine Finger danach aus. Sie fiel um. Das Geräusch war leise, aber ohrenbetäubend.

Michelle sprang auf und hielt plötzlich ein Messer in der Hand. Ich erkannte die Waffe wieder. Das große Fleischermesser aus Frau Rostlers Küche. Sie musste es unter den Falten ihrer Bluse versteckt haben.

»Du störst mich.« Sie richtete das Messer auf mich.

»Michelle, nicht!« Olaf. Heiser und schwach. Aber seine Worte schienen zu ihr durchzudringen. Sie sah ihn an.

»Sie ist meine Schwester!«

»Sie nimmt dich mir weg, Olaf! Das wollte sie von Anfang an! Sie und dein Vater. Sie hassen mich.«

Ich fürchtete, sie könnte meinen Herzschlag hören, und senkte meine Stimme. »Wir haben dich willkommen geheißen, Michelle.«

»Der Alte hat gesagt, ich solle weggehen. Er kannte meinen alten Namen und wollte mich verjagen aus seinem Haus und aus Gemünd. Aber ich bin nicht mehr Maria!« Ihre Hand mit der Waffe zitterte, aber sie hielt sie unverwandt auf mich gerichtet. »Ich bin Michelle!« Sie richtete sich auf und schob ihr Kinn vor. »Das hat er jetzt davon. Brabbelt nur noch vor sich hin. Hirnloses Gesabbel. Wie vorher. Kein Unterschied.«

Ihre Stimme wurde immer leiser, so als ob sie nur noch zu sich selbst sprechen würde. Dann begann sie mit der freien Hand an ihrem Unterarm zu kratzen. Ihre langen Nägel rissen Schrammen in die dünne Haut, die, ich erkannte es jetzt, von Narben übersät war. Blutstropfen quollen hervor, als sie alte und neue Wunden aufriss. Ihr Blick klärte sich wieder, und als sie sprach, war nichts als kalte Berechnung zu hören.

»Ich musste nur ein wenig nachhelfen, und ihr habt es noch nicht einmal bemerkt.«

»Du hast die Leiter angesägt«, murmelte ich und ließ die Messerspitze nicht aus den Augen.

»Richtig! Die Kommissarin hat hundert Punkte!« Michelle lachte. »Was weißt du noch?«

Ich schwieg. Wenn ich ihr jetzt erzählte, was ich wusste, käme das einem Todesurteil gleich.

»Oh, doch nicht so clever, was?« Sie schüttelte den Kopf. »Tsstss, die arme, einsame Frau Rostler. Sie redete so gerne. Mit dir. Über mich. Über Maria. Man sollte die Alten nicht unterschätzen. Nicht ihre Neugierde und nicht ihre Erinnerung. Ich hab sie reden lassen. In den Kuchen hatte ich so viel von dem Glucagon meines Vaters hineingepackt, sie hatte eh keine Chance.« Sie wechselte die Hand und kratzte sich am anderen Arm. »Überzuckerung, Ohnmacht, Koma, Ende. Freundlicherweise ist sie auch noch die Treppe hinuntergefallen und verblutet. Wie praktisch für mich.«

Sie legte den Kopf schief und blinzelte mich an. »Man darf nicht zu zimperlich sein, was, Ina?«

Unvermittelt trat sie auf mich zu, hob die Hand mit dem Messer und schlug zu. Ich hörte noch Olafs Aufschrei. Dann hörte ich nichts mehr.

Es war kalt. Die Nebel in meinem Kopf verflüchtigten sich. Zurück blieb ein dumpfer Schmerz. Dort, wo der Griff des Messers mich an der Schläfe getroffen hatte, pochte es. Meine Hände waren taub und angeschwollen. Die dünnen Kabelbinder um meine Handgelenke schnitten tief ins Fleisch und ließen mir, ebenso wie an den Füßen, keine Bewegungsfreiheit. Ich musste sie loswerden, und zwar schnell. Sie hatte mich in die Vorratskammer gesperrt.

An den Wänden zogen sich Regale mit Marmeladengläsern, eingelegten Früchten und Konservendosen entlang. Glas. Damit konnte ich meine Fesseln durchschneiden. Ich robbte zu dem Regal und trat mit den Füßen dagegen. Es krachte, und hektisch riss ich meine gefesselten Hände hoch, um mich gegen die herumfliegenden Scherben zu schützen. Ich presste die Lippen zusammen, unterdrückte das Atmen und lauschte angestrengt auf Michelles Schritte. Sie musste das Getöse gehört haben. Aber es blieb still.

Auch von Olaf hörte ich nichts. Hatte sie ihn wieder geknebelt? Ich hoffte, dass es nichts Schlimmeres bedeutete.

Ein halbes Einmachglas lag in meiner Nähe. Ich ließ mich zur Seite fallen und packte die große Scherbe vorsichtig mit den Zähnen. Die Kante war scharf, und ich hatte Mühe, mir nicht die Lippen und die Zunge zu zerschneiden, aber schließlich lösten sich die Plastikbänder von meinen Handgelenken.

Der Schmerz biss zu, als das Blut plötzlich wieder durch die Adern strömte. Erst als das Kribbeln langsam verebbte, konnte ich die Binder an meinen Fesseln lösen. Jegliches Zeitgefühl war mir abhandengekommen. Das Fenster im Kellerschacht war dunkel. Also musste es noch Nacht sein. Woher kam dann das schwache Licht in meinem Verlies?

Durch einen dicken Spalt unter der Tür drang Helligkeit. Michelle hatte im Kellerflur die Lampe angemacht. Ich stand auf und drückte die Klinke hinunter. Verschlossen. Aber die Türangeln lagen auf der Innenseite des Raumes. Ich zwängte meine Füße in den Spalt und hebelte die Tür aus den Angeln.

Es war nur dünnes Holz – zu meinem Glück. Das Schloss knirschte, als der Schließer herausglitt und den Weg freigab.

Schwindel kam über mich wie eine Welle. Übelkeit schwappte hoch, und ich erbrach mich. Kleine bunte Funken sprühten vor meinen Augen. Die Kraftanstrengung hatte mich wohl doch überfordert, und wie es schien, hatte Michelle mir mit dem Schlag eine Gehirnerschütterung verpasst. Ich schluckte, um den Geschmack aus meinem Mund zu vertreiben. Ich durfte jetzt nicht schlappmachen.

Michelle war eine Mörderin. Sie war unberechenbar. Sie war gefährlich. Schwankend schleppte ich mich zu dem Raum, in dem ich Olaf vermutete. Er lag noch an derselben Stelle. Sein Kopf war zur Seite gekippt, und die Augen waren halb geschlossen. Als ich seine Wange berührte, zuckte er zusammen, zeigte aber ansonsten keine Reaktion. Ein großer Bluterguss an seiner Stirn ließ mich vermuten, dass Michelle ihn ebenso niedergeschlagen hatte wie mich.

»Olaf!« Ich rüttelte ihn. »Olaf, wach auf. Wir müssen hier raus!«, flüsterte ich.

Ein leises Stöhnen war die Antwort.

Es hatte keinen Sinn, ihn wecken zu wollen.

So schnell, wie das Drehen und Summen in meinem Kopf es zuließ, ging ich die Kellertreppe hinauf. Michelle, davon war ich jetzt überzeugt, war nicht mehr im Haus. Bei all dem Krach, den ich verursacht hatte, wäre sie sonst schon längst wieder auf der Bildfläche erschienen.

Das Erdgeschoss lag im Dunkeln. Die Haustür verschlossen, ebenso wie die Fenster. Ich ging ins Wohnzimmer. Durch den Garten konnte ich in Olafs Wohnung sehen. Michelle war dort. Und Sauerbier bei ihr. Sie redeten. Was für Lügen erzählte sie ihm wohl?

Michelle gestikulierte wild, und Sauerbier hörte ihr aufmerksam zu. Was wollte Sauerbier bei Olaf? Suchte er mich? Jetzt wäre ich froh, wenn er mich bemerken würde. Ich schlug gegen das Glas, schrie und hämmerte mit den Fäusten gegen die Scheiben. Ohne Erfolg. Die Terrassentür war ebenfalls abgeschlossen worden. Die Kollegen waren gründlich gewesen und hatten den Fundort von Frau Rostlers Leiche gut abgesichert.

Das Telefon. Ich versuchte mich zu erinnern und sah mich um. Dort stand es, auf einem kleinen Tischchen mit Häkeldecke. Ich wollte danach greifen, als ich das lose Kabelende entdeckte. Eine saubere Schnittstelle. Michelle machte keine halben Sachen. Aber es musste noch einen weiteren Apparat geben. Oben. Frau Rostler hatte mir erzählt, dass sie panische Angst davor hatte, zu fallen und keine Hilfe holen zu können. Ich nahm zwei Stufen auf einmal, ohne auf das Hämmern in meinem Schädel zu achten.

Im Schlafzimmer war nichts. Auf dem Flur – Fehlanzeige. Im Bad wurde ich fündig. Das Freizeichen dröhnte in mein Ohr. Mein Finger schwebte über der Wählscheibe. Sauerbiers Handynummer kannte ich nicht. Ich wählte den Notruf und erklärte dem Kollegen die Lage. Er versprach, sofort einen Wagen loszuschicken und Sauerbier zu informieren. Selbst wenn Sie sofort losfuhren, würden sie mindestens eine Viertelstunde brauchen, bis sie hier sein könnten. Blieb Steffen. Er wäre schneller. Ich wählte die Nummer. Zweimal, dreimal, viermal tutete es aus dem Hörer, dann sprang der Anrufbeantworter an.

»Mist, verdammter, wo treibst du dich rum, wenn ich dich brauche!«, fluchte ich und knallte den Hörer auf die Gabel. Steffen war unterwegs. Ich musste ihn auf dem Handy anrufen. Okay. Mein Zahlengedächtnis war noch nie das Beste gewesen, aber ich hatte mir den Spruch gemerkt: »Förster mit oe«. »F« – welche Zahl war »F«? Ich starrte auf die Wählscheibe des alten Telefons. Dann schloss ich die Augen. Wie waren die Buchstaben auf den Handytastaturen angeordnet? Zu zweit, zu dritt? Und auf der »1«, da waren doch keine Buchstaben, oder? Ich kämpfte mich durch die Zahlen. Als ich hörte, wie sich eine Verbindung aufbaute, seufzte ich vor Erleichterung auf. Es klickte am anderen Ende, und Steffens Stimme war zu hören: »Hallo?«

Mit kurzen Worten informierte ich ihn über das Geschehen. »Komm, schnell!«, flüsterte ich, denn in diesem Augenblick hörte ich unten die Haustür aufgehen.

»Hallo, ihr Lieben!«, flötete Michelle, als ob sie von einem ihrer Einkaufsbummel zurückkommen würde. Der Kollege in Schleiden hatte Sauerbier nicht rechtzeitig erreicht.

Ich legte auf und schlich mich an das Treppengeländer. Noch hatte sie mich nicht bemerkt. Sie ging zum Kellereingang und lauschte hinein.

»Schlaft ihr noch, ihr Süßen?«, zirpte sie, kramte in ihrer Handtasche und zog das Messer heraus. »Ich hab der Ina etwas Feines mitgebracht, damit sie uns nicht mehr stören kann, mein Schatz.«

Jeder ihrer Schritte knarzte auf den Holzbrettern, als sie Stufe für Stufe in den Keller hinunterstieg. Im Vorbeihasten zog ich einen Spazierstock aus dem Schirmständer und eilte hinter ihr her.

Sie vermutete mich noch zwischen den Einmachgläsern, also hatte ich das Überraschungsmoment für mich. Als sie zu Olaf ging und vor ihm niederkniete, sprang ich die letzten beiden Stufen hinunter und hob den Stock.

Im selben Moment flog im Erdgeschoss die Haustür mit einem lauten Knall auf. Michelle fuhr herum, Panik in den Augen. Sie erkannte mich, blickte an mir vorbei zur Treppe. Rufe hallten durchs Haus.

»Ina!« Michelles Stimme wurde weich, und ihre Augen veränderten sich. Sie lächelte. Dann schüttelte sie langsam den Kopf. »Ich hab es dir doch gesagt.« Ein kleines Mädchen saß dort und schaute erwartungsvoll zu mir empor. »Ich werde Olaf nicht gehen lassen. Er gehört mir.«

Sie senkte den Kopf und streichelte Olafs Wange. Mein Bruder stöhnte wieder und versuchte sich wegzudrehen. Seine Augen waren geöffnet. Ich sah die Angst darin.

»Ich werde nie wieder jemanden gehen lassen. Er gehört mir. Peter wollte auch wieder weggehen. Wollte nicht bei mir bleiben. Dabei bin ich extra zu ihm gekommen. Er wollte mich alleine lassen. Aber«, wieder lächelte sie, »das habe ich ihm nicht erlaubt, diesmal.« Sie packte Olafs Handgelenke und setzte das Messer an. Zwei schnelle Schnitte. Blut sprudelte aus seinen Pulsadern und färbte Michelles Hose rot. »Jetzt schlaf schön, mein Schatz. Es wird dir nicht wehtun.«

Der Knauf des Spazierstocks traf sie an der Schläfe. Genau an der gleichen Stelle, auf die sie mich vorher geschlagen hatte. Klirrend flog das Messer auf den Boden, rutschte gegen die Tür und blieb dann liegen. Michelle sah mich für einen Moment ruhig an. In ihrem Blick Erstaunen. Sie weinte. Dann kippte sie zur Seite, die Arme über Olaf ausgebreitet, und verlor das Bewusstsein.

Grobe Hände packten mich und rissen mich zur Seite. Der kleine Kellerraum füllte sich mit Menschen. Polizisten in Uniform, Sanitäter stürzten sich auf Olaf und Michelle. Rufe gellten, hektische Betriebsamkeit breitete sich aus. Ich stand, wie von einer Glaskugel eingeschlossen, daneben, unfähig, etwas zu sagen oder mich zu rühren.

»Hey, Kommissarin.« Steffen. Ganz nah bei mir. »Es ist vorbei.«

Sauerbier trat in mein Blickfeld, sah Steffen an und nickte. »Sie kümmern sich, Herr Ettelscheid.«

Olaf wurde auf einer Trage an mir vorbeigeschoben. Seine Augen waren offen. »Danke«, las ich von seinen Lippen ab, dann trugen sie ihn die Treppe hinauf.

Michelle war ebenfalls wieder bei Bewusstsein. Mein Schlag hatte sie also nicht ernsthaft verletzt. Erstaunlicherweise war ich darüber erleichtert.

»Fassen Sie mich nicht an!«, zischte sie dem Beamten ins Gesicht, der sie abführte, und versuchte, seine Hand wie ein lästiges Insekt abzuschütteln. Als sie an mir vorbeikam, lächelte sie und blieb stehen. »Wollen wir morgen etwas zusammen unternehmen, Ina? Das hier ist alles ein großer Irrtum, und sie lassen mich bestimmt schnell wieder frei.«

»Das glaube ich nicht«, antwortete ich und folgte den Polizisten die Treppe hinauf und aus dem Haus.

Über den Böttenbachberg schoben sich die ersten Strahlen der Sonne.

Hinter mir lagen eine schlaflose Nacht, achtundvierzig Jahre, hundertfünfunddreißig Tage und vier Stunden meines Lebens, von denen ich jede einzelne Sekunde in meinen Knochen spürte. Die wenigen stillen Augenblicke, die mir vergönnt gewesen waren, reichten bei Weitem nicht, um die Schmerzen zu vertreiben, die in meinem Kopf tobten. Aber noch konnte ich mir keine Ruhe leisten. Auch wenn Steffen mich unter die heiße Dusche und zum Schlaf gezwungen hatte. Ich musste wissen, wie es Olaf ging. Sie hatten ihn nach Mechernich ins Krankenhaus gebracht. Dorthin wollte ich. Zu meiner Familie.

Steffen goss einen weiteren Becher Kaffee ein und schob mir eine belegte Brötchenhälfte zu.

»Iss was.«

Ich schüttelte den Kopf und sah ihn an.

»Kannst du mich fahren? Ich glaube nicht, dass es eine gute Idee wäre, mich selbst hinters Steuer zu setzen.«

Statt einer Antwort schob er Kaffee und Teller noch ein Stück weiter auf mich zu. »Danach.«

Ich seufzte und gab mich geschlagen. Das heiße Getränk tat mir gut, und meine Gedanken ordneten sich.

»Wenn ich Olaf und Hermann gesehen habe, lege ich mich wieder hin und schlafe eine Woche lang«, murmelte ich und pickte die letzten Krümel vom Teller. »Lass uns gehen, Förster.«

Die Fahrt über schwiegen wir die Art von Schweigen, die Vertrautheit ausatmet. Auf dem Gang vor Thomas' Behandlungszimmer legte Steffen seine Hand auf meinen Arm und zog mich zu sich heran. Stumm sah er mich an, musterte mein Gesicht und strich durch mein Haar. Dann beugte er sich vor und gab mir einen Kuss auf die Wange.

»Ich warte im Auto auf dich.« Er drehte sich um und ging den Flur hinunter, ohne sich einmal umzudrehen. Ich seufzte und blickte ihm nach, bis er verschwunden war.

»Was lungerst du hier vor meinem Büro herum? Willst du nicht reinkommen?« Thomas stand in der offenen Tür und streckte einladend seinen Arm aus. »Immer herein in die gute Stube.«

»Wie geht es Olaf?«, unterbrach ich ihn.

»Es geht ihm gut. Körperlich. Er hat viel Blut verloren, aber …«, Thomas drehte seinen Bürostuhl und setzte sich, »wir konnten ihn mit Blutkonserven und Flüssigkeitszufuhr stabilisieren.« Er schlug eine Krankenakte auf und blätterte darin, ohne sie zu lesen. »Seine feine Freundin wusste, wie man die Schnitte führt, damit es auch richtig blutet. Das hätte durchaus ins Auge gehen können.« Er schüttelte den Kopf und betrachtete seine Fingerspitzen. »Das ist einer dieser Fälle, die mich fassungslos machen. Ich habe nicht gemerkt, wie krank sie ist.«

»Und wie gefährlich«, ergänzte ich seinen Satz. »Ich auch nicht, Thomas. Niemand hat das. Sonst wäre es nicht so weit gekommen.«

Thomas nickte. »Dich hat sie auch ganz schön erwischt, was?«

»Es ist schon besser, danke.«

»Du solltest es aber trotzdem untersuchen lassen.«

»Ich möchte zu Olaf und zu Hermann.«

»Sofort?« Er hielt mir eine Taschenlampe hin. »Soll ich nicht erst …?«

»Sofort.« Ich stand auf, und er folgte mir über die Flure zu Olafs Zimmer.

Mein Bruder war wach. Nach einer kurzen Untersuchung lächelte Thomas mir zu, während er zur Tür ging.

»Alles wieder im Lot. Wir behalten ihn bis morgen hier. Zur Sicherheit. Er ist nämlich vernünftiger als du.« Die Tür fiel hinter ihm ins Schloss.

Ich stellte meine Handtasche auf den kleinen Tisch an der Wand und trug einen Stuhl zu Olafs Bett. Bevor ich mich setzte, sah ich ihn an. Er nickte. Dann drehte er den Kopf zur Seite und schaute aus dem Fenster, hinter dessen Glas der Sommer tobte. Hier drin war es kühl. In meinem Kopf stoben Gedanken, Wortfetzen und Halbsätze wild durcheinander. Ich wusste nicht, wie und wo ich anfangen sollte.

Olaf weinte stumm. Tränen liefen ihm aus den Augenwinkeln über die Wangen. Aber er rührte sich nicht. Starrte einfach immer weiter aus dem Fenster ins Nichts.

Ich stand auf, streifte meine Schuhe ab und hob die Bettdecke an. Dann legte ich mich zu ihm und umarmte ihn. Ich spürte, wie er zitterte.

»Ich hatte gedacht, ich hätte die gefunden, die mich so liebt, wie ich bin.« Er sagte die Worte so, als ob er sie immer und immer wieder in seinem Kopf gedacht und sie nun mit Mühe nach draußen gepresst hätte.

Statt einer Antwort strich ich ihm übers Haar und wartete.

»Ich hätte alles für sie getan.«

Wieder wartete ich, und als er nicht weitersprach, fragte ich ihn leise: »Was hast du für sie getan?«

Er wandte mir sein Gesicht zu. Ich sah, wie die Muskeln an seinen Kiefern mahlten.

»Ich habe sie nicht verraten.«

»Wusstest du, dass sie Prutschiks Geliebte war?«

»Zuerst nicht.«

»Wann?«

»Als mir klar wurde, dass sie Maria Henk war.«

»Du hast mir nichts davon gesagt.«

»Du hättest sie mir weggenommen.«

Ich schluckte und blickte an die Decke. Eine Fliege lief über das Milchglas der Deckenleuchte, putzte sich und brummte dann davon.

»Du wolltest sie beschützen.«

Ich spürte, wie er nickte.

»Hast du gewusst, dass sie ihn umgebracht hat?«

»Nein.«

Ich schwieg.

»Wir sind an der Theke kurz ins Gespräch gekommen. Nachdem du und Steffen verschwunden seid, habe ich sie wiedergetroffen und mit ihr getanzt. Aber das war viel später.«

»Ist dir da etwas aufgefallen an ihr?«

»Nur dass sie nasse Haare hatte.« Die Fliege schwebte von der Decke und setzte sich auf Olafs Hand. »Es hatte geregnet. Aber ihr Kleid war trocken.« Olaf richtete sich in seinen Kissen auf. »Sie machte einen sehr glücklichen Eindruck auf mich. Sehr entspannt.«

»Bist du mit ihr über Nacht zusammengeblieben?«

»Wir haben lange getanzt. Dann ist sie nach Hause gegangen.«

Ich drehte mich zur Seite und setzte mich auf die Bettkante.

»Warum hast du mich bei jeder Gelegenheit angegriffen?«

»Ich hatte Angst vor dem, was du herausfinden würdest.«

»Ich hatte auch Angst vor dem, was ich herausfinden würde.«

»Du dachtest, ich hätte …«

»Eine Zeit lang.«

»Ich liebe sie. Auch wenn mir die Konsequenzen klar sind.«

»Sie hat dich verraten!«

Olaf schwieg lange. Die Fliege rannte über den Verband an Olafs Handgelenk.

»Sie hat mir die Seele zerschnitten«, flüsterte er.

»Ich weiß.«

Nach dem Gespräch mit Olaf fiel es mir schwer, zu Hermann zu gehen. Mein Bruder und mein Vater. Beide zu Schaden gekommen an Körper und Seele durch dieselbe Frau.

Ich blieb vor Hermanns Zimmertür stehen. Meine Hand bebte, als ich sie auf die Klinke legte und behutsam die Tür öffnete. Hermann war wach. Ein Strahlen breitete sich über seine Züge.

»Ina.« Überraschung, Frage, Freude, alles in diesem einen Wort.

»Hallo, Pap.« Ich ging zu ihm hin und küsste ihn auf die Stirn.

Er fasste mich am Arm, zog mich näher zu sich heran. »Geht?«

»Ja.« Ich lächelte, setzte mich auf die Bettkante und nahm seine Hand. Sie fühlte sich an, wie Vanillestangen riechen. Warm. Samtig. Geborgen. »Es geht.«

Er legte den Kopf schief und fixierte mich mit seinen Blicken. Mit Worten hätte er nicht eindringlicher auf mich einreden können.

»Du hattest recht.« Ich betrachtete unsere verschränkten Hände. »Maria ist böse.«

»Ria. Böse.« Er nickte.

»Du hast sie erkannt.«

»Ja.«

»Wusstest du, dass sie Prutschiks Mörderin war?« Ich sah ihn an.

Hermanns Augen wurden weit.

»Sie dachte, du wüsstest es. Sie hatte Angst, du würdest sie verraten. Deshalb hat sie die Leiter angesägt. Sie wollte dich vom Reden abhalten.«

»Töten.«

»Ich habe dich nicht verstanden, als du mich warnen wolltest, Pap. Es tut mir leid.«

»Ina.« Er streichelte meine Hand. Trost und Hoffnung in seinen Augen. Ich spürte, wie mir Tränen durch die Kehle krochen.

»Sie ist verhaftet. Sie hat keine Chance, da rauszukommen. Nur das zählt.«

»Olaf?«

Ich zögerte. Wie viel vom dem, was geschehen war, sollte ich ihm sagen? Ich schluckte. Nur das, was er unbedingt wissen musste.

»Er hat sie geliebt.«

Hermann nickte.

»Die Wahrheit tut ihm sehr weh.« Ich biss mir auf die Unterlippe. »Er wird uns brauchen. Eine Zeit lang. So wie ich euch beide gebraucht habe.«

Unsere Blicke trafen sich.

»Ich weiß noch nicht, ob ich bleibe, Pap. Ich weiß nicht, wie es mit mir weitergehen wird.«

Er sah mich an und lächelte.

Steffen saß vor dem Krankenhaus auf einer Bank in der Sonne. Als er mich aus dem Eingang kommen sah, stand er auf und ging mir entgegen.

»Wird es besser?«, fragte er mich leise, ohne genau zu sagen, wen er meinte. Olaf, Hermann, mich?

»Ich denke schon.« Obwohl er dicht vor mir stand, berührten wir uns nicht. »Es braucht Zeit. Alles.«

»Wo willst du anfangen?«

Ich setzte mich auf die einzige freie Bank vor der Eingangstür.

»Ich hätte mich niemals darauf einlassen sollen, den Mörder im Alleingang zu fangen.« Ich streckte meine Beine aus und hieb die Hacken auf die Klinkersteine. »Es war dumm von mir und leichtsinnig, mich von euch dazu überreden zu lassen.«

»Für Sauerbier war die Sache doch vom ersten Augenblick an klar.« Steffen setzte sich neben mich. »Ich denke nicht, dass er es so schnell geschafft hätte, Ina.«

»Ich habe meinen Job riskiert. Er hätte mich komplett festsetzen können, der Herr Kommissar.«

Steffen sog hörbar die Luft zwischen seinen Zähnen durch. Er stand auf, wandte sich ab und ballte die Hände zu Fäusten.

»Verflucht, Ina. Hör endlich mit deinem Selbstmitleid auf. Du hast meine Unschuld bewiesen. Du bist Risiken eingegangen, weil du daran geglaubt hast. Du hast deinem Bruder das Leben gerettet. Maria Henk als Mörderin entlarvt. Was willst du denn noch? Du bist eine verdammt gute Ermittlerin, egal was gewesen ist.«

Er drehte sich um und starrte mich an. »Ich will, dass du

bleibst, Ina. Bei mir. Das ist mir gestern klar geworden. Aber es wird nicht funktionieren, solange du dir nicht selbst im Klaren darüber bist, was sein soll.« Die Spannung wich aus seiner Haltung. »Ich werde jetzt nach Hause fahren. Komm, wenn du dich entschieden hast.«

Ich sah ihm nach, bis die graue Tür des Parkhauses hinter ihm zugefallen war.

»Sie sollten es schnell tun!«

Ich zuckte zusammen und fuhr herum. Auf der Bank gegenüber saß eine alte Frau im rosa Plüschbademantel.

»Was sollte ich schnell tun?«

»Sich entscheiden.«

»Kann ich das?«

»Sie können nicht davor flüchten.«

»Ich habe es versucht.«

»Am Ende der Flucht steht das Ankommen.«

»Das hat meine Oma immer gesagt.« Ich betrachtete ihr Gesicht. Sie kam mir bekannt vor.

»Ich hatte gedacht, Sie wären gestorben.«

Sie lachte ein raues, kratziges Lachen. »Warum? Weil die Intensivstation für so alte Schachteln wie mich meist das Ende bedeutet?«

Ich nickte.

»Nicht in Schubladen denken, Kindchen. Das führt zu nichts.«

»Sie sind nicht tot.«

»Richtig.« Sie grinste und zog einen Zigarillo aus der Tasche ihres Bademantels. »Noch lange nicht.«

Der Taxifahrer schwieg während der Fahrt nach Schleiden. Eher ungewöhnlich für einen Eifler, aber mir war es recht.

Ich musste mit Sauerbier sprechen. Einige Dinge klarstellen, sie geraderücken. Und einige Dinge erfahren.

»Kann ich Ihnen helfen?« Ein Polizist stoppte auf dem Flur des Polizeigebäudes meine Zielstrebigkeit mit seiner höflichen, aber durchaus bestimmten Frage.

»Ich möchte zu Kommissar Sauerbier«, antwortete ich in einem Ton, der, wie ich hoffte, die Dringlichkeit und Legitimität meines Vorhabens deutlich unterstrich.

Er musterte mich von oben bis unten. »Na, dann kommen Sie mal mit«, murmelte er, drehte sich um und ging den Gang vor mir entlang in Richtung von Sauerbiers Büro. Unsere Schritte hallten, und die kleinen Fenster schafften es, den Sommer draußen vorzulassen.

Er klopfte, und als Antwort auf das gedämpfte Gemurmel aus dem Zimmer öffnete er mir die Tür und hielt sie mir auf.

»Besuch für Sie, Herr Sauerbier.«

Der Kommissar saß hinter seinem Schreibtisch und sah auf.

»Frau Weinz!« Er stand auf und kam mir entgegen. »Danke, Herr Weiss«, nickte er dem Kollegen zu. »Sehr nett von Ihnen.«

»Kennen Sie den Kollegen Weiss? Er ist ebenfalls aus Köln geflohen, wie Sie. Seit November hier in Schleiden auf der Wache.«

Ich schüttelte den Kopf. Mit allem hatte ich gerechnet, Tobsuchtsanfälle, Androhungen der endgültigen Suspendierung, aber nicht mit dieser beiläufigen Begrüßung.

»Er dachte, hier in der Eifel ginge es ruhiger zu, aber da hat er sich getäuscht.« Sauerbier lachte leise. »Da haben Sie beide ja was gemeinsam, was?«

Was für ein Spiel trieb er? Ich fühlte mich unwohl. Ich lächelte.

»Setzen Sie sich.« Aha. Der Tonfall änderte sich schlagartig. Sauerbier quetschte sich wieder hinter seinen Schreibtisch, zwirbelte die Schnurrbartenden und behielt mich im Blick. »Das ging ja erstaunlich schnell.«

»Was ging erstaunlich schnell?« Ich fragte mich, wieso er es schon wieder schaffte, mich in die Rolle eines kleinen Schulmädchens zu drängen, das ängstlich darauf wartete, was der Lehrer zu ihm sagte. Ich blieb stehen, legte aber eine Hand auf die Rückenlehne des Stuhls.

»Die Aufklärung des Mordfalles.«

Was sollte ich darauf sagen? Was erwartete er? Sollte ich ihn für seine Arbeit loben? Das wäre glatt gelogen. Sollte ich aussprechen, wie es gewesen war, nämlich, dass der Fall dank mir so schnell gelöst worden war? Würde er es als Anmaßung empfinden? Also schwieg ich, setzte mich hin und stellte meine Handtasche auf seinen Schreibtisch.

Er räusperte sich, strich mit beiden Händen gleichzeitig über die glatte Arbeitsfläche und stand auf. Er verschränkte die Arme auf dem Rücken und drehte sich zum Fenster herum.

»Vor fünf Tagen, am Sonntagabend, wurde Peter Prutschik ermordet.« Er schaute kurz auf seinen Wandkalender, als ob er sich davon überzeugen müsste, welcher Tag heute war. »Heute Nacht haben wir seine Mörderin verhaftet.« Er wippte auf den Zehenspitzen und starrte weiter aus dem Fenster. »Wissen Sie eigentlich, wie unmöglich Sie sich in dieser Sache verhalten haben, Frau Weinz?«

Mich beschlich das dringende Gefühl, dass diese Frage rein rhetorisch gemeint war. Ich ruckelte auf meinem Stuhl, um ihn meiner uneingeschränkten Aufmerksamkeit zu versichern.

Eine Weile hörte ich nichts als sein Atmen und meinen Herzschlag.

»Herr Sauerbier«, setzte ich an, bemüht darum, meiner Stimme Selbstsicherheit und Stärke zu verleihen, aber ich kam nicht weit.

»Seien Sie still, Frau Weinz!«, brüllte er mich an und fuhr herum. »Sie haben mich den letzten Nerv gekostet. Haben mich unterlaufen und vorgeführt. Haben meine Ermittlungen behindert, unerlaubt Zeugen befragt, Beweise unterschlagen und – was am schlimmsten ist – sich und andere in Gefahr gebracht.« Er hatte sich vor mir aufgebaut, den Brustkorb aufgebläht, die Augen weit aufgerissen.

»Ich habe den Fall aufgeklärt.« Die Ruhe in meiner Stimme überraschte mich selbst. Er hatte recht. Alles, was er mir vorwarf, stimmte. Sollte er mich doch endgültig aus dem Polizeidienst katapultieren. Aber, das wurde mir auf einmal klar, ich war es gewesen, die Maria Henk entlarvt, überführt und festgesetzt hatte. Ich. Mit meinen Erfahrungen, meinen Fähigkeiten und meinem Können. Auch wenn es nicht ganz legal gewesen war. Und nicht immer logisch. Und erst recht nicht immer vernünftig. So wie ich. Ich konnte es noch.

Sauerbier fiel in sich zusammen, wie ein Luftballon, den man mit einer dünnen Nadel angepikst hatte.

»Ja, das haben Sie, Frau Weinz.«

Ich sah ihn unverwandt an. »Hat sie ein Geständnis abgelegt?«

Er nickte und schob mir mit spitzen Fingern eine Akte über den Tisch zu. Ich öffnete sie und suchte das Vernehmungsprotokoll. Maria Henk war die Mörderin Peter Prutschiks. Sie war ihm durch den Kurpark gefolgt, als er das Fest verließ. Hatte gedacht, er wäre ihretwegen zurückgekommen, nachdem er sie vor Jahren verlassen hatte. Seine erneute Zurückweisung konnte sie nicht ertragen. Wenn sie ihn nicht haben durfte, dann niemand. Sie erschlug ihn mit einem Ast, schor ihm die Haare. Danach kletterte sie über den Zaun ins Schwimmbad, um sich von den Blutflecken zu reinigen, und ging dann auf das Fest zurück.

»Wir vergleichen gerade ihre DNA mit der Kartei. So wie es aussieht, war Peter Prutschik nicht ihr erstes Opfer«, unterbrach Sauerbier meinen Lesefluss.

Ich sah von der Akte auf und runzelte die Stirn. »Warum hat sie ihn kahl geschoren?«

»Wir haben so ein kleines Nähset in ihrer Handtasche gefunden. An der Schere klebten noch Haare. Aber warum sie es getan hat? Wir wissen es noch nicht. Eine Psychologin wird mit dem Fall befasst. Maria Henk ist«, er machte eine kreisende Bewegung mit dem Zeigefinger an seiner Schläfe, »nun, sagen wir mal, ungewöhnlich motiviert.«

»Frau Rostler stand ihr ebenfalls im Weg. Sie hat es mir gegenüber zugegeben.«

»Sie hat sie mit Kuchen gefüttert und ihr gleichzeitig ein

Medikament verabreicht, das eine Insulinausschüttung verhinderte.«

»Stammte das Medikament von ihrem Vater?«

»Ja.« Er räusperte sich. »Wir haben den Pathologen befragt. Die Art Medikamente halten sich ewig. Auch über das Verfallsdatum hinaus.« Er schwieg einen Augenblick und zwirbelte an seinem Schnäuzer. »Der Vater starb auch an einer Insulinproblematik.«

»Tat er das?« Ich trommelte mit den Fingern auf die Akte.

Sauerbier seufzte, nickte und machte sich eine Notiz. »Es gibt einen ungeklärten Fall in Düsseldorf, ein junger Mann wurde ermordet. Sie war seine Kollegin. Bisher konnte man ihr nichts nachweisen.« Sauerbier ging wieder zu seinem Stuhl. Das Metall ächzte, als er sich darauffallen ließ.

»Sie ist krank.« Ich dachte an Michelles Reaktion, als sie abgeführt wurde. »Sie verdrängt alles Böse.«

»Wollen Sie sie entschuldigen?«

»Nein. Sicher nicht. Aber verstehen.«

»Einen Mord sollte man nicht verstehen wollen.«

»Wenn es mich der Lösung näherbringt.«

Sauerbier nickte und brummte Zustimmung.

»Es gibt noch mehr offene Fragen im Leben der Maria Henk: Die Schwägerin ...«

»Sie hat angeblich ihren Mann verlassen.«

Ich dachte an die Todesanzeige in Michelles Mappe mit Zeitungsausschnitten.

»Wir werden das alles überprüfen.«

»Es wäre nett von Ihnen, wenn Sie mich auf dem Laufenden halten – so rein interessehalber.« Ich legte die Akte auf den Tisch und klappte sie zu.

»Wollen Sie uns nicht helfen, es zu überprüfen?«

»In welcher Form?«

»In der offiziellen.« Er machte eine Pause und sah aus dem Fenster. »Es schadet auch nichts, wenn man hier aufgewachsen ist. Ganz im Gegenteil. Wissen Sie«, er grinste, »die Zugezogenen denken, sie wüssten Bescheid, aber ...«

»Ich werde darüber nachdenken, Herr Sauerbier.«

»Kommen Sie zu mir, wenn Sie sich entschieden haben.«

Das hatte ich heute schon einmal gehört. Ich stand auf und hielt ihm meine Hand entgegen.

Die Bäume protzten mit ihrem satten Grün in der Mittagsonne. Ich lehnte meinen Kopf an die Seitenscheibe des Taxis, streckte die Hand aus und trommelte mit den Fingernägeln ans Glas. In ein paar Wochen schon würden die Blätter ihre Kraft an den Sommer abgegeben haben und in allen Farben leuchten, bevor sie Platz machten für die Kälte des Winters.

In meiner Handtasche vibrierte das Handy.

»Du bist chaotisch, leichtsinnig und verantwortungslos!«

»Ich weiß, Mattes.« Ich grinste stumm in den Hörer.

»Lach nicht.«

Ich hörte seine gespielte Verärgerung und schwieg weiter.

»Dann kannst du ja jetzt endlich wieder nach Köln kommen, Ina.« Er sprach es aus wie eine Frage. »Eifelbesuchszeit beendet.«

»Ja, Matthias. Die Besuchszeit ist vorbei.« Vor mir erstreckte sich die lange Gerade zwischen Olef und Gemünd. Hinter der Biegung am Ende der Strecke würde ich den Kirchturm sehen können. Ich lächelte. Noch war es früh genug für eine Jahreskarte im Rosenbad.

»Ich fahre nach Hause.«

Dank an …

… das gesamte Team vom Emons Verlag für Unterstützung, Motivation und Vertrauen.

… meine Lektorin Marion Heister für zahllose hilfreiche Anmerkungen und ihren unbestechlichen Blick.

… Anne, Suse, Barbara und Barbara fürs Lesen, Kritisieren, Unterstützen und für ihre Freundschaft.

… meine Eltern Hannelore und Fred für ihre Hilfe bei der Recherche in regionalen und sprachlichen Gemünder Belangen, fürs Immer-da-Sein und dafür, dass sie mich zur Gemünderin gemacht haben.

… Volker, Jens und Anne für ihre Beratung in medizinischen und psychiatrischen Details.

… Malte Wetzel vom Nationalparkforstamt Eifel in Gemünd für die Beantwortung meiner Fragen rund um den Beruf des Försters und den Nationalpark Eifel.

… meine Töchter für die Zeit, die sie mir gelassen haben. HEGDL!

… meinen Mann Fredrik für seine Geduld, seine Zuversicht und seine Zuneigung. Ich bin auch stolz auf dich.

Elke Pistor, im August 2010